KB063359

로크미디어가
유혹하는
재미있는 세상

ROK
MEDIA
로크미디어

이것이 법이다

이것이 법이다 80

2020년 1월 20일 초판 1쇄 인쇄
2020년 1월 23일 초판 1쇄 발행

지은이 자카예프
발행인 이종주

총괄 김정수
경영 지원 배진경 임혜솔 송지유

기획 이기헌 왕소현 박경무
책임 편집 최전경

발행처 (주)로크미디어
출판등록 2003년 3월 24일
주소 서울시 마포구 성암로 330 DMC첨단산업센터 3층 318호, 319호
Tel (02)3273-5135 **편집** 070-7863-8592 **Fax** (02)3273-5134
홈페이지 rokmedia.com **E-mail** rokmedia@empas.com

ⓒ 자카예프, 2015

값 8,000원

ISBN 979-11-354-3718-2 (80권)
ISBN 979-11-255-9575-5 04810 (세트)

이것이 법이다

80

자카예프 장편소설

ROK
MEDIA

로크미디어

이 소설은 픽션입니다.
등장하는 인물 및 지명 등은 현실과 연관이 없습니다.
또한 소설 내에 나오는 법이나 법리 해석의 경우에도 대
중문학의 극적 전개를 위하여 일부분 과장되거나 변형된
것이 존재하니 실제 법과 혼동하지 않으시길 바랍니다.

CONTENTS

어디에다 떠들까

"애초에 함정이었다고요?"

하디 잭슨은 노형진과 다른 사람들을 보면서 어이가 없었다.

"당신이 머리 좋은 사람이라는 것쯤은 알고 있었죠."

물론 자신들이 토끼몰이를 해서 잡아낼 수도 있었다.

하지만 그랬다가는 누군가 다칠 수도 있고, 또 그 과정에서 오해를 살 수도 있다.

총기 허가국인 미국이니 하디 잭슨이 무장하고 있다면 총기로 인한 사망자가 나올 수도 있고.

"한국에는 이런 속담이 있습니다. 고양이도 쥐를 몰 때 도망갈 구석은 두고 몬다."

그러면 저항하기보다는 도망가려고 하니까.

그리고 싸울 때보다 도망가려고 할 때 허점이 더 많이 나타난다.

원래 전쟁터에서도 싸울 때보다 후퇴할 때 더 많은 사망자가 발생한다.

"허."

"애초에 그 주먹 한 방에 쓰러진 게 이상하지 않으셨나요?"

"끄응…… 몰랐습니다, 상황이 상황이었으니."

애초에 노형진은 들어가기 전에 다 말을 해 놨다.

혹시나 싸움이 벌어졌는데 완전히 제압할 자신이 없다면 그냥 져 주라고.

"난 그것도 모르고……."

하디 잭슨은 한숨만 나왔다.

기절한 걸 보고 좋다고 조끼를 벗겨 입고 나왔는데, 생각해 보니 진짜 기절한 게 아니라 기절한 척한 것이었다.

그리고 그 형광 조끼에도 비밀이 있었다.

그는 어두워서 잘 못 봤겠지만, 조끼 아래쪽에는 번호가 부여되어 있고 이곳에 들어오기 전에 그 번호가 보이도록 사진을 찍어 두었다.

당연히 그가 나왔을 때 입구를 지키던 사람이 사진과 번호를 맞춰 보고 당사자가 아니라는 걸 알자마자 바로 노형진에게 알려 준 것이다.

"아무도 눈치채지 못할 거라고 생각했는데……."

"그렇게 생각하신 게 함정에 빠진 거였던 겁니다."

"허허……."

하디 잭슨은 웃을 수밖에 없었다.

아니, 이제야 웃을 수 있었다.

이들의 목적이 자신을 살해하는 것이 아니라는 걸 알았으니까.

"그나저나 그 말이 사실입니까? 내 말을 믿고 설계도를 공개하는 걸 도와주겠다는 게?"

"네, 그럴 생각입니다."

"하지만……."

"목적은, 말씀드렸다시피 돈 때문입니다."

"으음……."

하디 잭슨은 신음을 삼켰다.

뭐라 할 수가 없었기 때문이다.

어차피 모두가, 목적은 돈이다.

저들이 돈 때문에 자신을 죽이고 비밀을 지키려고 하는 것처럼, 이들은 돈 때문에 자신을 지키고 비밀을 폭로하려고 한다.

"그런데 어떻게 할 겁니까? 제 이야기를 어떻게 알았는지는 모르겠지만, 문제는 그걸 증명할 방법이 없다는 건데요."

노형진은 속으로 씩 웃었다.

'없기는 개뿔.'

있다.

다만 그 증거가 항모의 설계도일 뿐.

그리고 방법이 없다고 주장하는 걸로 봐서는, 그도 자신들을 다 믿는 건 아니라는 소리다.

'뭐, 믿어 달라고 할 이유도 없지.'

애초에 목적이 같아서 만난 것뿐이다.

거기에다 노형진은 그의 뒤통수를 거하게 칠 계획이다.

만일 진심으로 자신을 믿어 준다면 그것도 양심에 찔릴 것이다.

"아시겠지만……."

"압니다. 방송국이나 다른 곳에 알리려고도 해 봤겠지요."

"그러면 증명할 방법이 없다는 것도 아시겠군요."

"네. 그래서 저희도 사건을 추적하면서 많이 고민했습니다."

누구도 믿을 수 없다.

그리고 어느 쪽이든, 증명한다는 것은 정치적으로도 부담이 되는 일일 수밖에 없다.

"하지만 증거가 아닌 다른 쪽을 추적할 수는 있지요."

"다른 쪽?"

"다른 사망자들이 있잖습니까."

"그, 그건……."

하디 잭슨은 고개를 푹 숙였다.

자신처럼 고발에 동참했다가 죽은 친구들과 그 가족들.

"스무 명이나 죽었더군요."

"스무 명이나요?"

하디 잭슨의 눈이 격하게 떨리기 시작했다.

의문사가 발생하자마자 그는 숨어서 목숨을 건졌다.

그래서 얼마나 많은 사람들이 죽었는지 알지 못했던 것.

'아무리 설계 부서에 소속되었다고 해도 모든 것을 다 알수는 없었겠지.'

보통 이런 사건에서 내부 고발을 할 때, 모든 사람이 모든파일에 접근할 수 있을 리 없다는 것이 문제가 된다.

한두 개의 문제는 어찌어찌 알 수 있어도, 전반적인 문제는 모르는 것이다.

그걸 안다면, 그 고발을 도와주는 다른 사람이 있다는 의미나 마찬가지다.

"아마 그분들이 도와주셨겠지요."

"크흑……."

아까와 다르게 하디 잭슨의 얼굴에 슬픔의 빛이 선명하게떠올랐다.

"그분들에게는 죄송하지만……."

노형진은 깊은 심호흡을 했다.

그동안 어떻게 하면 이 기밀을 세상에 알릴 수 있을까 많이 고민했다.

하지만 비밀을 공개하는 것은 불가능했다.

애초에 증거를 깔 수가 없으니까.

그러나 증거를 까지 않더라도, 상대방에게 압박을 가할 수 있는 방법이 있었다.

공개하는 방법은 그 후에 찾아도 된다.

"그분들을 이용해서 상대방의 움직임을 막을 수 있습니다."

"뭐라고요?"

입을 쩍 벌리는 하디 잭슨.

심지어 손채림을 비롯한 다른 사람들도 깜짝 놀랐다.

"다른 방법이 있다고?"

"있지."

"어떤 방법요? 저는 전혀 예상하지 못하겠는데요?"

"미리 말씀도 안 해 주셨잖습니까?"

"비밀이었으니까요. 미리 정보가 새어 나가면 문제가 되니까."

노형진은 차분하게 말을 이어 갔다.

지금의 미국 정부는 노형진이 회귀하기 전의 정부와 같다.

다만 다른 점은, 노형진 때문에 전혀 다른 기조 하나가 생겼다는 것이다.

"지금 정부는 중국 노이로제에 걸려 있지요."

"중국 노이로제?"

"아하!"

손채림은 알아듣지 못했지만, 그런 걸 잘 아는 로버트는 바로 알아들었다.

"그 사건 말이군요."

"그 사건?"

"노 변호사님이 지난번에 왔을 때 중국의 스파이들을 일망타진하셨잖습니까."

"아하!"

중국은, 미래에서나 밝혀지는 중국의 스파이 조직을 이용해서 미국 정치인들을 압박하고 그들 중 일부가 중국과 손잡은 것처럼 꾸몄다.

실제로 그중 일부가 손잡은 것이 드러나기도 했고 말이다.

단순히 스파이를 넘어서 상원 의원 중 일부가 중국에 넘어갔다는 사실이 드러나면서, 미국은 충격도 충격이지만 중국의 정부에 대한 노이로제에 시달리고 있었다.

도대체 중국의 스파이가 어디에 속해 있는지 알 수 없게 되었으니까.

상원에까지 들어오는 놈들이 어디인들 못 들어오겠는가?

"하물며 그들이 항모 개발에 관심이 없었을까요?"

노형진은 씩 웃으며 말했다.

"또 중국 스파이 조직이랑 엮자고?"

"그렇지."

"다른 조직이 있단 말인가요? 무섭군요…… 중국이 그런 나라인 줄은……. 아니, 그런데 미스터 노는 그걸 어떻게 아시죠?"

"저야…… 모르죠?"

"엥?"

당연히 스파이 조직을 알고 있는 것 같던 노형진의 말에 다들 어리둥절했다.

"저는 모릅니다. 물론 진짜로 있기는 하겠지만, 저는 모릅니다."

지난번에 이용한 스파이 조직은 미래에 일망타진되면서 신분이 드러났기 때문에 알고 있었던 거다.

스파이 조직이라는 게 그렇게 흔하게 밝혀지는 게 아니다.

더군다나 중국의 스파이 조직이라고 해서 죄다 중국인인 것도 아니고.

중국 스파이 조직이 수많은 정보를 빼냈다 해도, 실제로 그 실체가 드러난 경우는 드물다.

"방금 중국 조직을 이용하신다고……."

"중국의 조직을 이용한다고 한 적 없습니다. 대중국 공포증을 이용한다고 했지."

"그게 그거 아닌가요?"

"아뇨, 다릅니다."

노형진은 자신의 계획을 차분하게 설명하기 시작했다.

"전 중국의 스파이 조직은 모릅니다. 물론 존재는 하겠지만, 지난번 사건 이후 그들은 극도로 몸을 사리고 있을 테니

찾아내지도 못할 테고요."

미국 정부가 기를 쓰고 찾고 있을 텐데 못 찾을 정도면, 노형진도 못 찾는다는 소리다.

"하지만 과거 미국이 구소련으로 인해 레드 콤플렉스, 즉 빨갱이 공포증을 앓았던 것처럼 지금은 대중국 스파이 공포증을 가지고 있지요. 그러니 그걸 이용해서 미 정부를 압박하는 겁니다."

미국은 과거에도 소련과 냉전을 겪었고, 그 당시에는 소련이라는 존재에 극도의 공포감을 가지고 있었다.

심지어 한국의 대다수 정치인들조차 여전히 레드 콤플렉스를 가지고 있는 상황이다.

그때와 지금이 다른 것은, 그때는 이념 전쟁이었지만 지금은 경제 전쟁이라는 차이 정도일 뿐.

"어떻게 말입니까? 피해자들을 중국에서 죽였다고 하려는 겁니까?"

하디 잭슨의 말에 노형진은 고개를 흔들었다.

"반대죠."

"반대?"

"네. 거짓말을 잘하려면 90%의 진실에 10%의 거짓을 섞어야 한다고 하죠."

중국의 스파이들이 스무 명이나 되는 사람을 죽일 이유는 없다.

도리어 어떻게 해서든 포섭해서 자료를 빼내려고 하겠지.

"그러면?"

손채림은 고개를 갸웃하면서 물었다.

"미국 정부와 시볼스사가 죽인 건 사실이야. 그걸 속이지는 않아. 하지만 죽인 이유를 바꾸는 거지."

"으음…… 무슨 뜻인지 알겠네요. 죽인 이유를, 비리 고발 때문이 아니라 중국 정부에 비밀을 넘기려고 한다는 걸 알았기 때문이라는 식으로 바꾸려는 거군요."

엠버는 조용히 듣고 있다가 바로 노형진이 노리는 바를 알아차렸다.

"맞습니다. 중국에 대한 미국의 노이로제를 건드리는 거죠."

안 그래도 중국의 스파이 전략 때문에 노이로제에 걸린 미 정부다.

그들이 죽은 이유는 미상이다.

그러나 그걸 엠버의 말대로 포장하고 외부에 드러내면, 노이로제 상태의 미 정부는 내부에 있는 자들을 감시하지 않을 수가 없다.

"배신자들이 움츠러들 수밖에 없겠네. 어찌 되었건 내부 감시가 강화될 테니까."

손채림도 고개를 끄덕거렸다.

노형진의 말대로라면 전부 부패한 것은 아니고 일부 부패 세력이 벌이고 있는 일이니까.

애초에 전부 그 정도로 부패했다면, 미국이라는 나라는 옛날에 무너졌어야 정상이다.

"사망자들이 죽은 것은 어쩔 수 없습니다. 하지만 어느 쪽이든 사망자들은 구국의 영웅이 되는 거죠."

"그런 거라면……."

만일 죽은 동료들에게 죄를 뒤집어씌운다거나 하는 거라면 반대할 생각이던 하디 잭슨은 노형진의 계획을 인정했다.

죽은 이유가 조금 바뀌기는 했지만, 그들은 영웅이 될 테니까.

실제로도 그들은 조국을 지키기 위해 죽은 영웅이기도 하고 말이다.

"하지만 여전히 문제가 생겨요. 그걸 증명할 방법이 없다는 거죠."

"증명할 필요는 없죠."

노형진은 어깨를 으쓱했다.

"중요한 건 자극하는 거니까. 우리 대신 그 일의 규모를 키워 줄 사람이 있으면 됩니다."

"그런 사람이 없어요. 전에도 말했지만 증거도 없고."

"아니요. 증거랑 상관없이 우리를 도와줄 사람이 있습니다."

"도와줄 사람?"

"네. 미국을 지키기 위해서라면 뭐든 하는 분들이죠."

"그런 분들이 정부의 말을 듣지 않을 리가……."

"그게 웃긴 점이죠."

노형진은 자신 있게 말했다.

"그분들은 미국 정부와 무척이나 사이가 안 좋거든요, 후후후."

팍스 아메리카나.

이 말은 라틴어로, 미국의 평화라고 번역된다.

하지만 문장 자체의 뜻과 실제로 쓰이는 의미는 종종 다른 법이다.

그리고 팍스 아메리카나는 그런 문장 중 하나다.

그 뜻은 미국의 평화지만, 실제로 쓰이는 의미는 패권국으로서 미국이 세계의 평화를 이끈다는 의미를 가진다.

오만한 말이지만 한때는 가능했던 말이다.

하지만 시대가 바뀌어 각국의 군사력이 강해지고 그에 반해 미국의 재정적 부담이 커지면서, 미국은 그 팍스 아메리카나 정책을 상당 부분 축소시킨다.

하지만 어떤 나라나 그렇듯 미국에도 극우 세력이 있고, 그들은 그러한 선택을 무척이나 싫어한다.

한국의 보수가 안보를 외치듯이 말이다.

다른 점은, 한국의 보수는 항의를 하거나 시위를 하거나 정치인에게 소리를 지르는 것 말고는 할 수 있는 게 없지만, 미국의 극우는 무장할 수 있다는 것이다.

"뭐라고? 중국에 자료를 넘겨주려고 하는 것을 막으려다가 살해당했다고?"

노란 털이 온몸에 숭숭 난 대머리는 부들부들 분노로 떨고 있었다.

노형진은 그 상황에서 뜬금없이 '털이 많다는 것이 탈모가 없다는 건 아니구나.'라는 생각을 했다.

"이런 개새끼들!"

부들부들 떠는 남자, 클락 캔월.

미국의 극우 단체이자 자경대, 팍스 아메리카나의 리더.

미국 최대 자경대를 이끄는 사람이다.

'좀 인종차별적 부분이 있기는 하지만.'

상관없다.

이용해 먹으면 그만이다, 욕을 하든 말든.

"그렇습니다. 미국 정부의 내부 스파이가 중국으로 항모 설계도를 넘기는 걸 막으려던 사람들이 의문사했습니다. 그래서 제 의뢰인은 여러분들에게 보호를 요청하려고 합니다."

자경대란 자신들을 직접 지키기 위해 만들어진 경비대를 뜻한다.

이들은 미국이라는 나라의 특성상 한국의 자경대와는 완전히 다르다.

한국 자경대가 동네 순찰하는 수준인 것과는 달리 미국 자경대는 완전무장 상태의 준군사조직이다.

'그것도 정부의 통제에서 벗어난 조직이지.'

단순히 권총 하나 들고 순찰하는 게 아니다.

소총이나 샷건은 기본이고 부무장으로 권총에 방탄조끼까지 갖추고 있으며, 일부는 극비리에 대형 살상 무기로 분류된 개틀링까지 가지고 있다.

그들이 범죄를 저지를 생각이 없어서 망정이지, 만약 있었다면 미국은 브라질이나 멕시코만큼이나 개판이 되었을 것이다.

"제 의뢰인은 여러 곳에 그 사실을 알리려고 했습니다만 정부에서 철저하게 막고 있습니다. 사실 우리 입장에서는 누구를 믿고 누구를 믿지 않아야 할지 알아낼 수가 없는 상황입니다."

"이런……."

미국 정부의 중국 노이로제도 노이로제지만, 이런 자경대에 속한 사람들은 그 사건으로 중국과 전쟁을 해야 한다고 공공연하게 외치고 다니는 이들이다.

"하지만 다행히 여러분들은 그런 변절을 하실 분들이 아니죠. 말 그대로 순수하게 미국을 사랑하고 지키려고 하는 분들이죠."

"당연하지! 그런 정치인 새끼들하고 우리를 비교하지 말라고! 우리는 스스로를 지킨다! 노란 원숭이 새끼들에게 돈 받아 처먹고 충성을 저버리는, 정치인들이나 하는 짓을 우리가 할 것 같아!"

'그건 그렇지.'

앞에 노형진이 있음에도 불구하고 공공연하게 인종차별을 하는 그지만 노형진은 그다지 신경 쓰지 않았다.

"저는 미국의 변호사도 아닙니다. 사실 제가 할 수 있는 것은 없지요. 사실 저도 끼어들기가 상당히 곤란한 게 사실이고……."

"더러운 옐로 몽키 새끼들."

아마 저 욕은 중국인뿐만 아니라 자신에게도 해당되는 욕일 것이다.

"그래서 여러분들에게 부탁하는 겁니다. 허락만 하신다면 그분을 이곳으로 모시고 오려고 합니다."

"그리고?"

"그 이후에는 제가 할 수 있는 게 없지요. 아까도 말씀드렸지만요."

물론 그 이후에 그들이 뭘 할지는 뻔하다.

"좋아! 나라에 그렇게 스파이들이 득시글거리고 가족들을 죽여 대고 있는데 멍청한 정부만 믿고 있을 수는 없지."

클락 캔월은 자신 있게 가슴을 두들겼다.

'내가 여기에 끼어들어도 의미가 없어.'

어차피 저들은 그를 빼고 움직일 것이다.

애초에 그를 믿지 않을 테니까.

"잘 부탁드립니다."

"내가 무슨 수를 써서라도 그 사람을 지키지."

노형진은 그를 보며 미소를 띠었다.

"감사합니다."

⚖

"그들이 지켜 줄까?"

"목숨 걸고 지켜 줄걸. 그들은 미국 정부를 믿지 않아. 그들은 미국 정부가 다른 나라 정부에 붙어먹고 있다는 음모론을 신봉하지."

"모든 자경대가 다 그래?"

"아니, 그건 아니야. 미국 정부와 협조하는 곳도 많아. 하지만 클락 캔월이 이끄는 자경대인 팍스 아메리카나는 그런 타입이 아니지. 음모론을 신봉하고, 정부에 대한 불신이 깊은 곳이야."

"아무리 그래도 그렇지, 무슨 미국 정부가 다른 나라에 붙어먹어? 다른 나라가 미국 정부에 붙어먹으면 모를까."

노형진은 충분한 예를 들어 줬다.

"한국에서는 아직도 한국이랑 북한이랑 전쟁하면 한국이

북한에 처발린다고 생각하는 사람 많잖아? 특히 군인들."

"아아…… 무슨 뜻인지 알겠네. 결국 믿으려고 하지 않으면 아예 기회조차 주지 않는다 이거구나."

"정확해."

한국과 북한의 경제력 차이는 어마어마하다.

무기의 질도 엄청나게 차이 난다.

하지만 국방부의 상당수 장성들과 극우 세력은, 북한이 쳐들어오면 한국은 참패를 면치 못한다고 주장한다.

"그들에게 있어서 탱크의 세대 차이라든가 훈련 시간의 압도적 차이라든가 전투기 성능의 차이라든가 병사들 간의 체력의 차이 같은 건 감안 대상이 아니야. 그냥 북한 측이 숫자가 많으니까 무조건 우리가 진다는 거지."

3세대 탱크 10대만 있어도 1세대 탱크 100대가 뚫지 못한다는 것은 그들에게는 전혀 감안할 만한 대상이 아니다.

"그 애들이 입 닥쳤을 때는 그때뿐이었지."

"어떤 때?"

"그렇게 헛소리하면서 징징거릴 때, 전임 대통령이 그랬거든. 돈을 그렇게 처발라서 키워 놨는데 쪽도 쓰지 못하고 진다면 그건 병사의 문제가 아니라 장군의 문제라고, 모조리 자르겠다고 했을 때."

"큭큭큭."

실제로 장군들은 그 말을 듣고 어제만 해도 일주일 안에

서울이 함락되네 어쩌네 하는 내용으로 작성했던 보고서를
바로 다음 날, 일주일 안에 평양을 함락시킬 수 있다고 바꾸
어 버렸다.

"마찬가지야. 힘도 권력이지. 그리고 권력을 잃어버리고
싶은 사람은 없고."

팍스 아메리카나를 비롯한 자경대는 그러한 심정의 발로
로 뭉친 경우가 많다.

그런 그들에게 있어서 미국을 배신하는 놈들은 상종도 못
할 놈들이다.

"특히 정치인들은 무조건 거짓말을 한다는 것이 그들의 입
장이니까."

문제는 여전히 그들이 미국의 국민이며, 극단적 성향이 있
다고 하지만 테러 단체나 폭력 단체는 아니라는 것이다.

미국에서 위험 분자로 분류해서 감시하고 있기는 하지만
그렇다고 손쓸 수 있는 건 아니다.

"하지만, 그들이 보호를 해 준다고 해도 그건 어디까지나
보호일 뿐이잖아. 우리가 원하는 건 이걸 외부에 알리는 거
아냐?"

"지금은 21세기잖아. 그리고 여긴 미국이야. 인구 단위가
한국과 다르다고."

"응?"

노형진은 핸드폰을 꺼내 들고 톡톡 두들겼다.

"저들의 숫자가 얼마나 될 것 같아?"

"글쎄? 한 3천?"

노형진이 피식하고 웃었다.

그렇게 적은 숫자라면 미국에서 그들을 위험 분자로 분류하지 않았을 것이다.

"3만 8천."

"헉!"

"그것도 팍스 아메리카나라는 단체만."

"뭐? 팍스 아메리카나만?"

"그래. 극단적 성향을 가진 사람들이 완전무장한 채 3만 8천 명이나 모여 있다는 거지. 거기에다 대부분 군 출신인지라 충분한 군사훈련을 받은."

손채림의 얼굴이 핼쑥해졌다.

그 정도 집단이 진짜 미쳐서 날뛰기 시작한다면 미국 입장에서는 말 그대로 재앙일 수밖에 없다.

"거기에다……."

"거기에다?"

"극우 단체는 하나만 있는 게 아니야."

팍스 아메리카나가 최대 규모이긴 하지만, 그렇다고 해서 모든 극우들이 그에 속한 것은 아니다.

노형진이 그들을 선택한 이유는, 그들이 숫자가 많아서가 아니다.

그들은 회원들을 모아서 스스로 마을을 만들고 그곳을 요새화했기 때문이다.

"즉, 정부 측의 요원이 들어가기 힘들다는 거지."

정부 요원들과 시볼스사 측은 어떻게 해서든 하디 잭슨을 암살해야 하지만, 그들이라 해도 이미 요새화되어 버린 팍스 아메리카나의 본거지에 들어갈 방법은 없다.

"그 안에 들어가서 암살을 시도하거나 하다가 일이 터지면? 그때는 진짜 전쟁인 거지."

미국이 사실상 중국으로 넘어갔다는 가장 확실한 증거.

"미국 헌법은 저항권을 인정하고 있어. 즉, 정부가 잘못되었다면 무력적인 투쟁도 불가능한 건 아니라는 거야. 그게 미국의 총기 유지의 가장 큰 기치이고. 뭐, 내면은 총기 산업체들의 로비 때문이지만."

"그래도 그 숫자로는 좀 무리이지 않을까?"

노형진이 씩 웃었다.

"그 숫자로는 힘들지. 하지만 아까 말했잖아, 지금은 21세기라고. 대부분의 사람들은 SNS를 하지, 저런 극우 단체의 교류 역시 그런 식으로 이루어지고."

"아! 한 극우 단체가 공격받으면 다른 곳도 들고일어나겠구나!"

"그래, 내가 알기로는……."

노형진은 턱을 스윽 문지르며 말했다.

"그 숫자가 한 50만 명쯤 될걸."

"뭐어! 50만 명?"

"그래."

군사훈련을 받은 50만 명의 극우 세력.

물론 그들과 싸우려면 싸울 수 있다.

문제는 뭐냐면, 그들을 건드리면 미국은 사실상 내전 상태가 된다는 것이다.

물론 그들의 무장이 아무리 과하다고 해도 미 정부를 이길 수는 없다.

"하지만 광주 사태랑 똑같은 일이 벌어지겠지."

저항권을 인정하고 있는 미국의 헌법.

그런데 미 정부가 군을 동원해서 국민을 밀어 버린다?

당연히 국민들 중 상당수가 들고일어날 것이다.

"거기에다 그게 끝난 후도 문제야."

미국이 이기고 나면 미 정부는 어떻게 해서든 총기와 개인 무기를 규제하려고 할 것이다.

같은 일이 또 벌어지지 않으리라는 법은 없으니까.

문제는 미국의 총기 협회다.

규제가 시작되면 미국의 총기 협회는 몰락을 피할 수 없다.

수출에는 한계가 있기 때문이다.

미국을 제외한 나라는 대부분 총기가 불법이고, 일부 합법 국가들도 대다수 가난한 빈국들이니까.

"그런 상태가 되면 총기 협회와 군수 협회는 반군 편을 들어 줄 수밖에 없다는 거지."

그러면 진짜 내전이 된다.

부족한 대전차무기나 대공 무기까지 그들이 몰래 공급하게 될 테니, 미국은 심각한 상태가 된다.

"몰라서 못 건드리는 게 아니라 알아도 못 건드리는 거구나."

"그래. 그리고 내가 저쪽에 하디 잭슨을 맡긴 이유는 간단해. 증거니까."

지금까지 미 정부는 그들의 주장이 터무니없다고 일축했다.

하지만 하디 잭슨이라는 중요한 증인이 생겼다.

하디 잭슨이 미 정부를 피해서 도망치는 것은 사실이고, 그의 동료들이 의문사한 것도 사실이다.

그들을 죽인 것은 정부 요원과 시볼스사이고.

"아마 내일부터는 미 정부가 난리가 날걸, 후후후."

하디 잭슨이 팍스 아메리카나에 들어간 후, 팍스 아메리카나의 대장인 클락 캔월은 해당 사실을 SNS에 올렸다.

그리고 다른 극우 세력에 도움을 요청했다.

미 정부가 타락했다는 가장 강력한 증거가 손에 들어온 이상 그들은 주저하지 않고 정보를 퍼 나르기 시작했고, 그 소식을 들은 일부 성난 극우 세력과 성급한 사람들은 팍스 아메리카나의 요새로 몰려왔다.

미 정부로부터 그를 지키기 위해서라면서 말이다.

"뭐? 이게 숫자가 몇 명이라고?"

"마을에 무장한 사람들만 2만 명이 넘습니다. 스물네 시간 감시하고 있으며, 외부인의 출입이 철저하게 통제된 상태입니다."

쾅!

비서의 말에 폴 에크먼은 탁자를 부서져라 내리쳤다.

"아니, 그 새끼가 왜 거기에 가 있어!"

숨어 버려서, 어떻게 해서든 찾아내야 하는 시점이었다.

그런데 난데없이 극우 세력이라니.

"모르겠습니다. 문제는 그들이 심각할 정도로 미 정부를 도발하고 있다는 겁니다."

"미 정부를 도발하다니?"

"그가 그들에게, 사망한 사람들이 일부 스파이들이 중국으로 신형 항모의 설계도를 넘기려고 하는 걸 막다가 살해당했다고 주장한 모양입니다."

폴 에크먼의 얼굴이 시커멓게 변했다.

이게 무슨 개소리란 말인가?

"아니, 그게 말이나 되느냐고!"

"그게 문제입니다. 말이 안 된다는 걸 증명할 방법이 없습니다."

그 사건들은 분명 의문사다.

사고로 처리한 사건이기는 하지만, 진짜로 파고들기 시작하면 이상한 점이 드러날 수밖에 없는 그런 사건들 말이다.

"그들은 해당 사건을 전면 재조사해 달라고 요구하고 있습니다."

"그건……."

그건 안 된다.

전면 재조사를 하게 되면 자신들이 사건을 고의로 일으켰다는 것이 드러날 수도 있다.

"하지만 정부 입장에서는 그걸 거부할 방법이 없습니다."

재조사를 거부하면 '나는 중국 정부의 스파이 노릇을 하고 있습니다.'라고 인정하는 꼴이니까.

"관련자들은 뭐래? 어? 지금 어떻게 방법이 없대?"

"그쪽도 패닉입니다. 극우 세력에 몸을 의탁할 거라고는 전혀 생각하지 못해서……."

사실 국가를 위해 일하는 사람들에게 극우 세력은 잠재적 위험이다.

그런 만큼 보통은 일이 터져도 그쪽으로는 가지 않는다.

"젠장! 이럴 수는 없어! 어떻게든 해 봐! 극우 마을에 사람 없어?"

"팍스 아메리카나의 요새에는 우리 사람이 있습니다. DIA

에서 보낸 사람이 있기는 한데…….”

미국의 DIA(Defense Intelligence Agency).

한국어로는 국방정보국으로, 미군 산하의 정보 조직이다.

그리고 일부 인물들이 국방부 인물들과 손잡고 시볼스사
를 밀어주고 있는 조직이기도 했다.

“그 사람한테 죽이라고 해!”

“안 된답니다. 그렇게 되면 아주 대놓고 그쪽에 선전포고
를 하는 꼴인지라.”

하디 잭슨이 있는 집은 현재 스물네 시간 감시 상태다.

외부뿐만 아니라 내부도 그렇다.

당연히 그를 암살하면 걸리지 않을 수가 없으며, 그들 입
장에서는 미 정부가 중국에 넘어갔다는 가장 강력한 증거가
생기는 셈이다.

“그때는 걷잡을 수 없게 됩니다.”

“망할, 망할! 그 녀석을 정신이상으로 몰아갈 수는 없나?”

“일단 그쪽으로 계획은 짜고 있습니다만…….”

보고하는 그때, 문이 벌컥 열리면서 한 여자가 헐레벌떡
들어왔다.

“사장님, 큰일 났습니다!”

“큰일이라니?”

“경찰서에서 연락이 왔는데, 증거 보관용 주차장에 있던
차량에 화재가 나서 차량이 전소되었답니다.”

"그게 뭔 소리야? 증거 보관용 차량이라니?"

"후디 가족의 차량이 불탔답니다."

"뭐?"

그 일이 불러올 가능성을 알아챈 폴 에크먼은 얼굴이 푸르죽죽해졌다.

노형진은 불타 버린 차를 보면서 고개를 끄덕거렸다.

"역시 이렇게 되는군."

"증거를 감추기 위해 불을 지르다니, 그쪽도 다급하기는 한 모양이군요."

엠버는 눈을 찌푸리면서 말했다.

후디 가족은 의문사를 당한 가족들로, 교통사고로 가족 전부가 사망했다.

조사 결과, 브레이크 이상으로 드러났다.

처음에는 정비 관리 소홀로 넘어갔지만……

"하지만 이런 식으로 불타 버리면 다시 조사할 수가 없으니까요. 진짜 다급한 모양이네요."

엠버의 말에 노형진이 속으로 키득거렸다.

'응, 아니야.'

사실 그 차에 불을 지른 것은 DIA나 시볼스사가 아니다.

바로 노형진이었다.

사고가 난 차는 사건 조사를 위해 일정 기간 보관해야 하고, 수사가 끝나면 폐차 처리된다.

그런데 애초에 사고가 난 차들이라 가치가 없어서 딱히 보안이 되는 곳에 보관하지 않는 편이다 보니, 누군가 그 안에 들어가서 불태우는 건 어렵지 않았다.

'그리고 그런 걸 해 줄 사람은 많지.'

노형진은 그들에게 그 차를 불태워 달라고 했고, 이제 차는 깔끔하게 불타 버렸다.

"그나저나 일이 이쯤 되면 미국 정부도 움직이지 않을 수 없겠군요."

"그럴 겁니다. 증거를 없애려는 시도가 있었으니까요. 다행히 다른 사건들의 증거는 다른 곳에 있지만요."

노형진은 이미 주요 증거 하나가 정체 모를 누군가에 의해 불타 버렸다는 소식을 극우 세력에 전했다.

그들이 어떤 반응을 보일지는 뻔하다.

'사실 중요한 증거도 아니고.'

이미 브레이크 이상이 있었다는 기록이 있는 이상, 차량의 존재는 중요한 게 아니었다.

"일부 언론들도 움직이고 있다고 하더군요."

"그럴 수밖에요."

방송 중 일부는 극우 성향을 가지고 있는데, 그들이 이번 사건에 대해 언급을 하기 시작했다.

문제는 그 방송이 지역 방송이 아닌 전국 방송이라는 것이다.

당연하게도 상당수 미국민들에게 사건의 전반이 알려졌다는 것.

"중국 포비아를 건드린다는 게 이런 거군요."

이번 일에 중국은 한 게 아무것도 없다.

그런데 그들은 억울하게 엮여서 노형진에게 농락당하고 있었다.

"그런데 중국이 정말 변명을 하지 않을까요?"

"해 봐야 의미가 없거든요."

이미 스파이가 한번 걸렸다.

거기에다가, 스파이 업무라는 것이 그렇다.

걸려도 부정도, 긍정도 하지 않는다.

문제는 부정해 봐야 믿지 않는다는 것.

"그러니 그쪽도 뭐라고 항변할 수가 없죠."

자기들은 모른다고 해 봐야 의미가 없으니까.

"실제로 중국의 스텔스 전투기 젠 같은 경우는, 미국의 기술을 빼돌려서 만들었다는 것이 정설이니까요."

그렇다고 '우리가 비행기 기술은 훔쳤지만 항공모함 설계도는 안 훔쳤습니다.'라고 할 수는 없지 않은가?

중요한 것은 미국이, 아니 미국 국민들이 어떻게 받아들이느냐는 것이다.

이것이법이다

"그러면 이제 일은 다 끝난 거야? 살인에 대해 제대로 조사가 들어가면 사건이 정리될까?"

"아닐걸. 사건을 가지고 시간을 끄는 거야 어려운 일이 아니니까."

당장 그들의 운신의 폭이 좁아진다는 의미 정도야 있겠지만, 사건을 조사한 후 사람들의 뇌리에서 잊히기까지는 그리 오래 걸리지 않는다.

"사고로 몇 개 처리하고 영 덮을 수 없는 사건은 가짜 희생자를 만들어 내는 거지."

그 후에 불구속 수사를 진행하거나, 구속 수사를 하더라도 제일 편한 곳에 두고 느긋하게 시간을 끌다가 1년쯤 지나서 무죄나 증거 불충분으로 조용히 풀어 주면 사건은 조용히 무마된다.

"결과적으로 그 살인 사건에 대한 압박이 현 정부의 은폐까지 막지는 못한다는 거야. 다만 우리를 직접적으로 노리던 자들이, 자신들의 힘을 우리가 아니라 정부에 투영하기 시작한다는 것뿐이지."

"아니, 뭘 그렇게 복잡하게 해?"

"그건…… 비밀."

노형진은 말해 주지 않았다.

아니, 말해 줄 수가 없었다.

'애초에 말해 줄 수가 없지.'

사건을 한 방에 해결하면 분명 하디 잭슨은 금방 자신의 자리로 돌아갈 것이고, 그의 성격상 가지고 있는 증거는 반납할 것이다.

'난 그걸 절대 놓칠 생각이 없거든.'

한국의 선박 제조 기술을 20년 이상 앞당길 수 있는 설계도다.

사건을 바로 해결하기 위해 그걸 포기할 수는 없다.

'그도 그걸 알지.'

잠깐 봐 온 것에 따르면, 그는 작은 힙색을 항시 가지고 다닌다.

안 봐도 뻔하다.

그 안에 설계도가 있는 것이다.

지금이야 작은 메모리 카드 하나만 있으면 그걸 다 담을 수 있으니까.

'문제는 그걸 복제할 틈이 없다는 거지.'

그 물건은 하디 잭슨이 언제나 가지고 다닌다.

매일같이, 스물네 시간 내내.

심지어 샤워를 하는 중에도, 힙색은 목욕탕 안에 두고 자신의 시야에서 벗어나지 못하게 한다.

'바로 그게 내가 중국을 넣은 가장 큰 이유지.'

노형진은 홀로 머릿속으로 작전을 짜고 있었다.

'기회가 없다면…… 만들어 내면 되는 거야.'

기회는 만드는 것

　미국에서 어떤 파란만장한 일이 벌어지든, 그래서 누가 피 바람을 뒤집어쓰든 노형진은 신경 쓰지 않았다.

　걸릴 놈은 걸리는 법이니까.

　'이걸 뭐에 쓰나, 흐흐흐.'

　다른 것도 아닌 미국의 최신 항모의 설계도다.

　팔려고만 한다면 팔 곳은 많다.

　'아니야. 그건 하수지.'

　그러면 전 세계에 '내가 미국을 털었습니다.'라고 인정하 는 꼴이 된다.

　그러니 차라리 그 안에 있는 기술을 하나씩 역설계한 다음 조금씩 분해해서 팔아먹는 게 제일이었다.

'뭐, 그건 나중 문제고.'

중요한 것은 일단 그걸 어떻게 해서든 빼 오는 것이다.

그래야 뭐든 할 수 있으니까.

"일단은 재판부터 시작하면 될 것 같은데."

"재판? 무슨 재판? 아직 조사 중이잖아."

사건 자체가 상당히 중요하고 엄중하다.

그래서 미국 정부는 아직 기소를 하지 않았다.

아니, 못 했다고 봐야 한다.

"대상은 시볼스사야. 그리고 폴 에크먼이지. 설사 기소한 다고 해도, 과연 될까?"

"그게 무슨 소리야?"

"중국에 자료를 넘기려고 했다는 사실 자체가 거짓말이 야. 미 정부는 그에 맞춰서 조사를 하고 있지. 그러면 답은 나와 있지 않아?"

"아! 맞다. 잊고 있었네. 그거 가짜였지."

손채림은 아차 싶었다.

그런 그녀를 보면서 노형진은 피식 웃었다.

"그걸 거짓에 함몰된다고 하지."

"거짓에 함몰된다고?"

"그래. 자신이 거짓말을 한다는 인식이 처음에는 있었지 만, 나중에는 그 인식 자체가 사라지는 거야. 자기 스스로 그 게 사실이라고 받아들이는 거지."

"끄응…… 그러네."

무의식적으로 손채림은 그들이 중국에 자료를 넘기려던 게 사실이라고 생각하고 있었던 것.

"그러니 미국 정부에서 조사한다고 해도 결국 밝혀지는 건 아무것도 없을 거야."

"그래도 그들이 심각한 하자 있는 항모를 넘기려는 건 드러나지 않을까?"

"그건 아닐걸."

양쪽은 조사 과정이 전혀 다르다.

물론 드러날 수도 있다.

하지만 외부에 드러난 것은 중국의 스파이 혐의뿐.

그건 아예 매몰되어 있는 주장이다.

"그걸 묻어 버리는 건 어려운 게 아니야. 도리어 그들 입장에서는, 중국 스파이설을 더 띄워서 하자를 감추려고 할걸."

"설마……."

"설마가 아니야. 어차피 답은 정해져 있잖아."

중국에 자료를 넘기는 것은 사실이 아니다.

그들이 고의적으로 그걸 띄운다고 해도, 결국 나중에 나오는 답은 무혐의다.

"어, 뭐? 그게 가능하다고?"

"원래 정치란 그런 거야. 언론에서 지금껏 언급조차 하지 않던 것을 갑자기 왜 떠들까? 물론 미국의 극우 세력이 파워가 있는 것은 사실이야. 하지만 그렇다고 해도, 언론을 좌지우지할 정도는 아니지."

한국으로 친다면 그들은 가스통 할배와 같은 것이다.

세력이 나름 크고 무력도 어느 정도 가지고 있지만, 그렇다고 해서 주류인 것은 아니다.

"도리어 언론에서는 그들의 주장은 이야기하지 않아. 극우 세력이 자신들의 주장을 널리 알리는 걸 방지하기 위해서 말이지. 왜 극우 세력이 테러를 저질러 가면서 성명이니 뭐니 발표하는데?"

"아……."

"그런데 어느 순간 갑자기 중국 스파이설이 전 언론에서 나오고 있단 말이지. 저치들은 그게 자기 이야기를 전해 주고 있어서 그런 것이라 생각하는 모양이지만……."

사실은 그게 아니라 항모의 비리를 감추기 위해서였다.

더군다나 노형진의 말대로 이번 사건의 답은 결정되어 있다.

그 상황에 미 정부에서 나중에 조사 결과를 부정하면, 도리어 그런 주장을 했던 극우 세력의 진실성은 급감된다.

"그래서 그들이 가능한 한 투명하게 조사한다고 하는 거구나."

"그래. 외부적으로 투명한 건 맞으니까."

실제로 조사위원 중에는 극우에 속하는 사람이 꽤 많다.

극우에 속한 일부 조사위원들마저도 혐의가 없다고 한다면, 극우 세력은 그들을 부정하든가 아니면 믿는 수밖에 없다.

이것이 법이다

어느 쪽이든 극우 세력에 좋은 건 없다.

부정하면 극우 세력이 분열되는 거고, 믿으면 자신들의 진실성이 사라지는 셈이니까.

"그러면 뭘 가지고 고발하려고?"

"간단해. 살해당한 사람들."

"응?"

"살해당한 스무 명의 사람들. 그들에게 일어난 일을 고발할 거야."

"뭐?"

"지금 정부에서 해당 사건을 조사하고 있지. 그건 사실이야. 하지만 말이지, 그 가해자가 누구인지 특정되지는 않았어. 난 그걸 특정하려고 하는 거지."

노형진은 그렇게 말하면서 테이블을 톡톡 두들겼다.

"그러면 언론에서 어떻게 나올까?"

"말 그대로 고삐 풀린 망아지가 되겠네."

언론을 이용해서 항공모함의 비리를 감추려고 하는 그들이다.

그래서 지금은 언론의 고삐를 풀어 준 상황.

기습적으로 치고 들어간 진실 싸움을, 언론이 과연 보도하지 않을까?

이미 관련 사건에 대한 보도 제한이 사라졌는데?

"결국 그들은 내 머릿속에서 열심히 통밥을 굴리는 것뿐이지, 후후후."

폴 에크먼은 자신에 대한 고발이 진행되자 당혹감을 감추지 못했다.

사실 조사를 한다고 해도 그걸 덮는 것은 어려운 일이 아니다.

애초에 그들을 살해한 방식도 자신이 드러나지 않게 철저하게 감췄고.

그런데 하디 잭슨이 자신을 고발한 것이다.

"내가 명령했다는 증거는 아무것도 없다면서!"

"그건 그렇습니다만, 아무래도 상황이 상황인지라 하디 잭슨 입장에서는 대표님 말고는 의심할 사람이 없습니다."

세상천지에 그 정도 살인을 명령할 수 있는 사람은 에크먼뿐이라는 것을 모르는 사람은 없을 것이다.

하지만 아 다르고 어 다른 것이 법이다.

"내가 바보로 보이나? 그래서 어떤 흔적도 남기지 않았잖아!"

의심은 누구나 할 수 있다.

중요한 것은 증거다.

증거가 없으면 의심은 아무런 의미가 없다.

한국에서도 매년 수십 건의 의문사가 일어나지만 증거가

없어서 모조리 사고사로 처리되고 있는 상황이니까.

"그냥 고발은 나도 어디 가서든 할 수 있다고."

자신이 어디에 가서 현 미국 대통령이 살인을 명령했다는 소리는 할 수 있다.

하지만 증거가 없으니 그건 개소리로 끝날 테고, 경찰이 조사도 하지 않을 것이다.

그런데 문제는 그들의 고발이 접수되었다는 것.

"그들이 야고를 같이 고발했습니다."

"콜록, 콜록…… 콜록."

한참 화를 내다 보니 목이 타서 물을 한 잔 마시려고 하던 폴 에크먼은, 그 말에 갑자기 격하게 기침을 하면서 물을 토해 냈다.

잠시 후 몸을 돌린 그의 눈은 격하게 떨리고 있었다.

"야고를 고발했다고?"

"네."

"그게 가능해? 그들이 알 가능성이 존재해?"

"모르겠습니다."

야고.

공식적으로는 자신들과 아무런 관련이 없는 회사다.

무려 다섯 단계를 거쳐서 만들어 낸 유령 기업이다.

그곳을 만든 목적, 그건 비상시 쓸 돈을 빼돌리기 위함이다.

암살자들에게 들어간 돈도 그곳에서 지급했다.

"그러면 암살자들이 누군지 안다는 소리야?"

"그건 확실하지 않습니다."

아까 전처럼 폴 에크먼은 마냥 화를 내지 않았다.

아니, 못 했다.

도리어 겁이 나기 시작했던 것이다.

과연 하디 잭슨이 어디까지 알까?

'젠장, 그가 어떻게 이렇게까지…….'

그는 노형진이 하디 잭슨의 뒤에 있다는 것은 꿈에도 생각하지 못했다.

애초에 노형진은 이번 사건에서 전면에 나선 적이 없다.

사람을 쓸 때도 극우 세력과 접촉을 할 때도, 가명을 이용하거나 대리인을 썼다.

"이건 말도 안 돼. 그놈이 그걸 어떻게 안 거지?"

알 수가 없다.

그 정도의 정보는 국가, 그것도 미국 같은 강대국의 정보국이나 알 수 있다.

애초에 그는 그렇게 건너 건너 유령 기업을 만들 때, 최대한 사람들의 눈을 피하기 위해 전직 요원들을 동원했다.

"비밀이 있었어! 극우 깡패 새끼들이 그걸 알 리는 없고, 하디 잭슨 같은 놈이 그 정도 정보를 알고 있을 리도 없어. 누군가 그들을 도와주고 있는 게 분명해. 그걸 알아내."

"알겠습니다. 가능한 한 빨리……."

변호사는 대답하고 빨리 움직이려고 했다.

하지만 그가 움직일 필요는 없었다.

그 정보는 바로 다음 순간 들어왔으니까.

"사…… 사장님!"

문을 벌컥 열고 들어오는 비서를 보고 폴 에크먼은 눈을 찌푸렸다.

"들어오지 말라고 했을 텐데!"

"하지만 상황이 다급해서 어쩔 수 없었습니다. 몇 번이나 연락드렸습니다만……."

폴 에크먼은 자신의 전화기를 바라보았다.

혹시나 방해받을까 봐 내선 전화를 내려 둔 상태였다.

"도대체 또 뭔데?"

"우…… 우리 경쟁사들이 주식을 긁어모으고 있습니다."

"뭐? 무슨 주식? 우리 주식?"

"아니요! 자기 주식입니다!"

폴 에크먼의 얼굴이 사정없이 일그러지기 시작했다.

"좀 괴상한 조건이기는 합니다만."

시볼스사는 항모를 만드는 회사다.

물론 그들 말고도 항모 제작 능력을 가진 곳들이 있다.

물론 많지는 않지만 말이다.

그런 곳 중 한 곳이 바로 트릭스사다.

그곳에서 온 남자는 로버트를 보면서 고개를 갸웃했다.

"구입가의 3%를 더 주고 사신다니 우리야 좋기는 합니다
만……."

로버트가 그들에게 끼어들어서 내건 조건.

그건 그들이 주식을 모집해 달라는 것이었다.

그것도 자기네 주식을 말이다.

외부에서 자기들이 주식을 모으는 것으로 보이게 말이다.

"우리 쪽에서는 이번 거래가 외부에 드러나지 않기를 바라
서요."

3%라고 하지만 다름 아닌 마이스터와 하는 거래다.

최소한 몇십만 단위이기 때문에 상당한 수익이 나서, 각
회사들은 좋다고 주식을 모집해서 넘기고 있었다.

"시볼스사의 문제 때문이군요."

"아십니까?"

"당연하지요. 그 정도 일을 우리가 모르겠습니까?"

중국과 관련된 소문을, 이들이 모를 리 없다.

"미다스도 그게 거짓인 것 정도는 알 것 같은데요?"

'역시나 알고 있군.'

예상대로였다.

그들은 중국 관련 소문이 헛소문이라는 것을 알고 있었다.

그들 역시 정부와 선이 있는 곳이니까.

"하지만 저희는 정부에서 위험한 게임은 하지 않을 거라 판단합니다."

"글쎄요."

트릭스사의 남자는 그저 웃을 뿐이었다.

자신들은 상관없다.

어차피 자신들은 중간에서 돈만 먹으면 되는 것이다.

"어디 보자…… 좋습니다. 주식 확인했습니다. 입금 확인 부탁드립니다."

로버트가 몇 가지를 확인하고 돈을 보내 주자 트릭스사의 남자는 확인하고 고개를 끄덕거렸다.

그리 힘들지도 않은 일로 어마어마한 돈이 벌렸다.

"계속할까요?"

"계속해 주십시오, 우리가 다 구입할 테니."

"그러지요."

"아, 그리고 잊지 마십시오. 이건 앞으로 10년간 기밀에 부치는 겁니다."

"저희도 바보는 아닙니다."

향후 10년 내에 마이더스가 이들을 통해 주식을 샀다는 사실이 외부에 드러나는 경우, 트릭스사는 추가로 받은 3%를 내줘야 할 뿐만 아니라 총금액의 10%에 달하는 배상금을 줘야 한다.

"다음에 또 어느 정도 모이면 연락드리지요."

남자가 나간 후, 바깥에 있던 엠버가 들어와서 방금 남자가 앉아 있던 사무실 소파의 맞은편에 자리를 잡았다.

"이게 무슨 의미가 있는지 모르겠네요."

"글쎄요. 저도 모르겠습니다. 물론 이렇게 하면 우리가 주식을 모으고 있다는 사실을 감출 수는 있겠습니다만."

로버트 역시 노형진이 왜 이렇게 귀찮은 방식을 쓰는지 이해가 가지 않았다.

사실 몰래 주식을 모으는 방법은 많다.

그런데 총금액의 3%를 줘 가면서 사는 것은 지극히 비효율적이다.

더군다나 트릭스사를 비롯한 경쟁사들은, 주식이 이미 비쌀 대로 비싸진 곳들이다.

"유령 기업을 만들어서 사면 돈이 1%도 안 들 텐데요."

"가끔 미스터 노는 무슨 생각을 하는지 알 수가 없어요."

"그러니까요. 그런데 무서운 점은 그게 모두 그의 계획의 일부라는 거죠."

자신들이 무슨 생각을 하든, 노형진은 몇 수를 앞서서 보고 접근한다.

그래서 그 결과가 나왔을 때 그들은 기가 막힐 수밖에 없었다.

"지금 알려 드릴까요?"

"미스터 노!"

그 순간 문 앞에서 들리는 목소리에 그 두 사람은 고개를 돌렸다가 깜짝 놀랐다.

"언제 오셨습니까?"

"방금요. 고소장을 넣고 오는 중입니다."

"미스 손은 어디 갔습니까?"

"아, 다른 일을 부탁했습니다. 그런데 제가 왜 이렇게 일을 복잡하게 하는지 궁금하신 모양이군요."

"솔직히 말하면, 네, 그렇습니다. 이건 돈을 버리는 행위입니다."

유령 기업을 세우면 3%가 아니라 0.3%만 있어도 충분히 몰래 주식을 모을 수 있다.

그런데 돈까지 줘 가면서 몰래 모은다는 것은 이해가 가지 않았다.

"미 정부를 속이기 위해서죠. 정확하게는 그 안에 있는 변절자들을요."

"변절자들요?"

"네. 그들도 바보는 아닐 테니까요."

그들도 지금쯤이면 누군가가 하디 잭슨에게 도움을 주고 있다는 것을 알아차렸을 것이다.

그가 똑똑하기는 하지만 그건 어디까지나 자기 전공에 관해서지, 이런 음모를 짤 정도는 아니니까.

"거기에다 제가 핵심을 좀 찔렀거든요."

"핵심?"

"비밀입니다, 후후후."

노형진이 폴 에크먼의 기억에서 읽은 기업, 그들을 같이 찔렀으니 시볼스사는 분명히 하디 잭슨을 도와주는 사람이 있다고 확신할 것이다.

그가 알 수 있는 정보가 결코 아니니까.

"그러면 그들은 어떻게 해서든 그 배후를 찾으려고 할 겁니다. 우리가 아무리 조용히 움직이고 있다고 해도, 그들이 우리를 찾으려고 하면 드러날 가능성이 크지요."

"그런데 그거랑 주식은……."

엠버가 노형진의 설명을 이해하지 못하고 고개를 갸웃하는 순간, 로버트가 먼저 알아차리고 탄성을 질렀다.

"아! 그렇군요! 전 전혀 예상하지 못했습니다."

"로버트는 뭔가 아는 건가요?"

"엠버는 법률이 전공이니 잘 모르겠군요. 가끔 회사에서 자기들 회사의 주식을 모집할 때가 있습니다. 그건 둘 중 하나죠."

하나는 주식이 너무 많이 풀려서 주식을 줄여야 할 때, 나머지 하나는 주식이 확실하게 오를 호재가 있을 때.

"전자의 경우 여러 가지 복잡한 게 많습니다. 일단 주식을 소각한다는 것 자체가 주주권을 침해하는 거니까요. 하지만 후자라면 아니죠."

궁극적으로 수익을 낼 수 있는 기회가 있으니까.

"하지만 어지간하면 그런 경우는 없습니다."

신제품을 내놓으니까 주식을 모집할 수는 없다.

그게 시장에서 어떤 식으로 먹힐지 모르니까.

초대박이 날 수도 있지만, 쪽박을 차서 연구 개발비도 건지지 못하는 경우도 있다.

"즉, 확실하게 먹힐 수밖에 없는 호재가 있다면 해 볼 만하죠."

"확실하게 먹힐 수 있는 호재라 하면 뭐죠, 지금 상황에서는?"

"아마도…… 차기 항모의 건조 수주 같은 거 아닐까요?"

노형진은 빙긋 웃으며 말했다.

그 말을 듣고 엠버도 노형진이 뭘 노리는지 알아차렸다.

"정부의 일부 변절자들은…… 그렇군요. 시선이 그쪽으로 돌아가겠군요."

주식을 모으는 경쟁사들.

그 주식이 어디로 갔는지는 기밀이다.

그들의 입장에서는 경쟁사들이 수주를 확신한다고 받아들일 수 있다.

그 말이 뜻하는 것은 하나다.

"하디 잭슨의 뒤에 그들이 있는 것으로 보이겠군요."

"네."

그리고 아무리 변절자들이 알게 모르게 인맥이 있다고 한다고 한들, 경쟁사들을 모조리 찍어 누를 수는 없다.

그냥 라이벌 의식을 불태운다고 시볼스사의 경쟁사가 되는 게 아니다.

진짜로 시볼스와 경쟁하고 싸워 볼 만하니까 경쟁사라는 이름이 붙는 것이다.

"거기에다 경쟁사는 여러 곳이고 시볼스사는 하나죠."

만일 경쟁사에서 공격을 시작하면 변절자들 입장에서는 죽을 맛일 것이다.

"사건이 외부로 드러나면서, 그들은 마음대로 조사할 수가 없게 되었습니다. 그리고 경쟁사들이 끼어들면서 운신은 더 힘들어졌죠."

그들을 동시에 감시해야 하니까.

외부에 드러나지 않은 노형진과 마이스터를 감시할 능력은 안 될 것이다.

"이건 단순히 돈의 문제가 아니죠."

돈이야 더 쓰겠지만, 이 정도 되면 일부 변절자들은 이들에게 신경을 쓸 수가 없게 된다.

그리고 그들이 노형진이 끼어 있다는 것을 알 때쯤에는 모든 것이 다 끝나 있을 것이다.

"그리고 폴 에크먼은 그 사실을 알 겁니다."

"그게 중요한가요?"

"중요하죠. 그가 움직일 수밖에 없게 될 테니까."

"암살?"

"그렇소."

그릭스는 남자의 말에 턱을 문질렀다.

"상황이 급하게 되었소. 하디 잭슨이 우리에 대해 알고 추적하고 있고, 정식으로 고발까지 진행했소. 우리 조사 결과에 따르면 그 뒤에는 트릭스사를 포함한 경쟁사들이 있는 것같소."

"끄응."

그릭스는 얼굴을 찌푸렸다.

그럴 수밖에 없는 게, 그도 그 소문은 들었기 때문이다.

"결국 그 하디 잭슨이라는 놈이 문제군."

"그놈이 죽어야 뭐든 정리될 거요."

"우리도 인정하지. 하지만 아무리 우리라고 해도 그 미친 놈들 사이로는 못 들어가."

하디 잭슨은 극우 세력의 보호를 받고 있다.

자신들 조직이 암살에 특화되어 있지만, 고화력 병기를 다루는 것은 그들이 더 익숙하다.

"일을 하게 되면 암살이 아니라 전면전이 될 텐데, 그놈들 개틀링까지 가진 미친놈들이야. 우리가 어찌 손댈 수가 없어."

그릭스는 제법 유명한 암살 집단의 리더다.

만일 지금 벌어지고 있는 일이 사실이라면 이 문제는 폴 에크먼만의 문제가 아니다.

"우리도 그놈 때문에 곤란하기는 한데."

자신들에게 돈을 준 야고라는 유령 회사에 대해 안다는 것.

그건 자신들에 대해서도 안다는 뜻이니, 자신들이 위험하다는 뜻도 되니까.

"그래서 그놈을 죽여야 한다는 거요."

"하지만 어떻게?"

"어차피 이판사판이오. 그가 진술을 하러 갈 때를 노립시다."

"진술?"

"그렇소. 고발을 했으면 당연히 진술을 하러 가야지."

"호오?"

확실히 그렇다.

더군다나 그가 움직이는 곳은 도시일 수밖에 없다.

법원이든 경찰서든, 도시에 있을 테니까.

"그 미친놈들도 도시에서는 어쩔 수 없겠지."

그들이 요새화한 마을에는 고화력 무기가 즐비하다.

하지만 일단 그곳을 떠나 움직이게 되면 그 모두가 아무 소용 없다.

아무리 정부가 모른 척하면서 방치한다고 해도, 개틀링을 들고 도시 내부를 활보하는 걸 두고 보지는 않을 테니까.

"기껏해야 소총이겠지."

그것도 법에서 허락하는 수준의 단발 소총.

인터넷 영상에서 연발 소총이 흔하게 나오지만, 사실 미국에서 민수용으로 허락되는 것은 단발이다.

물론 특수한 경우 연발 허가가 나기도 하지만, 그건 어디까지나 특수한 경우일 뿐.

"그들은 빌미를 줄 수가 없겠군."

뭐 하나 건드리면 미국에서 그걸 가지고 귀찮게 할 테니까.

안 그래도 미국의 총기관리국에서 가장 자주 터는 곳이 극우 세력이다.

"어차피 우리 입장에서는 손해 보는 게 없지."

이들은 암살 조직이자 불법 조직이다.

법 따위 상관없다.

"좋아, 우리가 처리하지."

그릭스는 고개를 끄덕거렸다.

"그러면 준비하지요."

남자도 고개를 끄덕거렸다.

잠깐의 거래가 끝난 후, 남자는 바깥으로 나왔다.

적도의 뜨거운 태양이 하늘에서 그를 비추고 있었다.

"뜨겁네."

그는 하늘의 태양을 보고 눈을 찌푸렸다.

그리고 핸드폰을 들었다.

"이야기 끝났습니다. 네. 알아서 한다더군요. 문제는 없을 것 같습니다. 네, 알겠습니다. 그러면 이만."

그는 잠깐 통화하고는 전화를 끊었다.

그리고 핸드폰에서 유심을 꺼내 물끄러미 바라보다가 손가락으로 구부려 조각냈다.

그런 다음 핸드폰을 바닥에 떨구고는 가차 없이 밟아서 부순 뒤 발로 뻥 차 버렸다.

핸드폰은 하늘을 날아서 '풍덩' 소리와 함께 바로 옆에 있던 개천에 빠졌다.

"돈 벌기 참 쉽네."

그는 미소를 지으면서 어디론가 사라졌다.

⚖

노형진은 시계를 힐끔 보았다.

'습격을 할 거란 말이지.'

노형진은 창밖으로 흘러가는 풍경을 보면서 깊은 한숨을 쉬었다.

오늘 습격이 있으리라는 것은 알고 있다.

아니, 그렇게 만들었다.

사실 암살을 청부한 것은 폴 에크먼이 아니라 노형진이다.

미친 소리 같지만, 진짜다.

물론 그게 쉬운 건 아니지만.

'그게 익명과 대리인의 함정이지.'

폴 에크먼이 그들을 고용한 방법은 야고라는 회사를 통해서였다.

그런데 야고가 걸렸다.

'그런 경우에 그들을 쓰기 위해서는 다른 방법을 써야 하지.'

그 당시 접촉했던 회사나 대리인을 또다시 쓰면 문제가 될게 뻔하니까.

노형진은 다행히 기억을 읽어서 그들이 어떤 식으로 접촉하는지 알고 있었고, 그걸 가지고 접촉하자 그들은 의심하지 못했다.

상황도 그럴듯했고, 수십만 달러를 줘 가면서 그럴 거라고는 생각도 못 할 테니까.

'하지만 그건 어디까지나 그들 입장이지.'

그들이 어디에서 암살할지는 알고 있었다.

그래서 노형진은 그들이 있는 그곳을 지나가기 전에 다른 암살 팀을 준비해 놨다.

"걱정됩니까?"

"후우! 걱정이 되지 않는다면 거짓말이겠지요."

하디 잭슨은 입술을 깨물며 말했다.

"고발하면 경찰에서 정말 조사할까요?"

"할 수밖에 없습니다. 언론이 입구에 가서 기다리고 있으니까요."

폴 에크먼은 어떻게 해서든 사건을 무마하려고 노력했지만, 이미 풀려난 고삐를 채우는 것은 절대 쉬운 게 아니었다.

도리어 그게 더 큰 건이라고 생각한 기자들은 악착같이 매달렸다.

"미스터 노."

"네?"

"고맙습니다."

하디 잭슨은 문득 무슨 생각이 들었는지 노형진을 바라보면서 말했다.

"비록 돈 때문이라고 하지만, 당신이야말로 진정한 애국자입니다. 설사 미국 국적이 아니라고 해도요."

"별말씀을요."

노형진은 왠지 살짝 양심에 찔렸다.

'내가 당신에게 할 일을 안다고 해도 그런 말을 할 수 있을까?'

아주 짧은 양심의 가책을 노형진은 애써 지우면서, 그를 안아 줬다.

"애국자까지는 바라지 않습니다. 한국에서는 애국자가 호구를 뜻하거든요."

"한국은 이상한 나라예요."

그렇게 하디 잭슨의 어깨를 토닥거리는 노형진.

하지만 그의 손은 재빠르게 움직여서, 미리 준비된 가느다란 고리를 힙색에 걸었다.

'미안합니다. 나도 먹고살아야 해서.'

그 고리는 눈에는 잘 보이지 않지만 튼튼한 물건이었다.

거기에다 이어지는 선은 가느다란 피아노 줄이라서 움직이는 데 아무런 지장도 없었기에, 하디 잭슨은 자신의 가방에 뭐가 걸렸다는 것조차 알아차리지 못했다.

"이제 조금 있으면 도시에 들어갑니다."

운전사의 말에 고개를 끄덕거리는 노형진.

그리고 시선을 바깥으로 돌렸다.

그의 눈에, 저 멀리 먼지를 일으키며 달려오는 차량들이 보였다.

"어? 뭐지?"

"저게 뭐야?"

안 그래도 신경이 곤두서 있던 극우 세력은 차량들이 무리지어 달려오자 민감하게 반응했다.

그리고 다음 순간, 날카로운 총성이 그들의 이성을 끊어버렸다.

탕! 탕탕탕!

몇 발의 총성.

잔뜩 긴장하고 있던 사람들은 그 총소리에 놀라서 사정없이 반격하기 시작했다.

"쏴! 쏴 버려!"

"저 새끼들 쏴 버려!"

"저거…… 중국인 아니야?"

힐끗 창문으로 보이는 검은 머리.

누가 봐도 동양계 인간들이다.

그걸 보고 극우 세력은 눈깔이 돌아갔다.

"쏴 버려!"

"죽여!"

"망할 중국 놈들!"

안 그래도 이번 사건에 중국 놈들이 관련이 있다고 생각하고 있었는데 동양계 남자들이 습격하자 당연히 중국인이라고 단정 지은 것이다.

습격자들은 몇 발의 총을 쏘다가 화력에서 밀린다 싶었는지 방향을 틀어서 도망가기 시작했다.

"도망쳐!"

"잡아!"

원래 경호할 때 경호원은 경호 대상의 주변을 떠나서는 안 된다.

하지만 그들은 그런 제대로 된 훈련을 받은 적이 없는 데다 잔뜩 흥분한 상태였다.

"두 대는 남고 나머지는 따라가!"

앞뒤로 세 대씩 여섯 대나 있었지만 상대측이 도망가자 쫓

아가기 위해 네 대가 대열에서 이탈해서, 이제 남은 것은 두 대뿐이었다.

그렇게 그들이 멀어졌다고 생각하는 그때, 한쪽에서 또 다른 차량들이 달려오는 것이 보였다.

"허! 양동작전이다!"

"막아!"

남아 있는 두 대의 차량에 있던 사람들은 난리가 났다.

노형진은 그걸 보고 속으로 미소 지었다.

'잘 움직이네.'

사실 저들은 중국의 요원이 아니다.

그들은 노형진이 사건으로 인해 접촉한 적이 있는 한국인 갱단이었다.

노형진이 원하는 건 대충 총 쏘는 시늉만 해 달라는 것이었고, 그들에게 그 정도는 어렵지 않았다.

'그리고 미국인들은 아시아 사람들을 잘 구분 못하지.'

특히 중국인, 일본인, 한국인은 거의 구분 못한다.

다만 상황이 상황인 만큼 중국인이라 생각할 뿐.

'그래, 지금이다.'

사실 총을 쏴 대도 양쪽 모두에 의미가 없다.

노형진이 타고 있는 차는 방탄이다.

한국 갱단이 타고 있는 차도 방탄 처리가 되어 있고.

극우 세력의 경우 방탄 처리는 안 되어 있지만, 노형진이 절대 사람은 맞히지 말라고 했으니 피해자가 생길 리 없다.

저 총소리도 결국은 허공에 대고 하는 총질로 인한 것일 테니까.

사실 노형진이 노리는 것은 따로 있었다.

퍼석.

뭔가 깨지는 소리.

그리고 앞 유리에서 불이 확 피어올랐다.

"허억!"

"화염병이다!"

"이런 젠장!"

방탄이라고 해서 무적은 아니다.

총알은 막을 수 있다.

수류탄도 어느 정도 커버가 가능하다.

하지만 화염병은 상대방을 태우는 거지, 총알이 아니다.

당연히 방탄으로 막을 수가 없다.

"나가! 어서 나가!"

차가 불타면 방법이 없기에 다급하게 탈출하려고 하는 사람들.

마찬가지로 다급하게 나가려고 하던 하디 잭슨은 뭔가 걸리는 느낌에 당황했다.

"어어어……?"

겁을 먹고 나가려고 했지만 뭔가가 그를 붙잡고 놔주지 않앉고, 그의 얼굴에는 공포가 서렸다.

"뭐 해요, 안 나가고!"

노형진은 그가 나가야 나갈 수 있는 위치에 있었다.

반대쪽 문은 이미 불타고 있었고, 설사 그쪽으로 나간다 해도 순식간에 벌집이 될 테니까.

"뭐…… 뭔가 걸렸어요!"

"젠장! 잠시만요!"

노형진은 살피는 척하더니 고개를 번쩍 들었다.

"이 힙색이 걸렸어요! 어서 풀어요!"

"거…… 걸리다니요?"

"벨트 고리에 걸렸어요! 어서 풀어요! 엉켜서 어떻게 못 해요!"

"아아……."

그는 잠깐 주저했다.

하지만 고민은 짧았다.

"부, 불이……!"

화염병에 들어 있던 기름이 퍼지면서 차의 주변으로 점점 불이 번지고 있었기 때문이다.

"으아아아!"

덮쳐 오는 공포에, 그는 순간 이성을 잃어버리고 다급하게 힙색을 풀고 바깥으로 튀어 나갔다.

'빙고.'

노형진은 그가 차 바깥으로 나가기 무섭게 힙색을 열었다.

중요한 건 가방이 아니라 그 안에 있는 USB니까.

그는 그걸 잽싸게 주머니에 넣고는 바깥으로 굴러 나왔다.

"도망친다!"

다급하게 멀어지는 차량을 보고 환호성을 내지르는 극우 세력.

하지만 누구도 불을 끄려고 하지는 않았다.

'아니, 못 하겠지.'

소화기를 차에 싣고 다니는 사람은 많지 않으니까.

"내…… 내…… 내 가방…….."

하디 잭슨은 멍하니 바라보다가 다가가려고 했지만, 노형진은 고개를 흔들었다.

"이미 늦었습니다."

노형진이 문을 열어 둔 채 허둥지둥 나온 탓일까?

이미 불은 안쪽으로 침범해서 차를 활활 태우고 있었다.

"큭……."

"일단은…… 신고부터 하죠."

노형진은 눈을 찡그리며 전화를 걸었다.

하지만 속으로는 미소를 지었다.

'후후.'

자신의 주머니에 있는 USB를 생각하면서, 그는 애써 웃음을 감췄다.

군수 비리는 세계 공통인 듯?

－도심 한복판에서 벌어진 경찰과 갱단의 총격전은…….

－다행히 민간인 피해는 없었지만 경찰 중 한 명이 사망하고 두 명이 부상을…….

－습격을 준비하던 갱단은 다섯 명이 사망하고 세 명이 부상을…….

노형진은 그걸 보며 안타까운 듯 입을 쩝쩝거렸다.

"치밀한 놈들. 이중으로 설계한 건가?"

손채림은 사실을 모르고 분개할 수밖에 없었다.

"그런가 봐."

사실 그들은 이중 설계한 게 아니었다.

조금만 생각해 보면 말도 안 된다는 것을 알 수 있다.

한 번 실패했는데 예정대로 그 길로 갈 리 없으니까.

'뭐, 상관없지. 그나저나 돌아가신 분에게는 미안하군.'

노형진이 함정을 파기는 했지만 경찰과 총격전을 한 것은 사실이고, 죽은 경찰이 있는 것도 사실이다.

노형진이 신고하자 경찰은 다급하게 출동했고 주변의 순찰을 강화했다.

그리고 그중 한 명이 이상한 차량을 발견하고 접근했다가 기습적으로 총을 맞고 살해당한 것.

차량에서 대기하고 있던 동료가 급하게 지원을 부르고 스와트 팀까지 출동한 총격전이 벌어져서, 결국 암살자들은 모조리 체포되었다.

'이렇게 떠먹여 줬는데 병신같이 놓치지는 않겠지.'

그들에 대해 조사가 어떻게 진행될지는 알 수 없다.

중요한 것은, 그들이 살해를 실행한 사람들이라는 것이다.

물론 정부 측에서 살해에 참가한 요원은 방법이 없지만······.

'그들 중 일부가 입을 열면 상황은 바뀌지.'

그들 중 한 명이라도 시볼스사나 폴 에크먼에 대해 말하면, 계획 살인 혐의로 조사가 진행되어 폴 에크먼과 시볼스사는 끝장난다고 보면 된다.

"동료들의 복수는 했네요."

뉴스를 보며 하디 잭슨은 착잡한 얼굴로 말했다.

노형진은 그를 바라보는 대신에 그의 허리에 있는 힙색을 바라보았다.

'내 이럴 줄 알았지. 누군가 한 명은 있겠지. 바보가 아니니까.'

그의 허리춤에 있는 힙색.

지난번 것과 완벽하게 똑같은 것이었다.

'스스로 미끼가 된 건가?'

누군지 모르지만 사본을 가지고 있다.

아니, 디지털이라는 특성상 사본이란 의미가 없다.

중요한 것은, 그가 말하지 않은 누군가가 똑같은 파일을 가지고 있다는 것이다.

그리고 힙색이 불타자 그는 똑같은 것을 가지고 왔다.

'이 사람도 대단한 사람이야.'

그가 이걸 가지고 다니는 것은 아마 자신만을 표적으로 만들기 위해서일 것이다.

물론 노형진이 그걸 빼돌린 걸 그는 모르지만.

'뭐, 속이고 속는 거지.'

노형진은 더 이상 묻지 않았다.

물어볼 이유도 없고.

⚖

"하지만 정작 그들이 군수 비리를 저지르는 걸 증명할 수가 없네요."

한숨을 푹 쉬는 엠버.

"조사야 하겠지만, 아마도 살인 사건에 대한 처벌로 끝나지 않을까 싶어요. 군수 비리 자체는 감추고 말이죠."

"하지만 살인의 이유가 군수 비리잖아요?"

손채림은 이해가 가지 않았다.

살인의 이유가 그 비리인데 그걸 감출 거라니?

"그래서 이야기하지 않을 거야."

노형진은 턱을 괴고는 피곤한 목소리로 말했다.

"그래서라고?"

"그래. 애초에 사건의 진실이 드러나면 폴 에크먼은 끝이거든."

일반적으로 그 정도면 사형이 정상이다.

문제는 미국에 있는 독특한 제도인 '플리바게닝', 즉 형량 협상이다.

"벗어날 수 없다면 인정하고 최소한의 형량을 받는다는 거지."

"뭐 그딴 게 있어?"

"그게 문제야. 참 잘못된 제도인데 말이지."

죄를 뒤집어쓰고 감옥에 갔다 오는 가장 큰 이유가 되기도 하고, 또 진짜 범인이 형량을 줄이는 방법으로 선택하기도 하는 형량 협상.

행정 편의와 비용 절감을 위해 만들어진, 전형적인 자본주

의사회의 법이다.

"벗어날 수 없다면 아마 몇몇의 살해를 인정하고 형량 협상을 통해 20년 정도의 형을 받을 겁니다. 그의 권력을 생각하면 더 줄어들 수도 있고요."

엠버의 고민스러운 말.

"그리고 그 경우 원인은 중요한 게 아니거든요."

살해를 했고 그 처벌이 이루어졌다는 것이 중요하지, 왜 죽였는지는 캐묻지 않는다.

"진짜 엿 같은 제도네. 우리나라에 없는 게 다행이다."

"없다고?"

노형진은 피식 웃었다.

"뭐야, 그 웃음은? 설마 있어? 하지만 배운 적이 없는데."

"아…… 없기는 하지, 공식적으로는."

어깨를 으쓱하는 노형진.

"하지만 비공식적으로도 없다고 생각해?"

"끄응……."

손채림은 차마 그렇다고 할 수가 없었다.

"차이는 하나야. 미국에서는 형량 협상의 과실을 정부에서 받지만, 한국은 형량 협상의 과실을 개인이 먹는다는 정도?"

"큭, 완전 팩트 폭력이네."

한숨을 푹 쉬는 손채림.

"폴 에크먼 입장에서도 그게 최선이죠."

버텨 봐야 더 큰 죄만 드러난다.

더군다나 그 경우 사형을 면하기 힘들다.

"하지만 형량 협상으로 좀 버티다가 풀려나면, 그가 쌓아 둔 재산이 있으니까요. 거기에다 시볼스사도 그를 무시할 수는 없을 테고요."

분명히 어떻게 해서든 그를 보호하려고 할 것이다.

그가 자신들의 큰 비밀을 가지고 있을 테니까.

결국 그는 버티는 것보다는 먼저 입을 여는 게 여러모로 나은 셈이 된다.

"결국 그 비밀을 어떻게 해서든 공개해야 한다는 건데……."

"방법이 있지."

"있다고?"

"그래. 하디 잭슨이 가지고 다니던 힙색 기억해?"

"기억하지. 그 안에 설계도가 있다면서?"

"그래. 하지만 나한테 말은 안 하고 있지. 그도 나를 완전히 믿는 건 아니니까."

"그게 무슨 의미가 있어? 어차피 우리가 그걸 공개할 수도 없다며."

공개한다고 하면 하등 문제가 될 것이 없다.

문제는, 공개하는 순간 어느 나라로 넘어갈지 알 수가 없다는 거다.

"그래서 포기한 거고."

"그러고 보니 형진이 네가 쉽게 해결할 수 있다고 했잖아?"

노형진이 분명 그랬다.

애초에 쉽게 갈 수 있지만 쉽게 가지 않는 이유가 있다고.

"그걸 이용하는 거야."

"뭐?"

"우리도 인질극이라는 것을 벌이는 거지."

⚖

"도피요?"

"네."

"아니, 왜요?"

"제가 봐서는 그 힙색 안에 중요한 증거가 있다고 생각됩니다. 안 그런가요?"

하디 잭슨은 눈을 데굴데굴 굴렸다.

'말하기 싫다 이거지.'

상관없다.

바보가 아닌 이상에야 그걸 매일 그렇게 애지중지하는데 의심하지 않는 게 더 이상한 거다.

"그게 뭔지 모르지만, 섣불리 외부에 공개할 수 없는 물건일 테지요. 그게 뭔지 말씀해 주십시오. 그래야 계획의 타당성 여부를 확인할 수 있습니다."

"으음……."

"아니면 우리는 여기서 손 떼도 됩니다. 아시겠지만 우리의 목적은 이뤘습니다."

이유는 모르지만, 시볼스사와 폴 에크먼은 관련자와 그 가족을 스무 명이나 죽었다.

정부 입장에서도 그들에게 다른 함선의 건조를 맡기는 데 부담을 느낄 수밖에 없다.

"크흠……."

"애초에 시작할 때 우리는 돈이 목적이라고 했고, 그게 이루어진 이상 더는 위험부담을 감수할 이유가 없지요. 하지만 동료로서 도와드리고 싶은 겁니다."

"동료라……."

"아니면, 저만 그렇게 생각한 건가요?"

노형진은 실망했다는 듯 말했다.

하디 잭슨은 잠깐 고민하다가 한숨을 푹 쉬며 말했다.

"알겠습니다. 하지만 이게 어디에도 새어 나가지 않게 비밀에 부치겠다는 약속을 해 주십시오."

"그러지요."

그럼에도 하디 잭슨은 한참을 말하지 않고 고민하다가 힘겹게 입을 열었다.

여기서 노형진이 빠지면 그에게 남은 건 의문사뿐이기 때문이다.

"항모의 설계도가 다 들어 있습니다."

"설계도 전부가요?"

"네. 함선이 제대로 작동하지 않는다는 가장 큰 증거죠."

"으음……."

노형진은 놀란 척 신음을 내고 한참을 말을 하지 않았다.

그런 노형진을 보면서 하디 잭슨은 아무 말도 하지 못한 채 눈만 데굴데굴 굴렸다.

"일단 우리 입장에서 보자면……."

"네."

"작전이 가능할 거라 생각합니다. 설계도까지는 의외입니다만…… 그에 준하는 하자의 증거가 있을 거라 생각했거든요. 그에 기반하여 설계한 작전이니까요."

"그런가요?"

하디 잭슨은 입맛을 다셨다.

예상했다는데 뭐라고 하겠는가?

"그래서 그 계획이라는 게 뭡니까?"

"중국으로 가는 겁니다."

하디 잭슨은 벌떡 일어났다.

"개소리하지 마시오! 중국이라니! 내가 미쳤소! 난 애국심 하나로 여기까지 온 사람이오! 그런데 중국이라니!"

당장이라도 길길이 날뛸 것 같은 하디 잭슨.

노형진은 그런 그의 손을 잡고 진정시켰다.

"일단 앉아서 이야기하지요. 아직 설명이 끝나지 않았습니다."

"흠······."

어쩔 수 없다는 듯 주저앉는 하디 잭슨.

"내부의 적이라는 말, 들어 보셨습니까?"

"내부의 적?"

"네. 공식적으로 미국의 DIA는 하나의 집단 지성이지요. 하지만 현실은······ 글쎄요. 아시겠지만, 인간이 사는 세상에 파벌이 없을 수가 없지요."

그런 조직은 없다.

도리어 정보에 밀접하게 접근하는 대부분의 정보 부서들이야말로 알게 모르게 저마다 파벌이 있다.

현대에서 정보는 힘이자 돈 그리고 권력 그 자체라고 봐도 무방한 수준이니까.

"그리고 이 경우, 사건의 주범은 시볼스사를 지원하는 세력입니다."

과연 이러한 비밀을 특정 집단이 단체로 은폐할까?

상식적으로 그럴 수는 없다.

물론 그들이 주력 집단이거나, 소위 말하는 주류에 속할 수는 있다.

"하지만 전부가 그럴 수는 없죠."

이미 확인한 바다.

시볼스사를 제외한 다른 경쟁사들에도 그러한 지원 세력이 있다.

그저 시볼스사에 비해 상대적으로 힘이 약한 것일 뿐이다.

"그런 말을 하는 이유가 뭡니까?"

"이야기 들으셨는지 모르겠지만, 폴 에크먼이 사법 거래를 신청했습니다."

"끄응…… 이야기는 들었습니다."

폴 에크먼은 사법 거래를 신청했고, 들리는 말로는 15년 정도의 형량만 인정받는 걸로 이야기가 되어 간다고 한다.

그것도 가장 편한 교도소에서.

'시볼스사라면 가능하지. 하지만 그건 어디까지나 그가 도움이 될 때의 이야기지.'

형량 협상이 끝나면 이쪽에서 할 수 있는 것이 없다.

그래서 서둘러야 하고.

"협상을 그들만 하라는 법은 없습니다."

"뭐라고요?"

"말 그대로입니다. 우리가 DIA를 대상으로 협상을 할 수 있습니다."

"DIA를 대상으로요? 미친 겁니까? 그들은 나를 죽이려고……."

"시볼스사의 파벌은 그렇지요."

그리고 파벌이란 다 그렇듯이, 기회가 되면 다른 파벌을 잘라 내려고 혈안이 되어 있다.

하지만 하디 잭슨은 노형진이 잘 모른다고 생각하고 반박할 수밖에 없었다.

"시볼스사의 세력이 DIA의 주력입니다. 물론 미스터 노의 말대로 다른 곳을 밀어주는 곳이 있지요. 하지만 그들을 다 합쳐도, 시볼스사 지원 세력에 못 미칩니다. 주력은 그들이란 말입니다."

"알고 있습니다. 아주 잘 알고 있지요. 설마 제가 모르고 그 말을 꺼냈겠습니까?"

미소를 지으면서, 걱정하는 하디 잭슨을 진정시키는 노형진.

그런 그의 모습에 하디 잭슨은 관심이 생겼다.

알면서도 이런 소리를 했다면 뭔가 방법이 있다는 소리니까.

"그 말은……?"

"당신의 협상 대상은 DIA 내의 반시볼스 파벌이라는 겁니다. 정확하게는 그렇게 보여야지요."

"으음…… 자세하게 이야기해 봐요."

하디 잭슨은 무슨 이야기인지 감을 잡았는지 자세를 고쳐 앉았다.

조국을 위해서라면 뭐든 못 하겠느냐는 생각 때문이었다.

"간단합니다. 그들에게 사실을 알리는 겁니다."

지금까지는 알리고 싶어도 라인도 없고 드러나는 순간 암살당한다는 생각에, 그럴 기회도 없었다.

"하지만 이제는 아니죠. 시볼스사는 범죄로 인해 운신에

제한이 생겼습니다. 그건 시볼스사를 지원해 주던 파벌 역시 마찬가지이지요."

"그래서요?"

"우리가 이걸 가지고 협상을 하는 겁니다. 뭐, 인질극 비슷한 거죠. 인질이 아니라 설계도이기는 하지만."

이쪽에서 그들과 접촉해서 협상한다.

협상 내용 자체는 간단하다.

제대로 그들을 청소하지 않는다면 우리는 이 설계도를 가지고 미국이 아닌 제삼국, 정확하게는 중국이나 러시아로 넘어갈 거라는 것.

"크흠…… 그건 좀……. 아무리 그래도……."

미국을 배신하는 것처럼 꾸민다는 것.

그건 영 꺼림칙할 수밖에 없는 것이 하디 잭슨의 마음이었다.

하지만 노형진은 확실하게 못을 박았다.

"안 하시면 전 여기서 손 털겠습니다."

"아이디어는 좋은데 말이죠, 시볼스사가 이 정도에서 물러날 리 없습니다."

하디 잭슨은 우울하게 말했다.

"아마 민간인이라서 잘 모르시겠지만, DIA의 권력은 생각보다 곳곳에 퍼져 있습니다. 제가 왜 하수도까지 가서 숨었겠습니까? 시볼스사와 그들을 지원하는 자들이 주류 맞습니다. 협상을 해서 그들을 청소하는 게 가능할지 모르겠습니다. 국장까지 그 라인이라……. 협상을 해도 국장 선에서 자를 겁니다."

한숨을 푹 쉬는 하디 잭슨.

'내가 그걸 모를까.'

미국에 살았고 권력가에게 밉보여서 살해까지 당했던 노형진이다.

그런 그가 권력을 모를까?

안다. 아주 잘 안다.

그래서 이런 작전을 짤 수 있는 것이다.

"그래서 중요한 겁니다. 우리가 협상을 걸면 그들은 자를 떼고, 우리는 중국으로 넘어가면 되는 거죠."

"방금 진짜 중국으로 넘어가는 건 아니라고 하지 않았습니까?"

"넘어가지 않는다고 했지 협상하지 않는다고는 안 했습니다. 후후후."

⚖

하디 잭슨은 미국의 DIA 요원과 접촉해서 조건을 제시했다.

자신을 죽이고 미국의 국익을 해치려고 한 자들을 조사해서 처벌하라고.

그러지 않으면 항모 설계도를 가지고 중국으로 넘어가겠

다고 말이다.

"멍청한 극우 세력! 그런 놈을 지켜 줘?"

DIA의 국장은 눈이 돌아갈 듯한 기분이었다.

당장 모가지를 따 버리고 싶지만 그럴 수가 없었다.

"이걸 알려 주면 알아서 처리하지 않을까요?"

"너 같으면 믿겠냐!"

안 그래도 그를 구국의 영웅으로 생각하는 극우 세력이다.

거기에다 암살 시도까지 있었으니 이건 빼박이다.

"그 새끼들이 정부 믿는 거 봤어?"

거기에다 극심한 정부 불신 성향까지 있으니, 그들이 이쪽을 믿어 줄 이유가 없다.

거기에다 직접 연락한 게 아니다.

제삼자를 통해 우편을 보낸 건데, 딱 봐도 그 우편은 다른 사람이 쓴 거다.

즉, 필적 조회해 봐야 다른 사람이라는 뜻이다.

"젠장. 망할!"

만일 이 사실이 미 정부와 대통령에게 넘어가면?

자신과 자신의 파벌은 끝장이다.

물론 하자야 고쳐서 쓰면 된다.

문제는 그 사실을 자신이 감췄다는 것이다.

DIA는 국방 문제에 있어서는 정부의 눈과 귀다.

그런데 그런 눈과 귀가 나서서 정보를 감췄다는 것.

그것은 심각한 정치 스캔들이 될 수밖에 없다.

"이놈이 우리 쪽으로 요구했다고?"

"그렇습니다. 정확하게는, 다른 파벌을 통해 들어왔습니다."

"이 새끼가 정말……."

"아마도 그 라이벌 회사에서 손쓴 듯합니다."

라이벌 파벌에 속한, 정확하게는 그들을 밀어주는 파벌에게 자료가 들어왔다.

하지만 구조적으로 국장이 모든 정보를 관할하다 보니 그에게 넘어올 수밖에 없었던 것.

"어떻게 할까요?"

"어떻게 하긴, 커트해야지."

"하지만 국장님, 이러다가 일이 커지면……."

부하는 눈을 데굴데굴 굴렸다.

"일은 이미 커졌어."

국장은 눈에서 불을 활활 피우며 씹어 뱉듯 외쳤다.

"우리가 여기서 더 물러나면 아무것도 없어! 몰라?"

단순히 사실을 은폐한 것이 문제가 아니다.

만일 여기서 더 몰리면 반역죄까지 뒤집어쓸 판이다.

한국과 다르게 미국에는 특히 엄중하게 처벌하는 몇몇 사항이 있다.

물론 전체적으로 극단적 빈익빈 부익부 법인 것은 사실이지만 예외가 있으니, 바로 국익에 관련된 법 조항들.

반역이라고 하면 그는 어딘가 조용히 끌려가서 진짜 영원히 빛을 못 볼 수도 있다.

"어떻게 해서든 막아. 내부에서 커트하고, 외부에다가 흘리지 마. 절대 나가게 해서는 안 돼."

"알겠습니다."

"그리고 내부 요원을 이용해서 죽여 버려."

"네? 하지만 그러면……."

"지금 뭐가 중요한지 모르는 건 아니겠지?"

부하는 고개를 끄덕거렸다.

"알겠습니다. 말 전하겠습니다."

"그래. 깔끔하게 처리하고."

부하가 나가자 국장은 이를 악물었다.

"뭐? 암살 시도가 있을 거라고?"

"그래. 그럴 수밖에 없을 거야."

노형진은 확신했다.

그들을 자극하기 위해 고의로 그런 조건을 건 거니까.

"하지만 지금 상황에서 어떻게? 접근하는 것 자체가 불가능한데."

"미국은 옛날부터 이런 조직에 비밀리에 요원을 침투시

켜. 영화에서 많이 봤지?"

"그건 그렇지요."

엠버는 고개를 끄덕거렸다.

미국은 요원을 훈련시켜서 집어넣는 경우가 많다.

특히 팍스 아메리카나같이 위험도가 높은 곳은 100% 있다고 봐도 무방하다.

"하지만 미스 손의 말이 맞습니다. 접근할 방법이 없는데 어떻게 암살을 하겠습니까? 설사 암살한다고 해도 탈출은 불가능할 겁니다."

한 명이 지키는 게 아니다.

못해도 집 안을 세 명, 집 바깥을 다섯 명이 지킨다.

요리도 마찬가지다.

하디 잭슨에게 주는 모든 음식은 이곳에 사는 여자들이 해 주는데, 대부분 10년 이상 살아온 사람들이다.

가장 오래된 사람은 20년이고.

"독으로도 힘들 겁니다."

그렇게 걱정스럽게 말하는 엠버.

노형진은 고개를 끄덕거렸다.

"보통 암살이라고 하면 그렇지요. 그런데 암살을 할 때 중요한 게 뭔지 아십니까?"

"글쎄요."

"잘 모르겠는데."

"바로 탈출입니다."

탈출을 할 방법이 없으면 암살을 진행할 수가 없다.

물론 아예 같이 죽자고 덤비는 경우도 없는 건 아니지만.

"이 경우는 그런 사건이 아닙니다. 명백하게 탈출을 해야 하는 상황이지요. 국가 요원이고, 거기에다 정부의 명령도 아닐 테니까요."

"으음……."

"즉, 탈출로를 생각하면 그들이 선택할 수 있는 방법은 한정적이라는 겁니다."

"그 한정적이라는 게 뭔지 모르겠네요."

총기를 이용한 저격?

그건 불가능하다.

이 마을은 구릉 위에 만들어져 있고, 주변에 그곳보다 높은 곳은 없다.

총격전은 말도 안 된다.

하디 잭슨이 있는 집의 옥상에는 개틀링까지 설치되어 있다.

당연하게도 그걸 뚫기 위해서는 대전차미사일이나 최소한 장갑차는 가지고 와야 한다.

"하지만 숨어 있는 스파이가 그 정도 화력을 가지고 있는 건 무리이지 싶은데요."

"화력이라는 건 그런 것만 있는 게 아니니까요."

"네?"

"이 마을에서는 연료로 가스를 쓰더군요."

엠버의 얼굴이 딱딱하게 굳었다.

그리고 손채림도 노형진이 뭘 말하는지 알아차렸다.

"폭파군요."

"네. 암살이라는 게 그만 죽이는 게 아닙니다."

필요하다면 주변 사람들을 한꺼번에 죽이는 것이 암살이다.

"하지만 가스가 폭발하면⋯⋯."

"못해도 스무 명은 죽겠지요."

그곳을 지키는 사람들과 그곳에서 음식을 하는 사람들, 거기에다 주변 다른 집의 사람들, 최악의 경우 그 앞을 지나가던 운 나쁜 사람들까지.

가스폭발의 위력은 어마어마해서 최소 스무 명, 어쩌면 그 이상의 희생자가 생길지도 모른다.

"그런 걸 신경 쓰겠습니까?"

사정없이 얼굴을 일그러뜨리는 엠버.

하지만 이내 그녀는 한숨을 쉬면서 인정할 수밖에 없었다.

"하긴⋯⋯ 국가에서 이득을 위해 사건을 조작하는 거야 흔한 일이죠."

미국은 과거에도 이득을 위해 통킹만 사건을 조작한 적이 있으니까.

심지어 한국도 이득을 위해 사건을 조작하는 일이 비일비재하다.

"중요한 것은 암살할 가능성이 높다는 겁니다."

"하지만 누가요?"

'누군지는 이미 알고 있지만…….'

노형진이 그냥 저놈들이 암살할 것 같다고 생각해서 이야기를 꺼낸 것이 아니다.

상황이 상황인 만큼 노형진은 주변을 돌아다니면서 관련자들의 기억을 읽었다.

그러던 중 얼마 전부터 이상행동을 하는 남자를 발견했다.

어째서인지 고민이 많아 보이는 남자.

'다른 사람들과 다른 분위기였지.'

다들 미 정부를 규탄하고 분노하고 있지만, 어째서인지 그 남자는 걱정이 많아 보였다.

애써 그런 감정을 감추려고 하고 있었지만 말이다.

'당연하지. 암살 작전인데.'

재수 없으면 잡힌다.

그리고 일단 잡히면 곱게는 못 죽는다.

설마 암살 작전에 동원될 거라 생각하지 못했으니 표정이 좋을 수가 없었던 것.

그의 기억을 읽고 노형진은 그가 짠 계획을 알아낼 수 있었다.

"그래서 제가 함정을 파려고 합니다."

"함정? 설마 감시하던 사람들을 뺀다거나 하려는 건가요?

그러면 더 의심할 텐데요."

"그런 짓은 안 하죠. 단지 가스통에서 가스를 뺄 겁니다."

"아하!"

아무리 그가 스파이라고 할지라도 집을 통째로 날려 버릴 정도의 폭탄은 가지고 있지 못할 것이다.

당연하게도 가스통을 터트려서 동시에 일을 처리하려고 할 것이다.

"당연하게도 하디 잭슨 씨는 다른 곳으로 빼돌릴 테고요."

"하지만 터지면 다른 사람들이 다칠 텐데요. 아무리 가스가 없다고 해도 폭탄은 폭탄일 테니까요."

"그건 어디까지나 터질 때의 이야기죠. 가스를 빼는 건 안전을 위한 최소한의 방식을 선택하는 것뿐입니다."

"그러면 다른 건?"

노형진은 뭔가를 꺼내 들었다.

"때로는 단순한 게 가장 효과적인 법이지요."

⚖

짙은 어둠이 내리고 달도 구름에 가려진 컴컴한 밤.

낯선 인영 하나가 어둠 속을 스윽 뚫고 지나갔다.

'후우…… 후우…….'

스파이는 애써 심호흡을 하며 순찰을 피해 집으로 접근했다.

다행히 주변에서는 그를 의심하지 않았다.

'당연한 거지.'

상당한 기간을 감시했지만 사실 여기서 일이 터질 가능성은 없다.

그러니 사람들도 지쳐서 어느 순간 신경이 무뎌질 수밖에 없다.

'미안하다.'

경비를 서던 사람들 중에는 그와 친하게 지내던 사람도 있었다.

극우라는 점을 떠나서 인간적으로 충분히 좋은 사람도 많았다.

하지만 그건 어디까지나 사적인 감정일 뿐.

그는 집 뒤쪽에 있는 가스통으로 접근했다.

'역시나.'

가스통 주변에는 사람이 없었다.

딱히 지켜야 하는 지점도 아니거니와, 다른 집과 연결되어 있어서 그럴 필요도 없었으니까.

'미안하지만, 나도 여기서 벗어나야겠어.'

타이머가 붙어 있는 작은 폭탄을 꺼내 드는 그림자.

집을 날려 버리기에는 부족하지만 가스통을 날리기에는 충분하다.

그리고 가스통이 날아가면 이 주변이 통째로 날아갈 것이다.

'그래, 이곳을 벗어나는 거야. 이 지긋지긋한 곳에서 벗어나서……'

그는 가스통에 폭탄을 붙이기 위해 접근했다.

그 순간 엄청난 벨소리가 울려 퍼졌다.

삐이이이이!

안 그래도 조용한 밤이니 그 소리는 사방으로 퍼졌고, 남자는 움찔했다.

그와 동시에 주변의 집에서 그를 향해 라이트가 비춰지더니 총이 겨눠졌다.

"허억!"

남자는 깜짝 놀랐다.

'어떻게 된 거지? 아까만 해도 아무것도 없었는데!'

하지만 아까는 아까고 지금은 지금이다.

그때 없다고 해도 지금 있으면 망한 거다.

"손 들어. 움직이면 쏜다."

차가운 목소리.

하지만 그 안에 담긴 분노는 충분히 느낄 수 있었다.

"네놈이 이럴 줄은 몰랐다, 지스."

클락 캔월은 분노로 부들부들 떨었다.

가장 열성적인 지지자이자 운동가라 생각했던 그가 미 정부의 앞잡이였다니.

"크윽……"

지스라고 불린 남자는 침을 꿀꺽 삼켰다.

그리고 가스통을 바라보았다.

혹시나 하는 기대감이 눈에 서렸지만…….

"어차피 그 가스통은 비었습니다. 이쪽에서 그쪽을 겨눠서 쏘는 데 하등 지장이 없다는 거죠, 지스 씨."

이쪽이 가스통을 배경으로 두고 있으니 총을 쏘지는 못할 거라 생각한 그의 얼굴에, 한순간 실망이 스치고 지나갔다.

하지만 그 실망감은 다음 순간 경악으로 변해 버렸다.

"아니, 길 마이어 씨라고 불러 드릴까요?"

"뭐, 뭣!"

길 마이어. 그의 본명.

그게 여기서 나올 줄은 몰랐던 것.

물론 다른 사람도 아니고 노형진이다.

기억을 읽었으니 본명이야 어렵지 않게 알 수 있었다.

그뿐만 아니라, 그가 충분히 흔들릴 만한 다른 것도 알고 있었다.

"벨라에게 마지막으로 남길 유언이라도 있으신가요? 제가 직접 전해 드리죠. 뭐, 금방 만나시겠지만요."

길 마이어의 손이 부들부들 떨렸다.

벨라. 자신의 사랑하는 딸.

그 이름이 노형진의 입에서 나온 것이다.

심지어 클락 캔월도 놀란 표정이었다.

"아니면 캔자스에 계신 어머니랑 아버지에게 남기셔도 됩니다. 제가 직접 가서 친히 인사드리지요."

"크으윽······."

길 마이어는 털썩 주저앉았다.

여기서 요원답게 죽을 수는 있다.

하지만 자신이 죽든 안 죽든 저들이 자신의 신분을 알고 있고 가족에게 보복을 하고도 남을 사람들이라는 것을, 그는 잘 안다.

"사적인 감정이라 할 말이 없으신 거라면, 뭐 저도 전해 드릴 게 없기는 하겠네요. 금방 만나실 테니 그곳에서 직접 대화를 나누는 것도 좋은 방법이겠네요."

길 마이어는 폭탄을 떨구고 두 손을 들었다.

어차피 이걸 터트려 봐야 위력이 약해서, 죽는 것은 자신뿐이다.

그리고 그 후에 보복이 진행될 것이다.

가족들에게 말이다.

"뭐 하세요, 안 잡고?"

"그걸 다 어떻게······?"

클락 캔월은 놀랍다는 듯 노형진을 멀거니 바라보았다.

사실 인종차별주의자인 그는 지금까지 노형진을 신경도 쓰지 않았다.

그런데 그런 그가 예상치 못한 스파이를 잡아낸 것이다.

"뭐. 저도 나름 정보 라인이 있다고 하지요."

노형진은 씩 웃으며 몸을 돌려서, 떨떠름한 표정을 하고 있는 하디 잭슨에게 다가갔다.

그로서는 그럴 수밖에 없다.

진짜로 죽으려고 한 것을 두 눈으로 봤으니까.

"이제 사전 조건은 준비되었습니다. 남은 건 실행뿐이군요. 어떻게 하시겠습니까?"

하디 잭슨은 고개를 끄덕거렸다.

⚖

중국 대사관에 망명 신청이 들어간 것은 어찌 보면 당연한 일이었다.

그리고 그 망명 신청을, 중국은 결코 쉽게 판단할 수가 없었다.

"도대체 무슨 꿍꿍이지?"

자신들이 신형 항모의 설계도를 노린다는 말도 안 되는 헛소문이 도는 건 알고 있었다.

물론 기회가 된다면 그러겠지만, 그건 쉬운 게 아니다.

그런데 진짜로 망명자가 나타났다.

그것도 신형 항모의 설계도를 가지고 있는.

"뭐라고 하던가?"

"미 정부에서 자신을 죽이려고 한답니다. 그래서 탈출하려고 한다고."

"그런데 그 사람이 항모를 설계했던 사람이라고?"

"네. 도시 설계 부문이라고 합니다. 하지만 그 외에도 다른 부분에 대해 상당한 정보를 가지고 있다고 생각합니다. 물론 그 정보를 얻기 위해서는 그에 맞는 보상을 해 줘야 하겠지만요."

"흠……."

안 그래도 중국은 미국을 뛰어넘기 위해 아등바등하고 있었다. 얼마 전에는 실제로 항모를 만들기도 했고.

하지만 전반적인 평가는 아직 좋지 못하다.

사실 항모라고 해서 다 같은 항모가 아니다.

비행기를 띄울 수는 있지만, 동일한 양을 띄우는 시간도, 성능도 부족하다.

어떻게 보면 중국에 있어서 아주 절실한 것이 미국의 항공모함 설계도다.

수십 년 낙후되어 있는 항모 제작 기술을 단박에 따라잡을 수 있는 물건.

'하지만…… 영 꺼림칙하단 말이지.'

군침이 돌기는 하는데, 얼마 전에 자신들이 만들어 둔 스파이 조직이 작살이 났다.

거기에다 이번에도 자신들이 엉뚱한 의심을 받았다.

그런데 그 원인이 자신들에게 자발적으로 온다니.

"좀 알아봤나?"

"네. 분명히 하디 잭슨이라는 사람에 대한 미 정부의 암살 시도가 이루어졌습니다. 하지만 그게 실패하고 해당 요원이 사로잡히는 바람에 미국 정부는 상당히 곤혹스러운 처지가 되어 버렸습니다."

"곤란하다 못해 아주 심각한 상황이군."

"그래 보입니다."

"상황은 이해가 가."

왜 하디 잭슨이라는 인간이 설계도를 가지고 나왔는지 알 수는 없다.

하지만 중요한 것은 그게 진짜라는 것이다.

그리고 미 정부에서 명백하게 그를 죽이려고 했다는 것이 문제다.

"보통 그럴 때는 도망갈 방법을 찾기 시작하죠."

"그럼 갈 만한 곳은 두 곳뿐이지."

그 항모 설계도의 가치를 인정해 주고 미국의 압력에서 그를 지켜 줄 수 있는 나라.

그 조건을 가진 나라는 고작 두 곳뿐이다.

다름 아닌 러시아와 중국.

"하지만 러시아는 자체 항모를 운영하는 항모 소유국입니다. 군침이 나기는 하겠지만 사실 시스템이 많이 다르기 때문에 아주 큰 영향은 없지요."

그에 반해 중국은 아니다.

중국은 이제야 항모를 만들고 있는 나라이고, 그만큼 설계도 자체가 무척이나 중요하다.

시스템 자체도 아예 없다고 봐도 무방하기 때문에, 결국 미 항모의 시스템을 많이 따와도 자신들의 시스템과 충돌할 문제가 거의 없다.

"일단은 우리 쪽에서 접촉해 보는 것도 나쁘지 않다고 생각합니다."

"접촉이라……."

"우리가 손해 보는 건 없지 않습니까?"

"그건 그렇지."

망명은 대사관의 공식적인 업무 영역이고, 그걸 가지고 타국에서 뭐라고 할 수는 없다. 그 과정에서 누가 누굴 어떻게 만나느냐는 것은 공적인 업무니까.

"일단 만나서 이야기해 보는 게 좋다고 생각합니다."

주미 중국 대사는 턱을 문질렀다.

"그런데…… 왜 이용당하는 것 같지?"

"미국 정부는 알고 있을까?"

"알고 있겠지."

항모 설계 전문가라는 것은 미국에서도 보안 등급이 아주 높은 사람이다.

그런 사람이 외국으로 나간다고 하면 당연히 관심이 많아질 수밖에 없다.

그리고.

"미국 내의 정보 조직과 미국 외의 정보 조직은 좀 다르지."

대표적인 것이 노형진과 관계가 있는 CIA.

그들은 기본적으로 해외의 정보를 통제한다.

미국의 DIA는 국방과 관련된 정보를 통제하고.

"그게 차이가 있나?"

"차이가 있지. 기본적으로 DIA는 국방 정보를 다룬다고 하지만, 그게 애매하거든. 무조건 국방과 관련된다고 주장해 버리면 뭐든 다룰 수 있어. 그게 정보국의 폐해고."

"한국에서 무조건 군사기밀로 해 버려서 적폐를 감춰 버리는 것처럼?"

손채림은 바로 알아차리고 고개를 끄덕거렸다.

하지만 그렇다고 해도 여전히 이해가 가지 않는 것이 있다.

"그런데 CIA는 여기서 왜 나오는데?"

"그게 문제야. 이 정도 일이 터졌는데 우리가 아는 CIA는 왜 등장하지 않을까?"

"우웅?"

손채림은 고개를 갸웃했다.

그러고 보니 전 세계 정보 집단 중 가장 큰 세력이 그들 아닌가?

그런데 이 정도 일에 그들은 모습을 보이지 않고 있었다.

조용히 듣고 있던 엠버는 노형진의 말을 듣고 손채림에게 추가로 설명해 줬다.

"기본적으로 CIA는 국외 정보를 우선시해요. 정확하게는, 그들의 영역은 국외예요."

"아, 그래요?"

"네. 그래서 해외에서 활동하는 것이 보통이죠. 이 경우는 여러 가지 의심이 있기는 하지만 아직은 국내의 문제일 뿐이에요. 중국과 관련이 있다는 것도 결국 의심 수준이고요."

엠버는 그렇게 말하면서 노형진을 바라보았다.

"그런데 그거랑 이번 사건이랑 무슨 관계가 있죠?"

"국외를 감시한다는 것은 국내에 대한 감시망이 약하다는 뜻입니다. 단 하나만 제외하고요."

"단 하나요?"

"대사관. 그곳은 기본적으로 타국의 영토로 봅니다. 그 말은, 미국의 CIA 역시 그곳에서 활동할 수 있다는 거죠."

"그건 그렇지만……."

"설마 CIA가 대사관은 주요 시설이니 감시하지 않을 거라고 생각하시는 건 아니죠?"

이것이 법이다

노형진은 싱긋 웃으며 말했다.

"그래서 제가 중국으로 도피하려고 한다는 증거를 남긴 겁니다."

"중국으로 도피? 잠깐, 그게 무슨 말이야! 도피라니!"

"내가 중국에다가 망명 신청을 했어."

"헉."

"허억!"

두 사람은 깜짝 놀랐다.

전혀 예상하지 못했으니까.

"그리고 CIA의 정보력을 생각한다면, 아마도 지금쯤이면 알아차렸겠지."

아마 지금까지는 권한이 없어서 그들이 끼어들지 못했을 것이다.

하지만 권한이 생겼다.

해외로 도망가야 하는 상황이 되었다는 것, 그건 그들에게도 책임이 생겼다는 것이기에.

"잠깐만. 그러면 왜 그 살해 시도를 놔둔 겁니까? 그럴 이유가 없지 않습니까? 차라리 미리 도망을 갔다면……."

로버트는 당황해서 물었다.

자신이야 자금 쪽을 담당하는 사람이니 조용히 듣고만 있었지만 도무지 이해가 가지 않았던 것.

"간단합니다. 도망갈 이유가 필요하니까요."

"네?"

"하디 잭슨 씨에게 진짜로 도망갈 생각이 있는 게 아닙니다."

그게 문제다.

갈 생각도 없이 접촉만 하다가 실제로 가지 않아 버리면, 이쪽에서도 팽당하고 저쪽에서도 팽당하는 형태가 될 수밖에 없다.

지금 벌이는 쇼에서 기본적으로 중요한 사항은, 미 정부가 끼어들어서 그를 잡도록 하는 것.

그리고 그가 중국으로 넘어가는 상황이 그의 잘못이 아닌 미 정부의 잘못으로 구성되어야 한다는 것이다.

"그리고 DIA는 하디 잭슨 씨에 대한 암살을 시도했지요. 내부 고발자에 대한 암살. 그건 명백하게 미 정부의 잘못입니다. 그걸 다른 부서에서 안다면 어떻게 할까요?"

"아…… 그렇군요. CIA는 독립 부서였지요."

미 국방부 산하에 있는 DIA는 관련자들을 거쳐야 한다.

하지만 CIA는 독립 부서로, 대통령에게 직접 보고하는 곳이다.

"미국 정부도 바보는 아닙니다. 그에게 관련 자료가 있다고 생각할 수도 있을 겁니다. 아니, 분명 그렇게 생각할 겁니다."

설사 아니라고 해도, 그가 여기서 배운 것도 있으니까.

"그들의 선택은 둘 중 하나죠, 진짜로 죽이든가, 설득하든가. 문제는, 전자는 힘들다는 겁니다."

이미 현직 정부 요원이 한번 죽이려다가 걸려서 극우 세력에게 구속되어 있는 상황이다.

이 이상 극우 세력을 자극하면 곤란하다.

"그렇다면 남은 건 하나뿐이죠."

DIA는 어떻게 해서든 그가 주장하는 것이 위에 넘어가지 않게 하기 위해 노력했다.

하지만 CIA가 끼고 다이렉트로 미국 대통령에게까지 그의 말이 전달될 수 있게 되었다.

"이제 남은 건 하나뿐이지요, 후후후."

⚖️

국장은 자신을 찾아온 헌병을 바라보았다.

DIA는 기본적으로 국방부 소속.

그러니 헌병이 찾아온다는 것은…….

"같이 가시죠."

헌병과 함께 온 검은 양복의 남자가 뭔가를 내밀었다.

그걸 본 국장은 신음을 흘렸다.

"NSD."

국가안보국.

그들은 법무부 소속이다.

그 말은, 자신에게 심각한 법적인 문제가 생겼다는 것이다.

하지만 DIA의 국장은 애써 침착했다.

"자네 국장이 자네가 이러는 것을 알고 계시나? 그리 좋아하지 않으실 텐데."

"국장님이 명령하신 겁니다. 아시는 분을 꼽으라고 하신다면, 최고 지휘관도 아십니다."

국장의 얼굴이 파르르 떨렸다.

최고 지휘관, 즉 대통령이다.

그는 애써 마른침을 삼켰다.

"그게 무슨 말인가?"

"아실 텐데요? 시볼스사에도 이미 사람이 갔습니다. 너무 터무니없는 짓을 저지르셨더군요."

"그건…… 어디까지나 국익을 위해서……."

"당신의 숨겨진 계좌가 아니고요?"

요원은 그의 말을 잘랐다.

더 이상 들을 가치도 없었다.

"국장으로 대우해 드리는 것도 여기까지입니다. 같이 가시죠."

그 말이 끝나자 헌병들이 앞으로 한 걸음 나왔다.

만일 거부한다면 강제로 끌고 가겠다는 의지의 표시였다.

"큭."

국장은 눈을 감았다.

중국으로 넘어가려고 한다는 소리를 듣자마자 이런 일이

벌어질지도 모른다고 생각은 했다.

그 망할 놈의 CIA가 끼어들 테니까.

하지만 설마, 중국까지 이용해서 자신에게 엿을 먹일 줄은 몰랐기에 어쩔 수 없었다.

"가지."

그는 자리에서 일어나며 힐끗 책상을 돌아보았다.

그 안에 들어 있는 권총.

많은 생각이 그의 머릿속을 스쳤지만, 이내 포기했다.

이미 늦었다는 걸 알기에.

"가시죠."

국장의 양옆으로 헌병이 서더니 그의 팔에 팔짱을 꼈다.

국장은 나지막하게 한숨을 내쉬었다.

"마지막 배려 부탁하네."

팔짱을 끼고 데리고 간다는 것.

그건 자신이 체포되어 간다는 것을 만천하에 알리는 꼴이다.

그는 그런 꼴로 이곳을 나가고 싶지 않았다.

그의 마지막 자존심이었다.

"그러죠."

요원은 고개를 끄덕거렸고, 헌병은 팔짱을 풀었다.

하지만 바로 옆에 바짝 붙어서 절대 도망가지 못하게 했다.

"후우~."

국장은 길게 한숨을 내쉬고 천천히 국장실 바깥으로 나갔다.

호위 대형으로 움직이고 있었지만 그의 어깨는 그 어느 때보다 작아진 채였다.

그는 잠깐 멈춰서 이제 다시는 돌아올 수 없는 국장실을 뒤돌아 바라보다가, 힘없이 고개를 돌리고 정해진 길을 갈 수밖에 없었다.

⚖️

─시볼스사에 대한 대대적인 조사가······.

─신형 항모에 심각한 하자가 있는 것으로······.

─어젯밤 조사를 마치고 돌아간 시볼스사의 대표 폴 에크먼이 독방에서 목을 매고 숨진 채로 발견되어······.

노형진은 느긋하게 뉴스를 보고 있었다.

그런데 뒤에 있던 로버트가 손을 부들부들 떨었다.

"왜 그러십니까?"

"네? 아니, 그게······ 이익이 너무 터무니없어서······."

로버트는 얼떨떨했다.

물론 대부분 차명으로 구입한 것이라 다시 미다스와 마이스터의 명의로 가지고 오는 데 수수료가 좀 붙기야 하겠지만, 그렇다고 해도 이익은 상상 이상이었다.

"원래 세상은 톱니바퀴 하나로만 돌아가는 게 아니니까요."

항모를 제조하는 회사라고 해서 모든 것을 다 할 수 있는 것은 아니다.

엄밀하게 말하면 항모의 제조는 조립의 의미가 강하다고 봐야 한다.

당연히 그들과 관련된 업체들이 있고, 그곳의 주식은 그다지 비싸지 않다.

노형진과 로버트는 그 점을 놓치지 않았고, 시볼스사의 라이벌 회사와 관련된 회사의 주식도 긁어모았다.

"뭐, 일단 한창 오르고 있으니 두고 보죠. 그리고 좀 더 있다가 시볼스사 쪽도 사야 하는 거 아시죠?"

"알죠."

온갖 범죄에 연루되어 주가가 폭락하고 있는 시볼스사지만, 그 기업이 사라질 가능성은 없다.

당장 만들고 있는 배가 항모만인 것도 아니다.

거기에다 지금이야 시끄럽지만 그 지지자들이 다 박멸되는 것도 아닐 테고.

"다만 구설수가 있으니 다음부터 만들 배들은 경쟁사들에 나눠서 맡기겠죠."

하지만 지금은 사정없이 폭락하는 중.

"좀 더 있다가 어느 정도 사 두면 손해 볼 건 없을 겁니다."

로버트의 말에 노형진은 고개를 끄덕였다.

"당연하죠. 시볼스사는 생각보다 강하거든요."

함께 미소 짓던 로버트는 뭔가 생각난 듯 노형진에게 물었다.

"그런데 하디 잭슨 씨는 어떻게 된 겁니까?"

"모릅니다."

"네?"

"증인 보호 프로그램에 들어가서요. 어찌 되었건 상대방이 상대방이다 보니."

국가의 정보 조직과 시볼스사를 동시에 적으로 돌린 그다.

만일 그들이 나중에라도 죽이려고 한다면 답이 없을 것이다.

"부모님과 함께 증인 보호 프로그램에 들어갔습니다. 그러니 제가 알 수 있는 방법은 없지요."

증인 보호 프로그램에 들어가면 담당 검사뿐만 아니라 가족들도 그의 존재를 모르게 된다.

공식적으로 외부에 드러난 적이 없는 노형진이 그의 존재를 알 수는 없다.

알려고 해서도 안 되고.

"어디서든 잘 살 겁니다. 그는 이미 입증된 충성파니까요."

"그건 그렇겠네요."

최소한 노후를 걱정하며 살 일은 없을 것이다.

다른 건 몰라도 그런 건 잘 준비해 두는 미국이니까.

"이제 남은 건……."

노형진은 폭락하는 시볼스사의 주식을 보며 미소 지었다.

"추수를 하는 것뿐입니다."

발암 축구

"아오! 거기서 왜 실책하는데?"

"저거 미친 거 아냐?"

텔레비전을 보던 사람들이 동시에 숨넘어가는 비명을 질렀다. 그러나 그런 그들의 행동과 상관없이 텔레비전에서 보이는 모습은 말 그대로 사람 미치게 만들었다.

"씨발! 저거 몇 번째 실책이야! 저거 빼라고!"

무태식은 결국 참지 못하고 소리를 버럭 질렀다.

안 그래도 다른 변호사들과 다르게 스포츠맨인 그는 졸전을 넘어서 그냥 점수를 퍼다 주는 지금의 축구에 눈깔이 돌아가는 기분이었다.

"으아아!"

"감독 미친 거 아냐!"

한국 대 중국. 국가 대표 친선전.

일단 친선전이니 딱히 기록에 남는 것은 아니다.

하지만 아무리 그렇다고 해도…….

삐이이익!

"으아아!"

방송에서는 결국 종료를 알리는 휘슬이 울리고, 보고 있던 사람들은 머리를 부여잡았다.

8 : 2.

처절하다 못해서 병신 같은 수준의 점수 차로 패배.

"우아아아! 미치겠네! 저 감독 새끼 죽여 버린다! 으아아아!"

무태식은 화를 참지 못하고 방방 뛰었다.

"진정하게나. 뭐, 그럴 수도 있지."

김성식은 껄껄 웃으면서 흥분한 그를 말렸다.

"그럴 수가 없으니까 문제죠! 40년입니다! 우리가 40년 동안 한 번도 중국한테 진 적이 없어요!"

오죽하면 중국에서 축구는 공한증이라는 말이 있을 정도다.

공한증. 즉, 한국을 두려워하는 증세.

유독 한국과의 싸움에서 40년째 단 1승도 거두지 못한 중국에서 하소연할 때 쓰는 말이다.

"그런데 졌다고요! 질 수도 있긴 한데…… 우아…… 8 : 2가 뭡니까!"

무태식은 분노를 참지 못하고 계속 부들부들 떨었다.

그런 그의 잔에 김성식이 맥주를 가득 채워 줬다.

"뭐, 세상이 병신 같은 거 어디 한두 번인가?"

"으아…… 미치겠네. 내가 진짜 감독이 눈앞에 있으면 멱살 잡아서 패대기칠 겁니다."

"그 정도인가?"

"동네 조기 축구회를 데려다 놔도 저거보단 잘할 겁니다! 아니, 군대 축구도 저것보다는 잘할 겁니다!"

패스는 부정확하고, 골은 허공을 날고, 실책은 끝이 없고, 몸싸움을 하면 바닥을 나뒹군다.

아니, 그나마 몸싸움하다가 나뒹굴면 차라리 다행이다.

아예 겁을 먹고 몸싸움을 안 한다.

"볼 점유 시간이 절반은커녕 20%나 되겠습니까!"

볼 점유 시간, 그러니까 어느 팀이 축구공을 더 오래 가지고 있었느냐의 문제.

그게 터무니없이 낮다면 심각한 문제라 할 수 있다.

"아오!"

무태식은 속이 타는 듯 가득 찬 맥주를 쭈욱 들이마셨다.

"넌 왜 조용하나?"

노형진은 흥분하는 무태식 변호사를 보다가 피식 웃으며 손채림을 바라보았다.

호프집 하나를 빌려서 회사 사람들이 다 함께 회식을 하며 축구를 보자는 계획.

그건 좋았다, 져서 문제지.

그런데 의외로 손채림이 가만히 있었다.

손채림이야 몸으로 뛰는 건 별로 안 좋아하지만, 보는 건 좋아하는 스포츠우먼이니까.

"나무아미타불이다."

"응?"

"해탈했어, 저 꼬라지 보고."

허탈한 듯 웃으면서 맥주를 쭈욱 들이켜는 손채림.

하지만 그 큰 걸 한 번에 다 들이켜는 걸 보니 겉으로만 해탈한 모양이다.

"그런 것치고는 애초부터 포기한 것 같은데?"

"무태식 변호사님이 그랬잖아, 동네 조기 축구회를 데리고 가도 저거보다는 잘할 거라고. 군대 축구는 내가 안 봐서 잘 모르겠지만, 저것보다 못하진 않지 싶다."

"그렇지."

노형진은 인정했다.

실력은 둘째 치고, 군대 축구는 패기라도 있다.

그런데 오늘 축구는 패기는커녕 선수들이 몸 사리기 바쁜 느낌이 강하다.

"그러니까 해탈한 거지."

"시작부터?"

"저 멤버가 국가 선발 멤버라는 사실이 절망스러워서."

손채림은 툴툴거리면서 잔에 맥주를 채웠다.

"피파라는 축구 게임으로 치면……."

"치면?"

"저 정도면 나가 죽어야 할 정도의 선수 선발이야."

"이해가 잘 안 가지만, 결국 실력이 너무 떨어진다는 소리지?"

"그래."

노형진은 고개를 돌려서 모니터를 바라보았다.

화면에서는 열광하는 중국의 축구 국가 대표의 모습이 나오고 있다.

공한증은 깨졌다면서 울며 소리 지르는 중국의 관중과, 고개를 푹 숙이고 들어가는 일부 한국 선수들.

"아오!"

분노를 참지 못하는 무태식.

"나무아무타불이다, 진짜."

허탈하게 중얼거리는 손채림을 보면서 노형진은 머리를 흔들 수밖에 없었다.

그는 도무지 스포츠가 재미있다는 생각이 들지 않았으니까.

'그런데 그건 나만 그런가 본데?'

갑자기 맥주를 주문하는 사람들이 많아지는 걸 보면서 노형진은 피식하고 웃을 수밖에 없었다.

며칠간 한국 축구 국가 대표는 가루가 되도록 까였다.

아니, 진짜로 이걸로 공격받는다면 아마 분자 단위가 되고도 남았을 것이다.

물론 공격력 부족이니 골 결정력 부족이니 하는 말들은 노형진은 잘 이해할 수가 없었지만 말이다.

'나랑은 상관없으니까.'

좀 독하게 말하면, 노형진에게 있어서 국가 대표 스포츠는 그다지 관심이 있는 대상이 아니었다.

스포츠로 도박을 하는 것도 아니고, 그들이 이긴다고 해도 딱히 자신들의 뭐가 바뀌는 건 없으니까.

'나는 내 일을 한다.'

그렇게 생각하면서 자신의 일을 하던 노형진.

그때까지만 해도 그는 축구가 자기 일이 될 거라고는 생각도 못 했다.

"누구요?"

"전근수라고, 현 축구 국가 대표 감독이라는데요."

노형진과 함께 회의를 하고 있던 무태식은 팔을 걷어 올렸다.

"들어오라고 하세요."

"아니, 그걸 왜 무태식 변호사님이 말씀하십니까?"

"일단 한번 패대기치고 시작하죠."

"아니, 진정하시고. 채림이 넌 왜 블라인드 내리는데?"

"증거인멸 준비."

"야, 야! 진정하고! 도대체 왜 국가 대표 축구 감독이 오는 건데?"

노형진은 이해가 가지 않는다는 듯 말했다.

물론 소송을 하기 위해 온 거라면 이해가 간다.

하지만 굳이 자신을 찾아올 이유는 없다.

"네가 유명하니까 온 거 아냐?"

"그런 거면 사건을 분배하는 곳에서 나한테 넘기겠냐?"

노형진을 찾는 사람은 많다.

하지만 노형진이 다 맡을 수는 없기 때문에, 분배해 주는 곳에서는 진짜 대책이 없고 어려운 사건만 노형진에게 준다.

"그런가?"

"그래."

"좋네요. 이참에 제가 멱살 잡고 정신 좀 차리게 해야겠습니다. 아니면 제가 아는 조기 축구회를 소개시켜 주든가."

"진정하시고요."

무태식을 진정시키는 노형진.

"저도 아는 조기 축구회 좀 섭외해 볼게요."

"너는 또 조기 축구회는 어떻게 아는데? 아니, 일단 진정하고 사건 이야기부터 들어 보죠."

두 사람을 애써 진정시킨 노형진은 간신히 전근수를 만날 수 있었다.

"안녕하십니까? 전근수라고 합니다."

인사를 하던 전근수는 무태식과 손채림의 표정을 보고 씁쓸하게 웃었다.

지난 며칠간 저런 경멸 어린 시선을 너무나도 많이 봤으니까.

"저는 노형진입니다. 이쪽은 무태식 변호사고요. 이쪽은 팀원인 손채림입니다. 아, 무태식 변호사님이 사건을 담당하는 건 아니고요. 팬이라고 해서……."

"누가! 팬이 아니라 원수겠지."

"하하하……."

노형진은 어색하게 웃으면서 그의 옆구리를 쿡 찔렀다.

하지만 표정을 보고 예상을 한 건지 전근수는 그저 씁쓸하게 미소 지을 뿐이었다.

"뭐…… 압니다. 제가 무슨 짓을 했는지도요. 그런 시선을 받는 것에 대해 제가 무슨 변명을 하겠습니까?"

한숨을 푹 쉬는 전근수.

하지만 이내 그는 조심스럽게 입을 열었다.

"어찌 보면 제가 하는 말은 변명이 될지도 모르겠네요."

"해 보시죠, 그 변명."

"사실은 이번 선수 중에서 제가 뽑은 사람은 한 명뿐입니다. 이런 말 드리면 좀 웃기기는 한데…… 저도 눈깔 달린 인간입니다."

"네?"

"눈깔 달린 인간?"

"네. 설마하니 쓰레기도 못 알아볼 정도의 실력으로 감독 명함을 달았겠습니까?"

전근수는 머리를 북북 긁었다.

좀 곤란한 표정인 걸 보니, 상당히 이야기하기 힘든 모양이었다.

"그러면 여기 오신 이유가 뭡니까? 도대체 무슨 사건을 맡기시려고요? 혹시나 인터넷에서 욕하는 사람들에 대한 명예 훼손 고발이라면, 다른 곳을 추천해 드립니다. 저희가 전담하기에는 사건이 좀 많은 것 같은데."

지금 욕하는 사람들을 모조리 추려 내면 아마 한 100만 명쯤 고소해야 할 것이다.

그런데 의외로 그가 맡기고자 하는 사건은 그게 아니었다.

"그럴 리가요. 졸전을 넘어서 아예 개떡 같은 경기를 한 건 사실인데요."

"그런데요?"

"저도 오죽하면 여기까지 와서 도움을 청하겠습니까? 저도 방법이 없었습니다."

그는 좋게 말하면 맡기고자 하는 사건에 대한 설명을, 나쁘게 말하면 이번 일에 대한 변명을 하기 시작했다.

"원래 제가 뽑으려고 했던 애들은 실력이 좋습니다."

하지만 그가 축구 국가 대표 감독이 되자 사방에서 압력이 들어오기 시작했다는 것이다.

단순히 누구를 뽑아 달라는 정도의 청탁이 아니었다.

안 뽑아 주면 생매장시키겠다는 협박.

"으음……."

노형진은 침음을 흘리면서 손채림을 바라보았다.

그녀가 가장 잘 알 테니까.

"하아…… 그게 그거네, 파벌전."

"파벌전?"

"그래, 전에 동계협회랑 싸울 때 봤잖아."

협회 내부에 파벌이 있는데, 그곳에서 사실상 축구의 인선을 좌지우지한다는 것이다.

"우리나라에서는 그게 문제야. 그 유명한 히딩크 감독이 어떻게 월드컵 4강까지 갔는데."

그가 전략 전술을 잘 짜서 그런 것도 있지만, 파벌의 요청을 전혀 받아들이지 않았던 사람이라서 그런 것도 있었다.

오죽하면 히딩크가 선발한 선수 중에는 만년 벤치 신세였던 2군 출신도 있었다.

"그 새끼들이 또!"

이를 박박 가는 무태식.

전근수는 한숨을 쉬면서 계속 말을 이어 갔다.

"네, 그게 문제입니다. 제가 어떻게 할 수가 없었던 거죠."

"하지만 그래도 이번에는 너무 졸전이던데요?"

손채림은 이해가 안 가는 듯 고개를 갸웃했다.

전근수는 씁쓸하게 웃었다.

"상대방이 중국이었던 것이 문제였죠."

한국에서는 중국을 약체로 취급한다.

축구가 그다지 발달하지 못한 것도 있지만, 또 40년간 한 번도 지지 않았다는 심리적인 문제도 있으니까.

"그러니 개나 소나 자기 선수를 넣으라고 압력을 행사했습니다."

아무리 이런저런 외압이 들어온다 해도 어느 정도는 감독이 선발할 수 있다.

최소한 선발의 3분의 1 정도는 말이다.

"그런데 이번에는 그게 안 되더군요."

이미 다 정해진 상태에서 그가 들어간 거란다.

"아……."

손채림은 뭔가 알 것 같다는 표정이 되었다.

"그러고 보니 도중에 바뀐 거였죠."

"바뀌어?"

"그래. 전근수 감독은 들어간 지 채 한 달도 안 되었어."

전에 있던 감독이 실적 부진을 이유로 잘리고 새로 들어간 사람이 다름 아닌 전근수 감독이라는 것이다.

그런데 들어가 보니 국가 대표진은 이미 완성되어 있었던 것이고.

"보통 그건 감독 권한 아니야?"

"그게 정상이지. 하지만 전근수 감독 같은 경우는 아니야."

중간에 들어간 데다가 새로 뽑을 기회가 없었다.

"그럼 전임 감독이 해직된 건?"

"전임 감독이 저항했거든요."

전근수는 머리를 북북 긁었다.

"특히 조요기 때문에."

"조요기?"

"이번 대회에서 발로 축구 한……. 아니지, 축구는 원래
발로 하는 건데."

아차 싶어서 더듬거리는 손채림.

무태식이 퉁명스럽게 말했다.

"그 실책의 귀재 말입니다. 그 녀석이 그 시합에서 한 실
책만 열 개가 넘을 겁니다. 치명적이지 않은 실책까지 합하
면 스무 개가 넘을 거고요."

"아…… 누군지 알겠네요."

축알못, 그러니까 축구를 알지 못하는 사람인 노형진도 저
런 병신이 어떻게 국가 대표가 되었나 하고 의문을 가졌던
선수.

"그 인간이 현 축구협회의 부회장 라인입니다."

"부회장 라인이라면……?"

"조카죠."

노형진은 대충 상황이 이해가 갔다.

그따위 실력으로 어떻게 국가 대표가 되었는지 비밀이 드러나는 순간이었다.

"저도 압니다. 그놈이 축구 하기는 하는데, 국가 대표요? 그놈 실력으로는 국대는커녕 대학 축구도 안 됩니다."

"그런데 왜 들어간 겁니까?"

"전 감독도 너무하다 싶어서 거부한 겁니다."

전 감독도 한국축구협회의 비리를 모르는 바는 아니었다.

하지만 그도 한국에서 축구를 하는 사람이니 어쩔 수 없이 숙이고 들어갔던 것.

그런데 그쪽에서 조요기를 비롯해서 실력이 터무니없는 자들을 집어넣으라고 한 것이다.

"해도 너무하다 싶었겠죠. 최소한의 인재 풀은 맞춰 놔야 뭐라도 하니까요."

거기에다 다른 때라면 고개를 숙이겠는데, 중국에서 그를 국가 대표 감독으로 초청했단다.

그것도 연봉 세 배를 주면서.

"에? 잠깐! 그럼 지난번 시합……?"

"아닙니다. 그분은 아니에요. 그분은 중국 유소년으로 갔습니다."

"아, 그래요?"

그런데 어쩐지 무태식과 손채림의 표정이 묘했다.

"다들 표정이 왜 그래요?"

"그게……."

머쓱하게 웃는 전근수.

그리고 무태식은 씹듯이 말했다.

"7 : 1. 유소년 친선 경기 결과입니다. 말 그대로 처발렸죠."

"이런……."

다만 유소년 경기는 인기가 없어서 중계하지 않았을 뿐이다.

그래서 대부분의 사람들이 몰랐다.

거기에다 한국에서 한 경기도 아니었고.

"한국에서도 창피하니까 단신으로만 처리했거든. 중국에서 한국 유소년 대표 팀을 불러서 한 시합이니까."

"대놓고 복수한 거네, 그 사람?"

"그런 거지."

"쩝."

노형진은 왠지 그 기분을 알 것 같았다.

자신이라도 그럴 테니까.

"그러니까 자기들이 원하는 대로 팀을 짜 주지 않으니까 전 감독을 실적 부족으로 자르고 직접 팀을 만든 다음 전근수 감독님을 부임시킨 거군요."

"네."

저항이라도 해 보려고 했지만 도무지 어쩔 수가 없었다.

"그래도 이번 시합에서 쓰레기는 걸러 내고 출전시키면 안 되는 거였습니까?"

"출전권도 감독이 손대지 못합니다."

"네?"

"공식적으로는 물론 그렇지 않죠."

"그놈의 공식적."

즉, 비공식적으로 누구를 출전시킬지조차도, 축구협회에서 오더가 내려온다는 것이다.

그나마 그가 할 수 있는 것은 전술을 짜고 훈련을 시키고 비상시 선수 교체를 하는 수준이라는 것.

"그런 거였나요?"

"지금 한국의 축구 대표 감독은 그냥 욕받이 이상의 의미는 없습니다. 그래서 국제적 명장들이 한국으로 오려고 하지 않는 거구요."

히딩크 이후에 국제적 명장들이 한국 국가 대표 팀을 담당하려고 했다.

하지만 히딩크에게 선발권을 빼앗겼던 축구협회는 절대 그 부분에서 타협하지 않았고, 그래서 국제적 명장들은 한국에 오려는 생각을 버렸다.

"선발권은 자신의 전술을 짜기 위한 가장 기본적인 부분입니다. 기본적인 바닥이 없는데 무슨 전술을 짜겠습니까?"

속공을 추구하는 감독에게 파워풀하기만 한 선수는 아무

런 의미가 없고, 파워풀한 축구를 추구하는 감독에게 빠르지
만 약한 선수는 필요 없다.

"지금 우리 팀은 밸런스라는 게 없어요. 지는 게 당연한
겁니다."

미드필더는 더럽게 빠른데 윙은 더럽게 느리다.

수비수도, 어떤 놈은 몸싸움만 잘하지 발재간은 개떡 같
고, 어떤 사람은 발재간은 좋은데 몸싸움에 걸리면 저만치
튕겨 나간다.

"으음……."

노형진은 대충 상황을 알 것 같았다.

미드필더가 빠른데 윙이 느리면 혼자서 날뛰다가 포위당
하는 것이고, 그렇다고 윙의 속도에 맞춰서 달려 나가면 반
격의 기회는 가져다 버리는 수밖에 없다.

'그러고 보니 이번 시합에서 제대로 된 반격이 없었지.'

아마도 어쩔 수 없이 윙에 맞춰 준 모양이었다.

"설마 그 윙이……?"

"네. 그중 한 명이 조요기입니다."

"끄응……."

재능과 관련 없이 넣고 싶어서 넣은 사람들이 호흡이 맞을
리 없다.

"그래서 중국전에서 진 겁니다."

차라리 상대방이 강팀이었다면 이 정도로 압력이 들어오

지는 않았을 것이다.

하지만 축구협회에서는 어차피 이걸 거라 생각해서, 자기 파벌 선수를 무조건 넣으라고 압력을 행사했다는 것.

"완전 개판이네."

노형진은 머리를 북북 긁었다.

하긴, 한국의 스포츠 협회 중에 제대로 된 곳이 얼마나 있겠는가?

"동계협회처럼 그냥 날려 버려?"

노형진은 문득 과거에 날려 버린 동계협회를 생각했다.

그들은 순위를 조작하다가 걸려서, 노형진 때문에 말 그대로 패가망신해 버렸다.

오죽하면 세계 동계협회에서 구 동계협회 출신은 모조리 제명되기까지 했다.

"그 정도는 아니야. 사실 의외로 멀쩡한 곳이 축구협회야."

"응?"

"동계협회는 안 썩은 곳이 없었잖아."

"그렇지."

"하지만 축구협회는 그 정도는 아니야. 의외로 선수들한테는 잘해. 유소년 축구에도 많이 투자하고."

"응?"

"문제는 윗놈들이지. 그리고 그들에게 비정상적인 권력이 쏠려 있는 거고."

"아아."

동계협회는 안 썩은 부분이 없다고 봐야 했던 곳이다.

오죽하면 선수들까지 썩어 빠진 곳이 그곳이었다.

그러나 축구협회는 그 정도는 아니다.

물론 상대적인 것이기는 하지만.

"이거야. 정상적으로 돌아가고 선수들에 대한 대우가 좋으니까 자기 사람을 넣으려는 거지."

"무슨 뜻인지 알겠네."

노형진은 고개를 끄덕거렸다.

그러면 전체를 날려 버릴 수는 없다. 대다수의 사람들은 자기 일을 제대로 하고 있다는 뜻이니까.

"그래서 제가 찾아온 겁니다. 동계 쪽을 청소하신 거야 유명한 사실이니까요."

물론 노형진이 뒤에서 설계한 것은 드러나지 않았다.

하지만 일단 사건을 담당했던 것은 사실이니까.

"음…… 그래서 이번 패배에 대해 뭐라고 하던가요?"

"제 전술의 실패라고……."

"개소리하네요, 진짜."

무태식은 아까보다 좀 누그러진 목소리로 말했다.

사실 상황을 보면 감독은 철저하게 피해자다.

그들이 시키는 대로 할 수밖에 없는.

"그래서 제가 여기에 온 겁니다. 축구계가 이런 식이면,

월드컵 출전은커녕 국제 대회 출전도 불가능할 판이니까요."

노형진의 표정이 묘해졌다.

실제로 몇 년 후에는 월드컵 예선에서 말 그대로 광속 탈락했으니까.

'예상하고 있다는 건가?'

아니, 어쩌면 다 알고 있었을지도 모른다.

다만 고칠 방법이 없었을 뿐.

"그걸 고치고 싶습니다."

"감독님이요?"

"네."

"하지만 한국은 협회의 권력이 장난이 아닐 텐데요? 만일 이게 알려지면 축구계에서 퇴출될 겁니다."

노형진은 걱정 가득한 목소리로 말했다.

실제로 잘못된 것을 고치려고 하는 사람들은 많다.

하지만 대부분 실패한다.

"상관없습니다. 저도 조만간 떠날 거거든요."

"네?"

"이딴 총알받이 취급받으면서 한국 국가 대표 팀을 계속 이끌고 싶지는 않습니다."

틀린 말은 아니다.

사람들이 지금 욕하는 건 개떡 같은 인선을 한 그니까.

"혹시 어디로 가시는지 알려 주실 수 있겠습니까?"

"아랍으로 갑니다. 그쪽에 프로 팀 감독 자리가 났습니다. 연봉 12억을 부르더군요."

노형진은 무태식을 바라보았다.

그게 좋은 조건인지 모르니까.

그런데 얼굴을 보아하니 상당히 후한 조건인가 보다.

"한국에서 국가 대표 감독을 하면 연봉 1억도 안 됩니다."

"허."

노형진이 탄성을 내지르자 전근수는 고개를 끄덕거렸다.

'하긴, 대표 팀 감독을 짤짤이로 배정하지는 않겠지.'

실력이 있으니까 뽑았을 것이다.

물론 그 후에 인정도 안 하는 게 문제겠지.

"한국에서 축구 하려면 그놈의 라인을 안 탈 수가 없고 뇌물을 안 줄 수가 없습니다. 더러워서 이곳을 떠나기로 했습니다만, 그래도 저도 후배들에게 뭐든 남기고 싶습니다. 최소한 돈과 라인 때문에 기회를 잡지 못하는 일은 없었으면 합니다."

노형진은 머리를 긁적거렸다.

"제법 큰 사건이라 돈이 적잖이 들 텐데요."

"저도 나름 금수저는 아니더라도 은수저쯤은 되는 사람입니다. 유명 팀 감독으로 10년 넘게 있었고요. 그리고 연봉 12억으로 5년 계약입니다. 중간에 해직당해도 전액 보장이죠."

역시 오일 머니라고 해야 하나?

이것이 법이다

보장 조건이 파격적이다.

'그 정도로 실력이 있다는 건데…….'

그럼에도 이렇게 패배했다는 것.

그건 진짜로 그가 아니라 선수들이 문제라는 소리다.

그것도 강제로 넣은 선수들 말이다.

"제가 의뢰하고 싶은 건 간단합니다. 일부 돈을 받고 선수를 출전시키는 자들을 쳐 내 주십시오. 그들만 쳐 내면 협회는 훨씬 깨끗해질 겁니다."

노형진은 머리를 긁적거렸다.

"이거…… 복잡하네요."

몇몇 사람들을 털어 내야 하는데 그게 쉽지 않다.

그들은 큰 권력을 가진 자들이니까.

"이번 대회를 핑계 삼아서 그들을 털어 낼 수는 없나요?"

손채림은 어이가 없다는 듯 물었다.

축구 관련자가 아니라고 해도, 조요기 같은 작자들은 국가대표는커녕 조기 축구회 중에서도 잘하는 곳에서는 주전도 못 할 실력이라는 건 충분히 알 수 있을 정도였다.

"저도 그러고 싶습니다만 이빨도 안 먹히더군요."

"이빨도 안 먹힌다? 이미 이야기해 보셨나 보군요."

"사실은 한 달 후에 한일 친선전이 잡혀 있습니다."

"얼씨구?"

중국도 중국이지만 한일전은 느낌이 다르다.

만일 한일전에서 지면 진짜 가루가 될 때까지 털리게 된다.

문제는 상대적으로 축구 후진국으로 분류되는 중국과 달리, 일본은 아시아에서는 축구 선진국으로 분류된다는 것이다.

심지어 공식적으로 일본이 한국보다 피파 세계 랭킹 위쪽에 자리 잡고 있다.

"아마 지면 진짜 살해당할지도 모르죠."

물론 그런 일이 벌어지지는 않겠지만…….

"그때까지 이길 방법을 찾으랍니다."

"지금 멤버로 말인가요?"

"네. 차라리 당장 때려치우고 싶은 기분입니다. 다만 한일전까지는 하고 싶어서 참는 거죠."

어지간히 답이 없는 모양이다.

노형진은 머리를 북북 긁었다.

"멤버가 이것뿐인가요?"

"그럴 리가요."

제대로 된 멤버가 있다.

하지만 그들을 쓸 수가 없다.

쓰고 싶어도, 위에서 게거품을 무니까.

"그런 사람들은 어떤 사람들이죠?"

"주로 프로들이죠."

"프로?"

"네."

프로 선수들은 실력이 나쁠 수가 없다.

몸 자체가 돈이니까.

거기에다 충분한 훈련도 함께 진행하니까.

"그냥 자르고 할 수는 없고요?"

"하려고 하면 할 수는 있습니다. 문제는, 티가 난다는 거죠."

그 전에 일단 훈련 자체를 그들에게 맞춰서 해야 할 뿐만 아니라 사전에 선수 명단이 올라가야 한다.

"당장은 잘리지 않겠지만, 시합이 끝나는 순간 저는 잘릴 겁니다. 그리고 어디에도 취업하지 못하게 방해하려고 하겠죠. 뭐, 딱히 그게 무서운 건 아닙니다만."

이미 어마어마한 조건으로 아랍에서 미래가 보장되어 있다.

그래서 전근수도 몇 번 들이받을까 고민했다고 한다.

하지만 그런다고 해도 바뀌는 것은 없었다.

"지금까지 축구협회를 들이받은 감독이 한 명도 없었을 거라고 생각하지는 않으시겠지요?"

그러나 결말은 언제나 감독의 패배였다.

정확하게는, 온갖 죄를 뒤집어씌워서 잘라 버리는 걸로 끝난다.

"그래서 유명 감독들은 어지간하면 국가 대표 감독직을 하려고 하지 않습니다. 무조건 욕먹는 자리니까요."

"그건 알 것 같네요."

노형진은 상황이 대충 이해가 갔다.

"저는 이참에 그들의 그런 행동을 막을 수 있는 시스템이 만들어졌으면 좋겠습니다. 이런 말씀 드리긴 죄송합니다만, 제가 말씀드리는 시스템의 문제는 단순히 국가 대표의 문제만이 아닙니다. 중고등학교의 문제이기도 하죠."

이건 또 뭔 소리란 말인가, 중고등학교의 문제라니?

"일이 커지는데요?"

"그래서 제가 여기에 온 겁니다. 다른 곳에서는 할 수 있는 사건이 아니라고 생각해서요."

"끄응…… 그런데 중고등학교라니, 무슨 말씀이신지요?"

"중고등학교에서도 대회에 나가기 위해서는 돈을 줘야 합니다."

중학교까지는 그나마 그런 영향이 덜하다.

하지만 본격적으로 스카우트를 준비하는 고등학교 때부터, 선수에게는 시합 하나하나가 자신을 어필하는 기회가 된다.

당연하게도 선수들은 어떻게 해서든 시합에 나가고 싶어 하는데, 그런 선수들에게 돈을 받는 감독들이 널리고 널렸다는 것이 문제다.

"중고등학교 때부터 아예 돈으로 출전권을 따는 게 당연해지는 거죠."

한숨을 푹 쉬는 전근수.

"창피하지만 저도 그렇게 자라 온 인간이고요."

어느 정도 사는 집의 자식인 그는, 자신의 주전 자리를 어머니가 돈 주고 사는 줄 전혀 몰랐다.

그저 주전이 되었다고 좋아했을 뿐.

"얼마 전에 제 친우를 만났습니다."

"친우요?"

"네. 고등학교 때 절친이었죠."

축구 실력 자체는 전근수가 인정한, 그보다 뛰어난 친구였다.

그런데 어째서인지 시합에서 친구 대신 전근수가 선발로 나섰고, 그곳에서 눈에 띄어서 프로로 전향했다.

"그 친구가…… 치킨을 배달해 왔더군요."

그 둘은 반가워했지만, 이후 그가 어머니에게 이야기하자 어머니는 사실을 말해 주었다.

사실 주전 자리를 자신이 돈 주고 산 거라고.

"전 본의 아니게 제 친구에게 씻을 수 없는 죄를 지은 겁니다."

양심에 찔려서 차마 그냥 넘어갈 수가 없었던 그는 술을 마시고 친구를 찾아가 울면서 고백했다.

그러자 친구는 착잡한 표정으로 말했단다.

그렇게 미안하면 우리 후배들은 그런 일을 당하지 않게 해 달라고.

"충격적인 일이군요."

"문제는 그런 일이 지금도 벌어지고 있다는 겁니다. 돈이 없어서 기회를 박탈당하는 거죠. 그걸 고쳐 줬으면 좋겠습니다."

"하지만 돈이······."

"제가 가진 재산이 30억입니다."

"크흠."

아무리 돈이 들어도 그 정도로 들진 않는다.

아무래도 전근수는 마음을 독하게 먹은 모양이었다.

'상황이 상황이니······.'

안 그래도 압력을 받아서 천하의 쓰레기가 되어 총알받이 노릇을 하고 있는데, 자신을 지금의 자리까지 올려 준 배경마저 돈을 주고 샀던 것임을 알았으니.

"아까도 말씀드렸다시피 우리 집은 부자입니다. 저에게는 기회가 많았지요."

하지만 친구에게는 축구가 유일한 기회였다.

그걸 부모님이 돈을 주고 몰래 빼앗아 버린 것이다.

"무슨 뜻인지 알겠습니다. 하지만 단순히 축구협회뿐만 아니라 전반적인 문제라면 그걸 해결하는 게 쉽지는 않을 텐데."

노형진이 방법을 고민하려고 하는 그때, 열혈 변호사 무태식이 불쑥 나섰다.

"제가 도와드리지요."

"네?"

그는 마음을 강하게 먹은 것 같았다.

하긴, 스포츠라면 환장하는 사람이니까.

"이런 식으로 매년 하다 보면 얼마나 개판이 될지 누가 알 겠습니까? 안 그런가요, 노 변호사님?"

"그건 그렇지요."

노형진은 고개를 끄덕거렸다.

사실 그들은 모르지만, 결국 질이 떨어지다 못해 나중에는 아예 국제 대회에서 예선 광탈하는 수준이 되어 버렸으니까.

'아예 대한민국 축구는 일단 아래에 깔아 주고 시작하는 셈이었지.'

그 결과를 아는 노형진은 무태식의 마음을 알 것 같았다.

스포츠맨인 그는 그런 식의 정치질이 스포츠 정신을 좀먹 는 것이 마음에 들지 않겠지.

"안 하시겠다면 제가 하죠."

"아닙니다. 제가 하죠."

노형진은 성급하게 나서는 무태식을 말렸다.

아무래도 그가 직접 하는 게 확실하게 처리될 테니까.

그리고 생각해 둔 계획도 있고 말이다.

"하지만 그러기 위해서는……."

노형진은 전근수를 바라보았다.

"일단 전 감독님이 나일론이 좀 되셔야 할 것 같은데요."

"나일론요?"

"네. 혹시 보험 들어 두신 거 있습니까?"

노형진의 말에 전근수는 어리둥절한 표정으로 고개를 끄

덕거렸다.

전근수 감독, 교통사고로 입원
한 달 앞으로 다가온 한일 친선전 비상
전근수 감독 전치 3주

노형진은 인터넷 화면을 넘기면서 고개를 끄덕거렸다.
전근수 감독이 전지훈련을 하기 위해 장소 확인차 이동하
던 중 교통사고가 나서 입원했다는 소식이 빠르게 퍼지고 있
었다.
"의외로 의심 안 하네."
"자기들이 어쩔 거야, 필리핀에서 사고 났다는데."
노형진은 피식 웃으며 말했다.
"하긴, 한국에서 사고를 당했다면 거리에 카메라가 많아
알기 쉽겠지만 필리핀에는 그런 게 없으니까요."
전 감독이 빌린 차에 블랙박스가 없는 건 물론이고, 상대
방 차에도 블랙박스가 없었다.
"경찰한테 뇌물 주고 사고를 조작하는 거야 어렵지 않지
요."
그 후에 전근수 감독은 병원으로 갔다.

물론 한국이라면 보험회사에서 조사를 하겠지만······.

"필리핀이니까."

필리핀에서 조사하려면 필리핀까지 사람을 보내야 한다.

거기에다 전근수가 가입한 보험은 실손 보험이다.

즉, 손해 본 만큼만 내는 보험.

"필리핀은 물가가 싸니까 보험사에서 지급할 돈이 많지 않지요."

그래서 그런지 보험회사도 조사하지 않고 넘어갔다.

"일이 터지면 일단 전 감독부터 괴롭힐 테니까 일단 발을 빼 두는 게 나을 겁니다."

노형진의 말에 무태식은 고개를 끄덕거렸다.

"하긴, 축구협회 놈들이 잘하는 짓거리죠."

일은 자기들이 저지르고 덤터기는 감독에게 씌운다.

지난번도 마찬가지다.

전근수 감독은 나중에 들어간 죄밖에 없는데 패배의 책임을 졌다.

훈련을 시킬 시간조차도 없었는데 말이다.

"하지만 이런 상황에서 일이 터지면 그때는 뒤집어씌울 곳이 없지요."

임시 감독을 뽑으려고 하겠지만, 노형진이 그걸 계속 방해할 것이다.

애초에 이미 축구계에 소문이 파다하게 나 있으니 하려고 하는 사람도 없을 테고.

들어가 봐야 한일전 끝나기 무섭게 욕먹고 해직당할 게 뻔한데, 자기 감독 자리 그만두고 국가 대표 감독으로 가려고 하는 사람이 있겠는가?

"그런데 어떻게 하려고? 당장 국가 대표를 하지 말라고 할 수는 없잖아."

"맞습니다. 잘 모르시겠지만 축구 선수나 그가 속한 클럽은 국가 대표 차출을 거부할 수가 없습니다."

무태식도 걱정스럽게 말했다.

피파의 규정은 상당히 빡빡하다.

대표적인 예가, 차출을 거부한 경우 그 기간 중에 출전한 경기는 무조건 패배로 처리하는 규정이다.

"난 국가 대표가 무척 영예로운 자리인 줄 알았는데."

"그건 어디까지나 사람들의 환상 속 아니면 비인기 종목에서나 그렇지요."

인기 종목의 경우 주급이 수천만 원에서, 세계적인 선수들은 수억 단위에 달한다.

그런데 그런 돈을 받는 사람들이 무슨 영예를 찾겠다고 국가 대표로 참가한단 말인가?

"게다가 출전했다가 자칫 다치기라도 하면 시즌을 통째로 날리는데요."

"그런가요?"

"그래, 그런 선수도 은근 많아."

그리고 그런 경우 당연하게도 다음 해 선수들의 연봉은 사정없이 깎여 버린다.

지난해 활약을 못 했으니까.

"영예가 아니라 대부분 어쩔 수 없이 보내는 것뿐이야. 규정이 그러니까. 선수도 구단도 다 싫어한다고."

고개를 끄덕거리며 말하는 손채림.

"그러면 설득해서 차출에 응하지 말라고 하는 건 불가능하네."

"불가능하지."

"역시 이야기는 이야기일 뿐인가? 하긴."

무슨 조선 시대도 아니고, 지금 조국의 영광을 찾는 사람이 얼마나 되겠는가?

'그다지 뭐 영광을 주고 싶은 나라도 아니고 말이지.'

노형진은 가슴을 스윽 문지르며 생각했다.

대한민국은 국민에게 믿음보다는 실망을 더 많이 주는 나라니까.

"거참, 그럴 거면 부르지나 말든가."

지난번 시합도 그렇다.

유럽에서 활동하는 선수까지 한중전이라고 국가 대표로 불러 놓고 시킨 거라고는 벤치를 지키게 한 것뿐이다.

축구 팬들은 뭔 개 같은 짓이냐고 화를 냈지만, 협회는 신인 선수들이 경험을 쌓아야 한다고 주장했다.

"물론 그게 틀린 말은 아니지만 말이지."

친선전이라는 것이 그런 목적이 강한 것은 사실이다.

"하지만 몽땅 신인만으로 치러질 만한 것도 아니고."

친선전의 목적은 신인의 훈련도 훈련이지만, 팀워크나 국가 대표의 전력 훈련도 있다.

그래서 보통은 전력의 70% 정도 선에서 치른다.

"다음번에는 안 그러는 거 아닐까요?"

"아닐 겁니다. 그랬으면 중간에 교체했겠지요."

무태식은 고개를 흔들었다.

그는 오랫동안 축구를 즐겨 온 광팬이다.

당연하게도 그동안 축구협회가 해 온 짓거리를 모두 알고 있었다.

"보통 이 경우는 특정 선수들을 띄워 주기 위해서입니다. 아마 다음 친선전에도 그들이 나갈 겁니다."

물론 어느 정도 프로도 섞어서 나갈 테지만.

'그렇다고 해도 그들이 구멍이라는 사실은 변함없지.'

심지어 조요기 같은 경우는 공격의 핵심인 윙이다.

그럼에도 불구하고 제대로 골이나 들어갈지 걱정되는 수준.

"클럽 소속 같은 경우에는 저항할 방법이 없나? 가령 부상 핑계를 댄다거나."

"불가능해. 그 경우는 협회 측에서 지정한 병원에서 메디컬 테스트를 해야 해."

"제대로 된 보상 규정도 없고."

노형진은 머리를 북북 긁었다.

그가 보기에, 규정은 철저하게 국가 대표를 위해 구성되어 있다.

"하긴, 당연하다면 당연한 건가? 거부가 가능하다면 미치지 않고서야 갈 리 없지."

위험부담만 늘어나고 보상은 전혀 없는 국가 대표다.

일부, 국가에 대한 애국심이 강한 사람이 아니고서야 그다지 필요성을 느끼지 못할 것이다.

"실제로 몇몇 사람들이 거부한 기록이 있지만, 그건 비시즌 때의 이야기지."

비시즌에는 어차피 뛸 시합이 없다.

그때는 프로 선수들도 자기 관리를 하며 몸을 만들어야 한다.

"그때는 시합 몰수패 같은 처분이 먹히지 않으니까 구단이나 선수 입장에서도 무서울 게 없지."

아무리 피파라고 할지라도 그렇게 거부한 선수에 대해서까지 형벌 규정을 만들기에는 한계가 있다.

"기껏해야 차후 국가 대표 선출 금지 규정이지만, 거부하는 사람들 입장에서는 환영할 만한 일이지. 사실 국가 대표가 되었을 때 선수들에게 메리트가 있는 건 병역 문제뿐이잖아. 병역 문제를 이미 해결했거나 아니면 병역 면제를 받을 가능성이 전혀 없는 경우라면, 선수 입장에서는 그냥 하지 않는 게 훨씬 이득이지."

"그건 그렇겠네."

노형진은 고개를 끄덕거렸다.

"그렇다고 제명이나 연 단위 출장 금지 같은 강한 처벌을 만들자니, 그건 축구계의 큰손들이 거품을 물 일이고."

아마 그런 일이 생기면 세계적인 구단들이 들고일어나 축구협회를 탈퇴해서 자기들끼리 새로 협회를 만들 것이다.

더군다나 이런 병역의 의무를 가진 나라는 한국을 비롯한 극히 소수의 나라들뿐이다.

그중 축구 선진국은 없다고 봐도 무방한데, 그들 때문에 피파가 그 수많은 구단들과 척지면서까지 처벌 조항을 넣을 가능성은 없다.

실제로 한국은 한국축구협회와 한국프로축구연맹으로 이원화되어 있고, 외국도 마찬가지.

"문제는 축구협회도 축구협회지만 각 학교 단위입니다. 이거 방법이 없겠는데요."

무태식도 아차 한 표정으로 말했다.

전에는 발끈해서 도와주겠다고 했지만, 정작 일로 닥쳐오자 이건 뭐 대책이 안 선다.

한국에 학교가 한두 개도 아니고 말이다.

"그건 방법이 있습니다. 무태식 변호사님은 제가 말씀드리는 대로 움직이시면 됩니다."

"네? 방법이 있다고요?"

"네. 물론 준비할 게 좀 많기는 하지만, 불가능한 건 아닙니다. 일단 중요한 건 축구협회의 힘을 좀 빼 두는 겁니다. 만일 이대로 작전을 시작하면 축구협회에서 방해할 테니까요."

"무슨 수로? 축구협회가 한국 축구계에서 가지는 힘은 어마어마한데."

손채림은 고개를 갸웃했다.

힘을 빼고 싶다고 해서 뺄 수 있는 곳이 아니니까.

"일단은……."

노형진은 머리를 북북 긁었다.

"모금이나 해 보려고."

"뭐? 모금? 갑자기 웬 모금?"

"아니, 이번에 주전 빠진 사람들 말이야."

"그들이 왜?"

"그 사람들을 위해 모금이나 해 보자고."

"뭔 개소리야? 모금이라니, 그중에 유럽 프로에서 뛰고 있는 선수들도 있다는 건 알지?"

한 달에 주급이 수천이 넘는 선수들이다.

그런데 모금이라니?

"아, 별거 아냐. 선수들은 뛰기 싫지만 강제로 모인 거잖아."

"그렇지."

"그런데 사람 말은 아 다르고 어 다른 법이란 말이야."

노형진은 씩 웃었다.

"뛰기 싫지만 강제로 모인 게 아니라, 뛰고 싶어서 모인 거지만 강제로 못 뛴 거지."

"그래서…… 모금을 하자는 겁니까?"

무태식은 어리둥절했다.

노형진이 기껏 내놓은 계획이, 고발을 하거나 소송을 하거나 신고를 하는 등의 작전이 아니라 모금을 하자고?

"축구 선수들 돈 많습니다만. 유럽에서 뛰는 사람도 있고요."

유럽 리그에서 뛰고 있는 어떤 선수는 주급 2,500만 원을 받는다.

연봉으로 치면 12억이나 되는 돈이다.

"모금을 한다고 해서 뭐가 바뀌나? 아니, 그게 모금이 되기는 하는 거야?"

손채림도 미심쩍었다.

모금을 해서 뭐가 바뀐단 말인가?

"도대체 그 돈을 어쩌자는 건데?"

"저도 이해가 안 가는데요. 모금을 해서 돈이 모였다 쳐도, 그 돈을 어쩌자는 거지요?"

"간단합니다. 주는 거죠."

노형진은 간단하게 말했다.

어차피 이건 법적으로 해서는 답이 없다.

'이미 확인해 봤지.'

사건을 진행하기 전 사건에 대해 알아보는 것은 기본 중의 기본이다.

그리고 전근수의 말대로, 고발 같은 게 몇 번이나 있었다는 것은 알아낼 수 있었다.

하지만 언제나 그 처벌은 흐지부지되었다.

당연하다.

준 사람도, 받은 사람도 인정하지 않으니까.

'그러면 증명하면 되는 거지.'

노형진은 키득거리며 웃었다.

물론 무태식은 이해가 가지 않았지만.

"누구한테요?"

"축구협회에요."

"……."

당혹감에 찬 손채림과 무태식은 노형진을 물끄러미 바라보았다.

"돈이 모일까요? 노 변호사님이 잘 모르셔서 그렇지, 대부분의 국가 대표가 연봉 2억은 넘는 사람들입니다, 어찌 되었건 국가 대표가 된다는 건 실력이 있단 말이기 때문에. 구단 측에서는 그에 합당한 돈을 주려고 합니다."

아무리 한국이 축구 선수의 연봉이 타국보다 적다고 해도 절대 가난하다고 할 수는 없다.

"그건 중요한 게 아니죠."

"네?"

"무태식 변호사님 말씀대로 제가 축알못이지만, 한국이라는 나라의 시스템에 대해서는 잘 알죠. 축구협회에서 특정 선수들을 밀어주는 건 알고 있습니다."

"그건 저도 알죠."

왜 모르겠는가, 그야말로 축구로 수십 년을 살았던 사람인데.

"하지만 제가 봐서는 말입니다, 그렇게 단순한 문제가 아니라고 생각합니다. 그냥 단순히 자기 라인 사람이라고 해서 밀어주나요?"

"그건……."

손채림은 머리를 긁적거렸다.

핵심을 찌르는 말이었으니까.

"하긴, 자기 라인이라는 이유만으로 밀어주는 데에는 한계가 있겠지?"

노형진은 고개를 끄덕거렸다.

과거에는 그랬을지도 모른다.

뭐, 지금도 그런 곳이 있을지도 모른다.

하지만 과실이 큰데 거기에 대고 밀어줄 만한 이유는, 작은 걸로는 안 된다.

"뭐, 말로는 자기 라인이다, 자기가 키우는 선수다, 자기 제자다 하지만요, 사실 그런 사람이 어디 한두 명입니까? 거기에다 지금 축구협회에서 일하는, 소위 말하는 고위 관료는 일선에서 손 놓은 지 오래된 사람들일 수밖에 없습니다. 나이가 있으니까요. 그런데 선수가 어떻게 자기 라인이 되고 자기 제자가 될까요? 나이 차로 보면 제자의 제자 수준인데, 사실 이 정도면 남남인 셈이죠."

"……."

"거기에다 좀 알아보니 축구협회에서 일하는 분들은 딱히 속한 곳이 없는 분도 많던데요."

그들이 말하는 학연, 지연 같은 것도 있다.

사실 한국에서 혈연, 학연, 지연은 강력한 힘을 발휘하기는 한다.

'하지만 국가 대표를 선발할 정도는 아니지.'

혈연이야 그렇다 쳐도, 학연과 지연은 그 정도는 아니다.

막말로 학연이라고 해 봐야, 같은 학교를 나왔다고 해도 못해도 20년은 차이가 난다.

지연은 더더욱 의미가 없고 말이다.

옛날처럼 한 동네 몇백 명 살던 시대도 아니고 작은 도시도 몇만, 큰 도시는 몇십만씩 사는 시대에 지연이 무슨 의미가 있겠는가?

"간단하게 생각해 보세요. 국가 대표로 추천해 준 사람이 잘하면, 추천한 사람에게 무슨 이득이 있지요?"

없다.

딱히 그에게 돈을 주는 시스템도 아니고.

"반대로 그가 제대로 못하면 문제가 되죠."

협회 내부에서 그의 발언권과 라인이 약해지는 효과가 나타난다.

물론 언제든 바꿀 수 있는 국가 대표인 만큼 라인이 약해진다는 효과가 당장은 드러나지 않을 수도 있지만, 그런 게 쌓일수록 부정적 효과는 누적되고 결국 그의 발언권은 처참한 수준까지 떨어질 수 있다.

"조요기 같은 경우는 혈연 때문에 그렇다고 하지만, 같은 집에서 동시에 축구를 하거나 하는 경우는 드물죠. 제 경험상 보통 그런 경우는 돈이 문제죠. 안 그런가요?"

"끄응…… 그렇지요. 간단하게 생각해 보면…… 후우……."

돈이 문제다.

누군가를 국가 대표로 밀어준다는 것.

그건 선수의 커리어뿐만 아니라 추천자의 커리어도 관련된 문제인 것이다.

거기에다 사실상 압력을 가할 정도라면 더 문제가 된다.

"학연? 지연? 좋지요. 하지만 아무리 학연, 지연이 좋아도, 자기 손해 볼 짓을 목숨 걸고 하는 놈은 못 봤습니다."

다들 그냥 자기 라인이라는 생각만 했다.

하지만 자기 라인이라고 해도, 자기 커리어가 날아갈 정도의 압력을 행사하는 경우는 극히 드물다.

"물론 진짜로 그런 경우도 있겠지요."

다 뇌물을 받는 것은 아닐 것이다.

진짜로 자기 라인이라서 밀어주는 사람도 있을 것이다.

"하지만 그건 상관없죠. 대부분의 사람들이 축구계의 비리를 뻔하게 아는 상황에서는 말이죠."

초등학교 때부터 부모가 돈을 주면 주전 출전을 시켜 주고, 안 주면 안 시켜 주는 건 흔한 일이다.

모른 척하지만 결국은 그거다.

소위 말하는, 누구나 다 아는 비밀.

알기는 하지만 모른 척하는 것들.

"선수들이 그걸 고발할 수는 없겠지요. 그랬다가는 한국에서 퇴출이니까. 그건 전근수 씨도 마찬가지고."

물론 고발한 사람도 있었다.

하지만 고발하는 순간 몰락한다.

심지어 그런 건 뉴스에도 나가지 않으니, 말 그대로 헛된 개죽음이 될 뿐이다.

"고발해도 제대로 조사하지 않을 건 뻔하고."

언론에서도 언급하지 않는, 말 그대로 찻잔 속 폭풍으로 끝난다.

"그거랑 모금이랑 무슨 관계인데?"

손채림의 말에 노형진은 씩 웃었다.

"두고 보면 알 거야, 흐흐흐."

그 돈은 네 돈이 아니다

노형진은 진짜로 모금을 시작했다.

물론 모금을 하기 위한 정식 절차를 거치기는 했다.

현행법상 모금은 정해진 규칙에 따라야 한다.

정해진 규칙 내에서만 가능하며, 또한 그 사용처를 공정하게 증명해야 한다.

"그거야 어렵지 않지."

모금 규정상, 모금 허가가 나는 사유에는 여러 가지가 있다.

노형진은 그중 문화진흥으로 해 버렸다.

"틀린 말은 아닌데……."

유능한 선수들이 열심히 뛰면 문화야 진흥되니까.

"투명하게 모금하고 투명하게 주면 되는 거야. 물론 그걸 받는 쪽은 미치겠지."

노형진은 사이트를 바라보면서 미소 지었다.

벤치를 지키고 있는 불쌍한 우리의 국가 대표.

세계적으로 인정받는 한국의 국가 대표들.

그런데 왜 재능이 있는 선수들이 벤치만 지키고 있을 수밖에 없을까요?

그렇게 시작된 모금용 글.

그 글을 가만히 읽던 무태식은 피식 웃으며 말했다.

"이거 완전 개소리인데요. 용케 허가가 났네요."

"아, 그거요? 신청은 다른 걸로 했거든요."

"쿨럭!"

무태식은 어이가 없어서 자기도 모르게 헛기침을 했다.

"다…… 다른 거요?"

"네, 한국 축구 진흥을 위한 기부금."

"그게 허가가 나요?"

"나죠. 틀린 말은 아니잖아요. 제대로 된 선수들이 뛰어야 한국 축구가 발전하는 거 아니겠습니까?"

"아니…… 그건 그런데……."

손채림도 그건 인정한다는 듯 고개를 끄덕거렸다.

확실히 내용도 그렇다.

하지만 그건 어디까지나 직접적인 이야기일 뿐.

"이거 조금 비뚤게 보면, 뇌물을 못 줘서 출전을 못 했다는 거잖아?"

"어허, 뇌물이라니! 축구 발전 기금이라고 해 줘."

"뭔 놈의 축구 발전 기금이 1천억이야!"

1억은커녕 1천만 원도 모이지 않을 것 같은 모금 제목이다.

국어 점수가 평생 0점이 사람이 아닌 이상에야 돈을 모아서 뇌물을 주겠다는 뜻을 이해하지 못하지는 않을 테니까.

당연히 정상적인 사람이라면 이런 정신 나간 짓은 하지 않을 것이다.

"알아."

"거기에다 축구 발전 기금이라고 허가받으셨다면, 허가가 취소될 겁니다."

노형진은 고개를 끄덕거렸다.

"그럴 겁니다. 그렇게 되라고 한 거고요."

"네?"

"제가 미쳤다고 그놈들에게 돈을 주겠습니까?"

"아……."

진짜로 돈을 줄 생각은 눈곱만큼도 없다.

"중요한 건, 더 이상 그들이 뒤에 숨어 있을 수 없게 된다는 거지요."

노형진은 미소 지었다.

"과연 그들이 어떤 소리를 할지 두고 보자고요, 후후후."

⚖️

　모금이 시작되고 나서 초반에는 별 반응이 없었다.

　하지만 뇌물을 주기 위한 모금이라는 초유의 사태는 입소문을 안 탈 수가 없었다.

　사람들은 어이가 없어서 글을 살펴보다가, 한편으로는 국대로 뽑힌 해외파조차도 뇌물을 주지 않으면 주전이 될 수 없다는 사실에 광분했다.

　그리고 그건 생각지도 못한 인터넷상의 운동으로 변해 가기 시작했다.

　"218 운동? 이건 또 뭐야?"

　노형진은 우연히 인터넷 창 한편에 뜬 실검을 보고 별생각 없이 클릭했다가 자신도 모르게 탄성을 내질렀다.

　"이건 생각도 못 했는데?"

　218 운동.

　이런시팔의 약자.

　뇌물을 대놓고 요구하고, 실력보다는 뇌물로 선수를 뽑는 축구협회의 행태를 비꼬는 의미로 돈을 내주자는 운동.

　그래서 앞자리가 218이어야 한다.

　작게는 218원, 크게는 218,000원까지, 앞자리가 218로 되어 있는 금액들이 계좌를 가득 채우고 있었다.

마치 유행처럼 번지는 그걸 보면서 노형진은 묘한 표정이 되었다.

"어…… 이거 반가워해야 하나, 실망해야 하나?"

"왜?"

"아니…… 이슈 타는 게 목적이기는 했는데……."

머리를 긁적거리는 노형진.

"나중에 내가 한 990억쯤 채워서 이슈를 끌려고 했거든."

"헐, 돈지랄하려고 했구나."

"어차피 취소될 거잖아."

"그건 그렇지."

애초에 모금 자체가 속임수로 진행된 거라 취소될 수밖에 없는 구조다.

당연하게도 황당한 모금 이유와 990억의 자금 때문에 언론의 이슈를 탈 수밖에 없고.

"그런데 이런 식이면 취소된 후에 이 돈도 돌려줘야 하거든."

"아…… 그러면 그러네……. 좀 곤란하기는 하네."

모금이 취소되는 경우 돈을 돌려줘야 한다.

당연히 이렇게 장난으로라도 돈을 보내는 경우, 이쪽에서 다시 해당 계좌로 보내 줘야 하는데…….

"수수료가 더 들겠다."

머리를 긁적거리는 노형진.

물론 그게 아깝지는 않다.

사실 사람들의 장난에서 시작된 218 운동이라고 해도 반갑다.

자신의 계획이 먹힌다는 뜻이니까.

"조금 일찍 돈을 넣어 볼까?"

"왜?"

"사람들에게 이슈가 되었으니 정부에서 더 빨리 취소할 테니까."

"그러면 조만간 뉴스에 나가겠네."

"그렇겠지."

노형진은 고개를 끄덕거렸다.

"과연 축구협회 인간들이 뭐라고 할지 기대가 되는걸."

"이게 뭔 개 같은 경우야?"

축구협회는 발칵 뒤집어졌다.

국가 대표로 나갔지만 뇌물을 주지 못해서 필드에 서지 못한 사람들을 대신해서 뇌물을 주자는 운동.

말도 안 되는 모금이었는데 그 금액이 무려 991억이나 모였단다.

"이게 무슨 말이야! 뇌물이라니! 아니, 선수들이 뭐라고 한 거야?"

"선수들은, 자기들은 모르겠답니다."

알 리 없다.

애초에 그들의 동의를 받고 시작한 게 아니니까.

돈을 받을 사람들은 그들도, 축구협회도 아닌, 뇌물을 받고 특정 선수를 밀어주거나 어떠한 형태로든 압력을 행사한 축구협회의 특정인으로 되어 있다.

즉, 그들이 돈을 받고 압력을 행사했다는 의미다.

"아니, 이게 무슨 말도 안 되는 소리야?"

한두 푼도 아니고 1천억대 뇌물이라니.

당장 언론에서는 신나게 물어뜯고 있다.

뇌물을 주지 못해서 국제경기에 출전도 못 하는 프로 선수들을 위해, 오죽하면 팬들이 돈을 모아서 뇌물을 주자는 운동을 다 하느냐고 말이다.

"지금 걸레짝이 되어 가는 상황이라고! 그런데 이거 뭐야! 어?"

"저희도 전혀 예상하지 못하고 있다가 두들겨 맞았습니다."

비서 입장에서는 날벼락도 이런 날벼락이 없었다.

세상천지에 어떤 미친놈이 모금을 해서 뇌물을 준다는 황당한 생각을 하겠는가?

그런데 진짜로 있었다.

'씨발, 그러면 조용히 모으든가.'

대놓고 우리가 뇌물을 모아서 선수를 출전시키자고 하다니.

"끄응…… 전근수 감독은 뭐래?"

"자기도 어찌 된 영문인지 모르겠답니다. 애초에 전근수 감독은 현재 입원 중이라 이번 일에 대해 어떤 책임이 있는 것도 아니고……."

"씨발, 장난해?"

전이라면 이런 경우 그냥 감독에게 뒤집어씌우면 그만이 었다.

매번 그래 왔다.

자기 사람을 밀어주다가, 경기가 제대로 안 풀리면 감독에게 죄를 뒤집어씌우고 경질해 버리면 그만이었다.

'염병, 그런데 지금은 그럴 수도 없고.'

필리핀에서 전치 3주의 교통사고로 입원한 사람이 이번 일에 무슨 책임을 지겠는가?

"기자들한테 빨리 전화 돌려, 글 내려 달라고."

"회장님, 이미 시도해 봤습니다. 하지만 이빨도 안 들어갑니다. 이미 인터넷에 소문이 다 났고, 내린다고 해서 묻힐 것도 아닌데 왜 내려야 하느냐고 합니다."

"큭."

만일 이쪽이 보복을 할 수 있는 집단이었다면 아마 바로 내렸을 것이다.

하지만 기자들은 보복할 대상이 아니다.

도리어 축구협회에서 적당히 뇌물을 주고 관리해야 하는

자들이다.

그 뇌물이 효과를 발휘하는 동안에는 협회의 치부를 감출수 있겠지만, 지금처럼 소문이란 소문은 다 나서 218 운동이라는 치명적인 운동으로 발전한 상황에 기자들이 뭐가 아쉬워서 글을 내려 주겠는가?

설사 내려 준다고 해도 이미 인터넷에서 소문은 파다하게났다.

당연하게도 이제 와서 내린다고 한들 제대로 꼬인 자신들의 인생은 바뀌지 않는다.

"당장 회의 소집해! 이거 어떻게 해서든 막아야 할 거 아냐!"

회장은 소리를 질렀다.

하지만 그 역시 이미 터진 일을 어떻게 처리해야 할지 고민만 앞설 뿐이었다.

⚖

"역시나 취소당하는군."

노형진은 입맛을 다시면서 사이트를 바라보았다.

정부에서는 해당 모금이 불법 모금이기 때문에 취소한다며, 다급하게 사이트를 막았다.

"생각보다 빠르네?"

"축구협회에서 정부 관계자 붙잡고 질질 짰겠지."

그러지 않았다면 정부가 이렇게 빠르게 일할 리 없다.

"뭐, 상관없어. 그들이 뭐라고 하든, 이미지는 이미 완성되었으니."

돈이 없으면 국가 대표라고 하더라도, 아니 해외파라고 할지라도 본선에서 뛸 수 없다는 이미지가 만들어진 이상, 축구협회의 운신의 폭은 확실하게 줄어들 수밖에 없다.

"저쪽에서는 명예훼손 및 허위 사실 유포로 걸고넘어지겠다고 길길이 날뛰고 있는데?"

손채림은 걱정스럽게 말했다.

하긴, 저쪽 입장에서는 당혹스러울 거다.

어떤 식으로 해석되든, 자신들이 돈을 받고 선수들을 출전시켜 주었다는 이미지가 생긴 것은 틀림없으니까.

"하라고 해."

노형진은 코웃음을 치며 말했다.

"명예훼손이 성립되려면 상당히 힘들걸."

한국에서는 단체에 대한 명예훼손은 웬만해서는 인정되지 않는 편이다.

하물며 일반 명예훼손도 제대로 인정하지 않는 게 대한민국 법률이다.

"설사 건다고 해도, 이 경우 내가 축구 지원금을 준다고 했지 언제 자기들에게 뇌물을 준다고 했나?"

"그런가?"

"이런 경우는 명예훼손보다는 조건부 기부가 더 맞다고."

자신들이 미는 선수들을 써 주는 조건으로 협회에 제공하는 기부.

뇌물과 기부의 차이는 말 그대로 한 끗 차이다.

그리고 조건부 기부를 하기 위해 모금을 한 것이 명예훼손이 될 가능성은 아주 낮다.

"설사 진짜로 명예훼손이 성립된다고 할지라도, 과연 처벌이 제대로 나올까?"

한국에서 명예훼손은 무척이나 처벌이 낮은 편이다.

특히나 그 대상이 힘이 있는 사람이라면 말이다.

"기껏해야 벌금 몇백 나오겠지."

노형진은 코웃음을 치며 말했다.

한두 번 재판을 해 보는 것도 아니고 말이다.

"일단은 저쪽도, 이슈가 되었으니까 당분간은 조심하겠네."

"'당분간은'이겠지."

노형진은 씩 웃으며 말했다.

"문제는 진짜 그게 당분간이라는 거야. 전근수 씨도 말했잖아, 저항하려고 한 사람은 분명히 존재했다고."

그들이 언론에도 알렸고 또 고소 고발도 했다.

그러나 딱 그때만 조용해졌지, 사실 어떤 효과도 없었다.

"지금도 마찬가지야. 지금이야 아가리 닥치고 있겠지. 하지만 이제 다음 시합에서 기존에 썼던 사람들을 쓰기에는 부담이 가지."

물론 중국전에서도 경험을 쌓기 위해 쓴 사람이 있기는 할 것이다.

하지만 그건 어디까지나 자기들 생각이다.

조요기같이 실력이 바닥을 치는 사람을 쓰는 순간부터 누구도 그 말을 믿지 않을 테니까.

"어찌 되었건 지금 상황에서는 축구협회는 꼼짝하기 힘들 거야. 이제 충분히 힘을 뺐으니 이참에 아래쪽을 쳐 버려야지."

"중고등학교 말이구나."

"그래. 이야기를 들어 보니 돈을 주고 주전 자리를 사는 문화는 그때쯤에서부터 생기는 모양이니까. 그러니 그때 막아 버리면 나중에 헛짓거리하고 싶어도 못 하지."

문화는 교육이다.

그게 당연하다고 생각하면 나중에도 돈을 주는 데 문제가 안 되지만, 그게 문제라고 생각하면 저항하기 마련이다.

"하지만 어떻게 막으려고? 고발해도 소용이 없다잖아. 전근수 씨도 그랬고, 우리가 조사한 바로도 그래. 고발을 해도 순간만 넘어가고 계속 같은 일이 벌어지던데."

"고발만 하면 그렇지. 하지만 다른 식으로 접근하는 방법도 있어. 그러기 위해서는 네가 좀 바빠져야 할 거야."

"내가?"

"그래. 네가 사람들을 좀 찾아봐. 무태식 변호사님이 움직이고 있기는 하지만, 우리는 좀 더 나이 많은 쪽을 노리자고."

"나이 많은 쪽을 노리다니? 이해가 안 가는데, 좀 더 자세하게 말해 줘. 너처럼 모든 게 머릿속에 있는 사람은 드물거든?"

손채림의 타박에, 노형진은 멋쩍게 머리를 긁적거렸다.

자신도 안다, 가끔 그런 실수를 한다는 것을.

"네가 찾아야 하는 사람들은, 프로에 지원했다가 프로가 되지 못하고 탈락한 선수들이야."

"그 협회 인간들이 아니고 선수들?"

"정확하게는 선수들 가족이지."

노형진은 고개를 끄덕거렸다.

"전에도 말했다시피 이런 경우는 결국 돈이 끼게 되어 있어. 학연과 지연만 가지고 국가 대표에 압력을 행사하는 경우는 드무니까."

"그런데?"

"이 상황에서 이제 그 애들의 커리어는 끝장난 거나 다름없지. 거기에다 프로도 못 가서 갈 곳도 없으니, 그야말로 인생이 좆 난 거지."

물론 실력이 있으면 문제도 되지 않을 것이다.

하지만 한중전에서 봤다시피, 터무니없는 실력을 가진 사람들이 주전으로 뛰었다.

"그 애들은 다시는 주전으로 못 뛰어. 너도 알다시피 선수들의 활동 기간은 상당히 짧아. 문제는 그 애들의 상당수는 프로로 뛰기 힘든 인간들이라는 거야. 그래서 돈을 주고 국가 대표로 들어가려고 한 것일 테고."

"아하! 그러네. 사실상 커리어가 끝장났으니 부모들이나 뇌물을 준 입장에서는 돌아 버릴 지경이겠구나."

"그래."

단순히 돌아 버릴 지경이 아니다.

분명히 피해를 최소화하기 위해 움직일 것이다.

"그러면 어떻게 하겠어?"

"돈을 돌려받으려고 하는 사람이 있겠네."

"원래 이런 건 한 명이 움직이면 다른 사람들도 같이 움직이는 법이지."

그리고 손채림이 그 사람들을 설득한다는 게 노형진의 계획이었다.

"그런 건 무태식 변호사님이 해야 하는 거 아닐까?"

"무태식 변호사님 팀은 이미 움직이고 있어. 그런 일은 중고등학교 때부터 있다고 하니까."

손채림은 노형진이 노리는 게 뭔지 알아차렸다.

고발로 끝?

아니다. 그 뒤를 노리는 것이다.

때로는 형사보다 민사적 처벌이 더욱 가혹하기에.

"돈 받고 출전시켜 준 사람이 과연 축구협회 인간들뿐일까?"

노형진은 미소를 지으며 말했다.

"이참에 한번 제대로 뒤집어 보자고, 후후."

필리핀의 모 병원에 누워 있던 전근수는 눈앞에 있는 기자를 보면서 침을 꿀꺽 삼켰다.

'잘하는 짓인지 모르겠네.'

이참에 아예 축구협회를 날려 버리겠다고 자신한 노형진이다.

당연히, 그게 그에게도 좋다.

이미 그는 찍혔다.

물론 그가 잘못한 건 없다.

하지만 총알받이를 해야 하는 시점에 그러지 않았으니, 아마 축구협회에서 그를 어떻게 해서든 몰락시키려고 덤벼들 것이다.

'그래, 어차피 한 번 죽지 두 번 죽냐.'

한국 축구는 절대 약체가 아니다.

약체였다면 전 감독도 초청되지 않았을 것이다.

사실 감독이나 시스템은 상당히 발전했다.

선수를 좋게 말하면 추천, 나쁘게 말하면 협박하는 놈들이 문제지.

'여기가 아니더라도 갈 곳은 많아.'

그는 마음을 독하게 먹었다.

"무슨 생각을 하십니까?"

기자는 그런 전근수를 향해 미소 지으며 물었다.

"아닙니다. 그냥 다음 대회의 작전을 생각했습니다."

"안 그래도 국민들의 관심이 많습니다. 선수 선발에 대해 말이지요. 한국에서 지금 무슨 일이 벌어지는지 아시는지요?"

예상했던 질문이다.

그리고 이미 노형진이 그에 대한 대답도 알려 줬다.

'절대 알은척하지 말라고 했지?'

알은척하는 순간부터 자신은 끝도 없는 늪에 빠질 거라고, 그러니 전혀 모르는 척하라고 했다.

"무슨 일 있나요?"

"에? 모르셨습니까?"

"아무래도 여기가 한국 정보가 빠른 곳은 아니라서요. 교통사고로 핸드폰도 박살이 나서, 정보를 얻을 수가 없네요."

"아니, 축구협회에서 사람이 오지 않았나요?"

"전혀요."

만일 축구협회에서 누구라도 보냈다면 전근수는 고마운 마음에라도 이번 작전을 하지 않았을 것이다.

하지만 교통사고로 입원했다는 소식을 듣고도 축구협회는 아무도 보내지 않았다.

그래서 병원비도 자비로 내야 하는 상황이다.

'내 거 보험을 왜 물어보나 했다.'

사실 노형진이 이 병원을 고른 것도 우연은 아니다.

이 병원에는 텔레비전도 없고 인터넷도 없다.

입원한 사람은 핸드폰이 없으면 당연히 아무 정보도 얻지 못한다.

"그래요? 모르신다는 거죠?"

"한국에서 무슨 일이 있나요?"

"아닙니다."

기자는 눈을 번뜩였다.

상대방이 모른다는 것은 이쪽에서 상당한 정보를 캐낼 수 있는 기회라는 뜻이니까.

'만일 내가 사정을 말해 주면 바로 입 다물겠지.'

그러면 힘들게 잡은 인터뷰 기회는 날아가는 것이다.

"아닙니다. 별일 없습니다. 그냥 감독님 걱정 이야기죠."

"패장을 걱정해 주신다니 감사하네요."

미소로 답하는 전근수.

"그러면 일단 몇 가지 질문을 하겠습니다. 먼저, 전 시합에서 말인데요."

자연스럽게 인터뷰를 이어 가는 기자.

그렇게 한창 분위기가 무르익자 기자는 슬쩍 운을 띄웠다.

"그러면 얼마 후에 있을 한일전 선발은 어떻게 하실 생각인가요?"

"조요기 선수를 기반으로 짤 생각입니다."

"네? 조요기 선수를요? 하지만 조요기 선수는……."

스포츠, 그것도 축구만 몇 년을 취재한 기자다.

한중전에서 보여 준 조요기의 실력은 너무 뻔했다.

긴장으로 인한 실수?

그 정도 수준이 아니다.

애초에 재능이 없었다.

도무지 답이 안 보이는 수준이었다.

그런데 그를 선발, 그것도 중심에 두겠다니?

"조요기 선수는 윙으로서 재능이 있습니다. 물론 발이 너무 느린 것은 사실이지만요."

발이 느린 윙이라니, 말하는 전근수도 어이가 없었다.

'하지만 이름을 언급하라고 했으니.'

사실 누가 돈을 받고 압력을 넣은 건지, 아니면 진짜 경험을 쌓으면 보물이 될지 몰라서 경험을 쌓게 하려고 압력을 행사한 건지 알 수는 없다.

하지만 조요기는 아니다.

절대 거기에 있을 수 있는 사람이 아니다.

거기에다 그는 부회장의 조카다.

그가 전면에 나서면 분명히 문제가 될 수밖에 없다.

"하지만 조요기 선수는……."

기자는 자기가 물어보고도 당황했다.

제정신이 박힌 감독이 할 수 있는 생각이 절대 아니니까.

'머리를 다친 게 아니라면……'

다친 곳은 머리가 아니다.

그러면 남은 것은 하나뿐.

"조요기 선수를 꼭 써야 하는 특별한 이유가 있나요?"

"저는 그냥…… 실력이 있다고 생각해서……."

"축구 팬들 중에는 그렇게 생각하지 않는 분들이 많은데요. 그 정도 실력이면 프로는커녕 고교 축구에서도 중위권이나 간신히 될 정도인데, 그런 선수를 중심으로 삼아서 작전을 짠다는 것은 너무 위험한 거 아닌가요?"

발이 느린 조요기를 중심으로 작전을 구성한다는 것.

그건 사실상 반격을 포기하고 방어력을 늘리겠다는 소리다.

아니, 축구의 특성상 방어력도 결국은 스피드가 기반이 되어야 하니, 다 포기하겠다는 소리나 마찬가지다.

'그건 절대 이길 수 있는 작전이 아니야.'

최대한 버티면서 동점이나 노려 보겠다는 전술이다.

압박 전술과 빠른 스피드로 승부하는 일본 상대로는 최악의 상성인 셈인데…….

"꼭 그 작전을 쓰셔야 합니까? 다른 선수들을 기용하면 기습을 노릴 수 있을 텐데요."

"그건…… 흠…… 아무래도 미래를 위해서는 선수들의 경험이……."

"하지만 한일전은, 아무리 친선전이라지만 경험을 쌓기 위한 무대로 치기에는 너무 중요한 경기 아닌가요?"

한국 국민들이 원하는 것은 간단하다.

일본에만은 지면 안 된다는 것.

오죽하면 일본한테는 가위바위보도 지면 안 된다는 소리가 나올까.

그런데 거기에다 질 수밖에 없는 작전을 들이미는 감독이라니.

'이건 뭔가 있다.'

기자는 눈을 반짝였다.

⚖

기자는 바로 조요기를 추적했다.

사실 조요기라는 선수에 대해 알아내는 것은 조금도 어려운 일이 아니었다.

별로 어렵지 않게 그의 신분을 알아낼 수 있었다.

현 축구협회 부회장의 조카 조요기
감독, 조요기를 위해 작전을 구성할 수밖에 없어

아 다르고 어 다른 게 사람 말이다.

중심에 조요기를 놓겠다는 말은, 어느 순간 그를 위해서 작전을 짤 수밖에 없다는 말로 왜곡되었다.

"끄응……."

회장은 머리를 부여잡고 신음을 흘렸다.

안 그래도 당장 분위기가 좋지 않은데 조요기의 등장으로 이제는 어떤 변명도 먹히지 않는다.

'망할 새끼.'

그는 비어 있는 부회장의 자리를 보면서 이를 악물었다.

말로는 자숙한다고 하지만, 사실 입구에 죽치고 있는 기자들 때문에 나올 수가 없게 되었다는 것이 맞는 말이다.

"전근수 감독은 뭐라고 하던가요?"

"자기는 그런 목적으로 이야기한 게 아니라고……."

지금까지 감독이 쓰러졌건 입원했건 사람도 보내지 않았던 축구협회지만, 조요기 이야기가 나오기 무섭게 사람을 보냈다.

그리고 돌아온 대답은 너무나 뻔했다.

"그걸 지금 변명이라고! 당장 들어오라고 해요, 당장!"

조요기라는 이름을 언급한 것뿐이지만 사실상 축구협회의 심장에 칼을 찌른 상황에서 자기는 팔자 좋게 누워 있다는 사실에, 회장은 발끈했다.

"지금 들어와 봐야 자기가 총알받이가 될 텐데 돌아오겠습니까?"

하지만 이사진 중 한 명이 푸념하듯이 던진 말에 회장은 눈을 찌푸릴 수밖에 없었다.

　　그 말이 맞다.

　　자신이라고 해도 돌아오지 않을 것이다.

　　"끄응……."

　　도무지 대비책이라고는 보이지 않는 상황이다.

　　결국 회장은 한숨을 길게 내쉬면서 이사들을 바라보았다.

　　"툭 까고 이야기합시다. 돈 받은 사람 누구예요?"

　　"회장님!"

　　"내가 지금 이 자리에, 짤짤이 따먹기로 올라온 거라고 생각합니까?"

　　"……."

　　"사정을 알아야 해결을 하든지 하지요."

　　"……."

　　"양심적으로 손듭시다, 우리."

　　그렇게 말하면서 회장은 가장 먼저 손을 들었다.

　　회장이 나서자, 다들 눈치를 보다가 슬금슬금 손을 들기 시작했다.

　　'니미 씨발 놈의 새끼들.'

　　회장은 이를 악물었다.

　　출석 인원의 70%가 손을 들었던 것이다.

　　'이러니 그렇게 개판으로 지지.'

당장 출석 인원 숫자대로 맞춰도, 심지어 후보까지 대기가 넘어간다.

"작작 좀 했어야지요!"

"죄송합니다, 회장님."

"젠장, 이 상황을 어쩐다……. 일단…… 당장 감독에게 들어오라고 해요. 우리가 두들겨 맞을 수는 없으니까."

　결국 방법은 뻔했다.

　전처럼 감독을 희생양으로 삼아서 벗어나는 것.

"치료는 한국에 들어와서 하라고 하고, 일단 무조건 입국시켜요. 만일 안 들어오면 다시는 한국에서 축구 할 생각 하지 말라고 하고."

　막 작전을 짜려고 하는 그때, 문이 벌컥 열리면서 한 남자가 다급하게 들어왔다.

"회장님! 큰일 났습니다!"

"큰일? 무슨 큰일!"

"어떤 선수의 부모가, 부당이득 반환 청구 소송을 걸었습니다!"

"부당이득 반환 청구 소송요?"

　손채림의 말에 선수의 부모들은 어리둥절했다.

"네. 뇌물도 돌려받을 수 있는 돈이에요. 사람들은 잘 모르지만요. 부당하게 가지고 간 돈이니까."

손채림은 눈앞에 있는 사람들을 보면서 속으로 썩소를 날렸다.

'고민될 거야. 나 같아도 고민될 테니까.'

눈앞에 있는 부모들은 아들을 국대에 넣기 위해 뇌물을 준 사람들이다.

무려 3천만 원이나.

'하지만 정작 자식은 벤치 신세였지.'

돈 받아 처먹은 놈들이 워낙 많은지라 그마저도 짬밥, 아니 고위 관리순으로 차출할 수밖에 없었고 그 결과 돈을 줬는데도 불구하고 이들의 자식은 필드 한번 밟아 보지 못하고 시합이 끝나 버렸다.

'당연히 그 돈이 아까워 죽겠지.'

그러나 그걸 포기할 수밖에 없다.

뇌물이었으니까.

'하지만 법적으로 받을 수 있다면 이야기가 달라지지.'

부당이득 반환 청구 소송.

법적으로 누군가 부당하게 가지고 간 돈을 돌려 달라고 하는 것.

그리고 뇌물은, 누가 봐도 부당하게 가지고 간 돈이다.

"하지만 그러면 우리도 처벌받잖아요?"

어머니가 걱정스럽게 물었다.

돌려받는다고 해도, 결국 뇌물을 준 것은 사실이니까.

"확실히 뇌물 공여죄를 피할 수는 없어요."

손채림은 고개를 끄덕거렸다.

거짓말을 해 봐야 좋지 않다.

지금은 차라리 사실을 말하는 게 더 나은 선택이다.

그래야 믿음을 얻고 사건을 받아 올 수 있다.

"하지만 이런 경우 대부분 처벌이 약해요. 아마 벌금으로 끝날 거예요."

"그게 무슨 말이죠?"

"돌려받는 돈보다 정부에 벌금으로 내는 돈이 훨씬 적을 거라는 거죠. 얼마나 주셨는지는 모르겠지만요."

"그건······."

"상황마다 다르지만, 몇천 정도 주셨다면 500만 정도의 벌금만 내면 돌려받을 수 있을 거예요."

두 중년 부부의 얼굴이 심각하게 고민하는 표정으로 바뀌었다.

3천만 원을 돌려받고 벌금 500만 원을 낼 것이냐, 아니면 그냥 3천만 원을 다 날릴 것이냐.

아직도 고민하는 그들에게, 손채림은 슬쩍 양념을 쳐서 그들의 결심을 부추겼다.

"이런 말씀 드리긴 죄송합니다만, 아드님의 커리어는 끝장났다고 봐야 해요. 무슨 뜻인지 아시죠?"

"끄응……."

그들도 지금 어떤 분위기가 흐르는지 알고 있다.

당연히 자신의 아들처럼 뇌물을 주고 들어간 사람들은 치명적일 수밖에 없다.

'더군다나 메달도 하나도 따지 못했는데 말이지.'

국가 대표가 되기 위해 매달리는 이유.

그건 영광도 있지만, 메달을 딴 경우에 나오는 연금 때문이기도 하다.

평생에 걸쳐서 최소한 굶어 죽는 일은 없게 되니까.

"하지만 아드님은 필드에 제대로 서 보지도 못했어요. 저희가 알아본 바로는, 다른 분들의 뇌물에 밀려서 서지 못했다고 해요."

"크윽."

"일이 이렇게 되었으니 아드님이 다시 국가 대표가 될 가능성은 없어요. 설사 실력이 인정된다고 해도 말이지요."

"……."

사실 그럴 가능성이 없다는 것은 이들이 가장 잘 안다.

실력이 안되어서, 프로 팀이 아니라 대학 축구로 가야 했으니까.

물론 대학 축구에서 프로로 넘어가는 사람이 없는 것은 아니다.

하지만 말 그대로 진짜 드물다.

'남자는 군대라는 조직이 있으니까.'

19세에 대학 축구로 가면 4년을 있어야 한다.

그리고 군대 때문에 못해도 2년은 버려야 한다.

상무에 간다고 해도 계속 운동을 한다는 것뿐이지 그의 인생에 플러스는 없다.

그나마 상무에 가는 것도 쉬운 것이 아니다.

상무는 운동을 하는 선수들에게 몸을 유지할 수 있는 최후의 대안이기에 경쟁률이 어마어마하다.

입대를 해야 하는 프로 팀 선수들이 수두룩한 상황에서 자신의 아들이 그들을 꺾고 상무에 입단할 가능성은 희박하다.

'그러면 아무리 빨라 봐야 25세.'

일반적인 선수들의 활동 기간을 생각하면 길어 봐야 3년 정도 활동하고 나면 조금씩 체력이 떨어지기 시작한다.

'방법은 하나뿐이지.'

바로 메달을 따고 병역 특례를 받는 것.

못해도 2년, 보통은 3년을 벌 수 있는 것이다.

오죽하면 남자 운동선수에게 최고의 포상은 병역 특례라는 말이 있다.

메달이 달리면 남자 선수들이 목숨 걸고 뛰는 이유도 그것이고.

"이번 일로 아셨겠지만, 저쪽은 아드님을 필드에 내보낼 생각이 없어요."

그리고 그 부분 역시 함정이 있다.

"그리고 그 경우는 병역 특례를 받을 수가 없어요."

"뭐라고요!"

깜짝 놀라서 되묻는 아버지 측.

병역 특례를 받을 수 없다는 것은 금시초문이었기 때문이다.

"병역 특례 규정에 따르면 선수는 그 메달을 딴 시합에서 활동을 한 기록이 있어야 해요. 그런데 지난번 시합에서 보 셨잖아요? 돈을 몇천만 원이나 주셨는데 결국 필드에 나가 지 못했어요. 과연 다음 시합에서는 뛰게 해 줄까요?"

"그, 그건……."

불신과 의심.

그건 가장 확실한 공략법이다.

"기억해 보세요. 과거 월드컵 당시에 모 축구 선수가 고작 종료 3분을 남겨 두고 교체 출전했어요. 그때는 이미 뭘 할 수가 없는 상황이었는데도요. 왜 그랬을까요?"

"……."

"감독이 병역 특례 때문에 배려해 준 거예요. 병역 면제가 확 정된 상황에서, 후보 선수들은 그 시합에서 뛰지 못했으니까."

하지만 감독이 그렇게 배려해 준 덕분에 그들은 얼마 뛰지 도 않고 병역 특례를 받았다.

"그런데 아드님은 받을 자신 있으세요?"

손채림은 노형진에게 배운 대로 차근차근 그들을 설득했다.

"감독이라고 해도 각 대회에서 원하는 만큼 선수를 교체할 수는 없어요. 횟수가 정해져 있죠. 아드님은 그 순위에 밀려서 벤치 신세였어요. 그런데 나중에 설사 본선에 나간다고 해도, 과연 뛸 수 있을까요? 병역 특례를 노리는 후보가 한두 명도 아닌데."

당연히 순위에 밀린 선수는 교체도 못 되고 그냥 군대에 가는 수밖에 없다.

"……."

"거기에다 아시겠지만, 세계 대회의 본선에 진출해서 메달을 따는 것 자체가 사실상 힘들어요. 한중전 보셨죠? 그 실력으로 과연 본선에서 메달을 딸 수 있다고 생각하세요?"

부모들은 고개를 푹 숙였다.

자신도 봤다.

후보지만 아들이 출전했으니까.

혹시나 교체로 출전하지 않을까 하는 희망을 가지고.

"그럴 바에는 차라리 그 돈으로 아드님의 미래를 준비하시는 게 어떨까요?"

"미래요?"

"네. 그 돈으로 미다스에 투자해 두시면 좋은 결과가 있을 텐데요?"

"미다스가 누굽니까?"

"어머, 미다스를 모르세요?"

그녀는 그들에게 미다스에 대해 설명하면서 살살 꼬드겼다.

그러자 그들의 눈은 격하게 떨리기 시작했다.

'그렇겠지.'

지금 자신들이 준 뇌물이 아무리 잘된다고 해도, 결국 월 100만 정도의 연금이 다다.

사실 한국 스포츠는 몰빵 문화가 강하다.

즉, 운동만 잘하지 세상을 잘 모르거나 학식은 부족한 경우가 많다.

그래서 그들이 더더욱 매달리는 것이고.

'하지만 미다스, 아니 마이스터에 투자해서 수익이 난다면 이야기가 달라지지.'

더군다나 이들 입장에서 협회에 준 돈은 100% 날린 돈이다.

"어떻게, 반환 청구 소송, 해 보시겠어요?"

"잠깐…… 고민을 좀 해 보고……."

"아들과 이야기를 해 볼게요. 아들의 미래가 걸린 문제니까."

만일 반환 청구 소송을 하게 된다면 한국에서 축구는 다 했다고 봐야 한다.

하지만 그들도 알고 있다, 아들의 재능이 한계에 다다랐다는 것을.

'이제는 기다리는 것뿐이네, 호호호.'

손채림은 속으로 미소를 삼켰다.

뒤집어진 먹이사슬

　"벌써 네 건이야. 의외네. 절대 입을 열지 않을 거라 생각
했는데."

　심지어 주전으로 뛰었던 선수의 부모도 돈을 돌려받기 위
해 부당이득 반환 청구 소송에 동참했다.

　"당연한 거야. 이미 커리어는 끝장났으니까."

　사실상 그 대회에서 뛴 대부분의 선수들은 뇌물을 주고 주
전으로 나간 것으로 사람들이 생각하고 있다.

　"거기에다 실력이 아주 안 좋은 사람들도 많았고."

　"그건 그래."

　"너무 만만하게 봐서 생긴 문제야."

　만일 경험이 필요한 선수를 두세 명 정도만 넣었다면, 아

슬아슬한 경기는 되었을지언정 지지는 않았을 것이다.

하지만 40년이나 한 번도 진 적이 없다는 자신감으로, 주전의 대부분을 압력으로 채워 넣은 것이 문제였다.

"뭐, 그 안에서 진짜 실력이 있는 사람은 다시 살아나겠지만."

노형진은 그렇게 말하면서도 전근수의 말을 생각하면서 머리를 흔들었다.

'감독이 원하는 대로 넣은 사람은 스트라이커 한 명이라고 했던가?'

그마저도 이러다 망하겠다 싶어서 자기 목숨 걸고 버틴 거란다.

그 스트라이커는 이미 프로 팀에서 뛰는 선수인 만큼 이번 사건에 영향을 받을 일이 없다.

"그런데 말이야, 무태식 변호사님은 도대체 뭐 하시는 거야? 요즘 통 안 보이시던데."

"무태식 변호사님? 아, 무 변호사님은……."

"여기 소장 가지고 왔습니다!"

순간 문이 열리고, 상자를 잔뜩 들고 오는 무태식.

그리고 그 뒤로 그의 팀원들이 질려 버린 표정으로 들어오는 것이 보였다.

"총 2,239건입니다! 이야, 이거 이 정도 건수 진짜 오랜만이죠?"

"헉!"

손채림은 무태식의 말에 깜짝 놀랐다.

"아니, 아직도 그만큼 건수가 나올 정도의 사건이 남았어요?"

집단소송.

노형진과 새론이 주력으로 밀고 있는 소송.

집단소송은 피해자가 여러 명이라 진짜 소송 건수가 많다.

하지만 그게 돈이 된다는 소문이 돌자 다른 곳에서도 소송에 나선 경우가 많아서, 지금은 집단소송이 그렇게 돈이 되지 않는 편이다.

"아직 안 끝났어요. 아직 소장 작성 중인 사건이 많습니다. 노 변호사님 말씀이 맞아요. 완전 노다지입니다, 노다지."

머리를 북북 긁는 무태식.

노형진은 그런 무태식 변호사에게 확실하게 말했다.

"하늘 쪽도 붙여야 할 겁니다. 연락하세요."

"그 정도로 나올까요?"

"한국에 스포츠가 축구만 있는 게 아니니까요."

"아……."

무태식은 바닥에 쌓여 있는 소장을 물끄러미 보다가 한숨을 푹 쉬었다.

"죽었네. 소송이 좀 줄었다 싶었는데."

"아니…… 이게 뭐야? 설마 축구협회에 대한 소장이 이렇게 많다고?"

"아니야. 이건 어린 선수들이야."

"어린 선수들?"

"그래, 어린 선수들. 우리나라는 운동선수들에게 몰빵시키는 문화잖아."

"그렇지."

"그중에서 프로로 데뷔하거나 국가 대표가 되는 사람들이 얼마나 될까?"

1%?

아니, 0.1%도 안 된다.

말 그대로 최고 중의 최고만 선수가 되는 것이다.

전형적인 엘리트 스포츠가 한국의 구조다.

"그렇다면 그 안에서 뇌물을 주는 사람은 얼마나 될까?"

"헉!"

"맞아요. 전근수 감독님한테 이야기 듣고, 노 변호사님에게 부탁받고 나도 좀 뛰어 봤는데, 이건 뭐 답이 없는 수준이던데."

실력만 있으면 얼마든지 출전할 수 있다?

그러면 얼마나 좋겠는가?

하지만 세상은 그렇지 못했다.

무태식은 흐르는 땀을 손으로 닦으면서 의자에 털썩 주저 앉았다.

"특히 고교 쪽은 돈을 안 주면 출전 자체가 거의 불가능하다고 봐야 하더군요."

"거의 불가능해요? 왜요?"

손채림은 고개를 갸웃했다.

그녀가 스포츠를 좋아하지만, 그건 어디까지나 스포츠 그 자체지 내면은 잘 모른다.

"고교 때 스카우트가 들어가거든. 대부분 말이지."

고교 최강자전이니 어쩌니 하면서 하는 고교 선수권들.

스카우터들은 그런 곳에서 소위 말하는 싹수가 보이는 선수들을 골라낸다.

그리고 그들에게 등급을 매기고 실적을 올린다.

"하지만 결국 맹점은 그거지. 뛰지 못하면 기회는 없다."

100미터를 10초에 달리는 사람이 뛰고 100미터를 9초대로 끊는 사람은 안 뛰면, 사람들이 선택하는 것은 9초대로 끊는 사람이 아니라 10초대를 끊는 사람이다.

그 존재 자체를 모르니까.

"아……."

"스포츠의 기본적인 문제야."

더 많은 출전 기회를 가질수록 자신을 어필할 기회가 더 많아지는 것. 그때가 바로 고등학교 때다.

"뭐, 안 그런 감독도 있기는 하지만 말이지요, 구조상 그게 안 되는 것 같더군요."

"안 된다고요?"

"고등학교 감독으로 갈 정도면 상납처가 또 있거든."

"아아……."

소위 말하는 꿀 보직.

시합 때마다 수십에서 수백씩 뇌물이 들어오는 자리.

"선수 생활하다가 은퇴하는 사람들에게는 최고의 자리지. 문제는, 자리는 한정적이라는 거지. 매년 지도자 과정을 마치고 나오는 사람은 많지만 선수단이나 학교의 자리는 한정되어 있으니까."

"악순환이구나."

"그래, 악순환이지."

돈을 주고 그 자리에 들어가고, 들어간 후에도 지속적으로 뇌물을 바쳐야 한다.

그러지 않으면 언제든 파리 목숨처럼 날아갈 수 있으니까.

"그리고 그 돈은 보통 교장과 스포츠 계통으로 흘러들어와. 그리고 그게 바로 소위 말하는 인맥, 즉 학연이지."

같은 학교 출신이라서 감독이 선수를 밀어주는 게 아니라, 같은 학교 출신이니까 선수가 감독에게 뇌물 주고 매달리는 것이 바로 학연의 현실이다.

"다른 학교에 매달려 봐야 의미가 없잖아."

학연이라는 것은 동일한 조건에서 같은 학교 사람을 밀어주는 것을 뜻한다.

"그리고 그 동일한 조건이라는 것이 평범한 건 아니지."

동일한 실력, 동일한 능력치를 가지고 있는 상황에서 자기 사람을 밀어주는 것까지는 이해한다.

하지만 동일한 조건일 때 똑같이 100만 원의 뇌물을 준다면, 당사자는 같은 학교를 밀어준다.

"씁쓸하네."

"사람들은 학연이라고 하면 그냥 같은 학교 출신이니까 밀어준다 생각하지만, 천만에. 전에도 말했다시피 이건 군대야."

같은 조직 출신이 만들어 내는 사회적인 군대.

그런 곳에서 자신이 남과 같은 조건을 만들어 내지 못하면 도태된다.

"그렇죠. 그리고 거기서부터 일이 꼬이는 거고."

다 같이 안 주면 문제가 안 되는데, 한 명이라도 뇌물을 주기 시작하면 동일한 조건은 동일한 실력과 뇌물의 여부가 되어 버린다.

집단이 그렇게 흐르는데 개개인이 저항할 수는 없다.

"그러면 이건……?"

"그래. 거기서 이탈한 사람들, 정확하게는 이탈당한 사람들의 부당이득 반환 청구 소송이야."

똑같이 100만 원의 뇌물을 주었는데 결국 한 명만 위로 올라간다.

고등학교 축구부는 전국에 수백 개가 넘는데 대학과 프로에서 뽑는 선수는 채 백 명이 안 된다.

그리고 그중에서도 최고 중의 최고만 국가 대표가 된다.

"초등학교 때부터 고등학교까지."

기회는 한정되어 있고, 대부분은 거기서 나가떨어진다.

"나는 이참에 아예 그걸 뜯어고칠 생각이야."

"하지만 그런다고 축구협회가 바뀔까? 주객이 바뀌는 걸 조심하라면서? 그런데 우리의 골칫덩어리는 축구협회잖아."

"그래, 그건 그렇지. 하지만 이건 주객이 바뀌는 게 아니야."

"어째서?"

"말했잖아, 군대라고."

아래에서 싸울 병사가 없으면 장군도 의미가 없는 직책이다.

각 학교에서 특정 파벌이 강력한 힘을 발휘한다는 것은 그들이 군대를 쥐고 있다는 의미다.

"군대를 와해시키는 거지."

"오!"

군대가 붕괴된다면, 축구협회에서 문제가 되는 세력을 이끌고 있는 이사들은 타격이 크다.

"축구협회 자체가 붕괴되는 일은 없을 거야. 하지만 이사들은 버티지 못하겠지."

노형진은 씩 웃으며 말했다.

"그러니까 우리가 돈 좀 받아서 드리자고."

⚖️

차규영은 손이 부들부들 떨렸다.

자신에게 날아온 부당이득 반환 청구 소송.

"이런…… 미친……. 이건…… 이럴 수는……."

한두 명이 아니다. 무려 서른 명이다.

그 금액도 도합 8천만 원.

지난 몇 년간 졸업하고 나간 아이들의 부모들이 청구한 것이었다.

그나마도 연락이 안 되는 아이들의 부모가 아직 합류하지 않은 시점이다.

더 많은 부모들에게 연락이 갈수록 소송비용은 점점 더 늘어날 것이다.

"이미 진술은 끝났습니다. 소송에 들어가셔서 돌려주셔도 됩니다만, 저는 그냥 간단하게 바로 주셨으면 합니다만?"

"잠깐만요! 이건 말도 안 되지 않습니까! 내가 그 돈이 어디 있어요!"

"그러면 압류 걸어야지, 방법이 없지요."

노형진은 차규영을 보면서 어깨를 으쓱했다.

"뇌물을 받고 아이들을 출전시키실 때 다 각오하고 하신 거 아닌가요?"

"그런 걸 각오하는 사람이 어디 있습니까!"

"뇌물 받은 건 부정하지 않는다는 말씀이네요?"

"……."

차규영은 입을 다물었다.

하지만 안다, 이미 저쪽에서 소장까지 작성할 정도면 무슨 변명을 해도 소용이 없다는 것을.

"어디 한번 해 봐요! 그래, 그쪽도 뇌물 공여죄로 걸어 버릴 테니까!"

차규영은 아무래도 자신이 막다른 골목에 몰렸다고 생각했는지 악다구니를 썼다.

'그래, 공범 이론 맞지, 보통은.'

뇌물죄가 잘 터지지 않는 이유.

그건 그들이 공범이기 때문이다.

뇌물죄는 피해자와 가해자가 구분되는 범죄가 아니다.

엄밀하게 말하면 준 사람도 받은 사람도 가해자 취급하기에 뇌물 공여죄에 들어간다.

그래서 가해자는 억울해도 신고를 못 한다.

자기도 처벌받으니까.

'내가 그걸 몰라서 아래에서부터 시작한 게 아니지.'

노형진은 실실 웃으며 그를 바라보았다.

"그래요? 우리가 그걸 모를까요? 저 변호사예요. 아까 명함 드렸잖아요?"

차규영은 움찔했다.

"현행법상 뇌물죄에 대한 처벌은 5년 이하 징역 그리고 10년 이하 자격정지, 그리고 2천만 원 이하 벌금이죠."

노형진은 차분하게 그에게 말했다.

"네, 맞아요. 뇌물 공여죄."

그리고 차갑게 차규영을 바라보았다.

"그런데 법리라는 게 참 재미있거든요. 법에서 처벌이 강하다고 해도, 실제 처벌도 꼭 그렇게 강하게 내려지라는 법은 없지요."

노형진은 손가락을 세워서 하나씩 접기 시작했다.

"어디, 내가 판사라고 생각하고 감형 사유를 말해 볼까요? 첫 번째, 자식을 위해 부모가 지급한 것. 도의적으로 잘못이기는 하지만, 부모가 자식을 위해 한 것에 대해서는 처벌이 약해지는 것이 보통 우리 대한민국 법원의 판례죠."

차규영은 침을 꿀꺽 삼키면서 노형진의 손을 바라보았다.

거기에는 아직도 네 개의 손가락이 더 세워져 있으니까.

"두 번째, 금액. 뭐 뇌물이라고 하면 보통 수천만 원에서 수억이라고 상상하기 쉬운데, 들어 보니까 많아 봐야 몇백 정도의 뇌물이던데. 이 정도면 강력한 처벌이 안 나와요. 워낙 억 단위 뇌물이 넘치는 세상이라 이 정도는 판사들이 보기에는 푼돈이거든요. 세 번째, 강요에 의한 뇌물. 주지 않으면 사실상 선수 출전이 막힐 수밖에 없는 상황에서는 줄 수밖에 없죠. 네 번째, 숫자. 이번 사건에서 당신을 고소한 사람은 서른 명이죠. 감독이 당신만 있는 것도 아니고, 우리는 동시에 고소를 하고 있습니다. 뇌물을 준 사람들이 수천 명이 될 수도 있고 만 명이 넘을 수도 있죠. 그런데 과연 법원이 이런 상황에서 실형을 내릴 수 있을까요? 한꺼번에 수천 명을? 고작 몇십만 원에서 몇백만 원짜리 뇌물 공여 때문에? 마지막으로 다섯 번째. 이미 시간이 지나기는 했지만 이분들은 자수하는 형태가 되었죠. 자수는 명백하게 선처 사유에 들어가죠."

그런 점을 감안하면, 부담을 느낀 정부와 법원 입장에서는 무조건 벌금으로 방향을 잡을 수밖에 없다.

애초에 현재 대한민국의 교도소는 대부분 거의 만땅이라고 봐도 무방한 상태다.

갑자기 발생한 수천 명을 수용할 능력이 안 된다.

'더군다나 한국은 화이트칼라 범죄에 무척 선처하는 편이지.'

아마 벌금을 최대한 맞는다고 해도 기껏해야 100만 원 선일 것이다.

"그에 반해서."

노형진은 접었던 손가락을 하나씩 다시 펴기 시작했다.

"당신의 가중처벌 요건을 보죠. 일단 다수에 대한 갈취 부분이 있네요. 다수의 사람들에게 요구했으니까."

"큭."

"당연하게도 두 번째는 다중 범죄입니다. 주신 분들은 한 분이니까 한 건이죠. 하지만 당신은 서른 명에게서 받았습니다. 결국 서른 건의 뇌물죄라는 거죠. 동시에 뇌물 공여죄도 성립되겠지요."

"뇌물 공여죄라니!"

"어라? 위에 상납 안 하셨어요? 그럼 8천만 원 혼자 다 내주시면 되겠네요. 아, 더 늘어나는 건 아시죠?"

노형진이 싱글거리면서 웃었다.

그 모습을 본 차규영은 얼굴이 시퍼렇게 변했다.

'그래, 그렇겠지. 안 주고서는 이 자리에 있을 수가 없거든.'

축구 선수들이 은퇴하고 나서 가장 원하는 직업이 뭘까?

바로 지도자가 되는 것이다.

그런데 여기서 문제가 발생한다.

지도자 과정의 티오가 한정되어 있다는 것이다.

'축구 선수를 하다가 갑자기 치킨을 튀기기는 힘들잖아?'

그런데 지도자 과정에 들어가고 싶어 하는 사람은 많다.

그나마 한때 잘나가던 사람들은 문제가 되지 않는데…….

'이 사람은 그런 타입이 아니야.'

그나마 프로에 들어가기는 했는데 계약이 끝나자마자 퇴출당한 사람이다.

실력이 안된다는 뜻이다.

'뻔하지.'

일단 뇌물로 승승장구하면서 출전하고, 그 안에서는 기량을 자랑했을 것이다.

기회도 많았으니 프로와 접촉할 수도 있었을 테고.

하지만 프로는 돈을 받는 곳이지 돈을 주는 곳이 아니다.

감독이 뇌물을 받고 써 줄 리도 없고.

당연히 순식간에 실력이 드러난다.

'실력에는 한계라는 게 있는 법이지.'

그의 실력이 물론 고등학교에서는 나쁘지 않은 수준이었다고 한들, 한계가 드러나고 프로에서 막혀 버리자 바로 퇴출 수순을 밟은 것이다.

실제로 알려지지 않았을 뿐, 그런 식으로 퇴출되는 사람들은 부지기수다.

'그리고 그 후가 문제야.'

축구협회에서 매년 여는 지도자 과정을 마치는 이는 총 마흔 명.

문제는 매년 그 마흔 명이 갈 자리가 없다는 것이다.

당연히 좋은 자리를 차지하기 위해서는 뇌물을 줘야 한다.

물론 그 자리를 지키는 데에도 뇌물이 들어간다.

한 번만 주고 안 주면, 결국 그 자리에 들어오고 싶어 하는 후임이 준 뇌물에 기존에 자리를 차지하고 있던 사람이 밀려 버릴 테니까.

결국 자리를 지키기 위해서라도 뇌물을 지속적으로 제공하는 것 말고는 방법이 없다.

'악순환이지.'

노형진은 싱글거리면서 그를 뚫어지게 바라보았다.

"과연 당신을 조사하면 뭐가 나올까요?"

"뭘 바라는 겁니까!"

노형진이 입술을 혀로 핥으면서 말하자 차규영은 소름이 쫙악 돋았다.

"아무것도."

협상이라는 것은 간단하다.

저쪽에서 원하는 게 있다면, 이쪽에서 그걸 주면 되는 것이다.

'하지만 이쪽에서 바라는 게 없다면 협상도 불가능하지.'

노형진은 미소를 지으며 말했다.

"굳이 원한다면 당신이 자수하는 정도? 안 그러면 형량이 적지 않을 테지요. 하지만 아까도 말했다시피 자수는 감형 사유고."

차규영의 얼굴이 사정없이 찌그러지기 시작했다.

⚖️

"이게 뭔 소리야?"

아래에서 올라온 보고는 말 그대로 축구협회에 곡소리를 불러일으켰다.

"뇌물? 무슨 뇌물?"

"회장님, 모른 척할 상황이 아닙니다. 지금 아래에서 해결책을 달라고 요구하고 있습니다. 이대로 가면 우리 모두 망합니다."

"무슨 뇌물! 난 몰라!"

"회장님!"

비서는 결국 소리를 빽 질렀다.

지를 수밖에 없었다.

'넌 끝이야!'

만일 그가 버틸 수 있다면, 소리까지 지르지는 않았을 것
이다.

하지만 비서는 직감적으로 알 수 있었다.

그가 버티지 못할 거라는 것을.

"회장님뿐만이 아닙니다! 부회장님! 이사진! 상무진까지!
모조리 똑같은 소리가 들어오고 있습니다!"

"큭."

한두 학교가 아니다.

대부분의 학교에서 같은 말이 들려왔다.

새론에서 찾아왔다고, 자수하지 않으면 선처도 없다고.

그리고 뭘 하든 돈을 돌려 달라고.

"씨발, 나보고 어쩌라고!"

"돈을 구해야 합니다!"

"돈을 어디서 구해!"

아래에서 주는 돈은 적지 않다.

한두 명이 주는 게 아니니까.

막말로 이사급만 되어도, 아래에서 줘야 하는 돈은 천만 원 단위가 넘어간다, 매달.

그런데 그걸 이제 와서 토해 내라고 하면, 못해도 10억 단위를 훌쩍 넘어간다.

"망할……."

회장은 머리가 지끈거렸다.

'아니, 고작 고삐리들을 건드려?'

고작 중고등학교다.

그런데 그게 이렇게 치명적으로 다가올 줄은 몰랐다.

"몰라! 버텨!"

"회장님!"

비서는 머리가 지끈거렸다.

이미 걸레짝이 되어 버린 축구협회다.

"이대로 가면……."

그때였다.

회장의 핸드폰이 격하게 울리기 시작했다.

"지금 회의 중이야! 나중에 통화해!"

누군지 확인한 회장은 버럭 소리를 질렀다.

-회장님, 그게 중요한 게 아닙니다. 한국중고등학교축구감독협회라는 곳에서 갑자기 기자회견을 했습니다.

"뭐? 한국중고등학교축구감독협회? 뭔 개소리야! 그딴 게 어디 있어!"

축구협회는 대한민국에 이곳 하나뿐이다.

당연히 어지간한 단체에 대해서는 다 알고 있다.

한국중고등학교축구감독협회라는 건 존재하지 않는다.

─그게 중요한 게 아닙니다. 그 새끼들이…… 기자회견에서 우리의 강요 때문에 상납할 수밖에 없었다고 말했습니다!

"뭐?"

그 순간 회장의 모든 움직임이 멈춰 버렸다.

그의 두뇌는 이해가 가지 않는 상황을 이해하기 위해 열심히 돌아갔지만, 그런다고 해서 상황이 변하는 건 아니었다.

"그…… 그게 무슨 소리야?"

─그게…… 감독들이 뭉쳐서 기자회견을 했습니다. 축구협회에서 돈을 요구해서, 상납할 수밖에 없었다고. 그들은 자신들이 상납한 기록과 증거까지 모조리 들고나왔습니다.

"컥!"

회장은 뒷목을 잡고 부들부들 떨기 시작했다.

⚖

"뭐야, 저 새끼들이 왜 저러는 거지?"

무태식은 갑자기 자기들은 피해자라고 질질 짜는 녀석들을 보면서 당황해서 혼잣말을 중얼거렸다.

"저 새끼들이 미쳤나? 안 그렇습니까, 노 변호사님?"

"아니요. 미쳤다기보다는 잔머리를 쓰는 거죠."

"잔머리?"

"네. 자기들도 살아야 하니까요. 지금 저놈들은 피해자 코스프레를 하는 겁니다. 범죄자들이 가장 많이 쓰는 방식이죠. 아시잖습니까, 범죄자 놈들이 잡히면 세상이 날 이렇게 만들었다고 질질 짜는 거. 그런 거죠."

"그게 무슨 말인지 이해가 안 가네요. 저게 무슨 잔머리란 말입니까? 거기에다 대부분 고소당한 새끼들도 아닌데."

사건이 워낙 많다 보니 한꺼번에 고소하는 것도 힘들 지경이다.

그런데 아직 고소도 당하지 않은 놈들이 갑자기 자기들은 피해자라고 징징거리기 시작한 것.

"제가 왜 그렇게 장황하게 설명을 했겠습니까?"

"아…… 그건 그러네요. 그놈들과 만나서 상황을 꼭 설명하라고 해서 저도 이해가 안 갔습니다만."

"맞아. 도대체 왜 그렇게 찾아가서 설명한 거야? 그런다고 해서 고소 고발한 게 바뀌는 것도 아닌데."

옆에서 듣고 있던 손채림도 고개를 갸웃하며 물었다.

노형진은 감독들을 찾아가서 최대한 자세하게 설명하라고 했고, 심지어 원고 비슷한 것도 줬다.

여기 쓰여 있는 내용은 꼭 말해 줘야 한다고 말이다.

"간단해. 저들도 같은 처지라는 거지."

"응?"

"대부분의 부모들은 자식 때문에 어쩔 수 없이 뇌물을 줬을 거야. 그게 현실이지."

모든 부모가 돈이 넘치는 것도 아니고, 뇌물을 주고 싶지 않은 부모도 많았을 것이다.

"결국 감독도 마찬가지거든. 자기한테는 관대하지만 남에게는 독한 게 인간이잖아."

뇌물을 받는 것은 좋지만 남에게 뇌물을 주는 것은 아까운 것이 인간이다.

"거기에다 처벌까지 피할 수 없는 상태야. 그러면 형량을 줄여야 하지."

"아하! 그렇군요. 사실 중간에 낀 처지라고 하지만, 강요에 의해 준 건 마찬가지다 이거군요."

무태식은 거기까지 듣고 저들이 왜 저러는지 알아차렸다.

"죄를 뒤집어씌우려고 하는 거군요!"

"맞습니다."

우리가 받은 건 사실이다.

하지만 우리도 중간에 상납해야 하는 처지일 뿐이었다.

저들이 달라고 해서, 우리는 어떻게 할 수가 없었다.

"제가 중고등학교를 노린 이유가 그런 거죠. 어차피 정리해야 하는 상황이라면 내분을 일으키는 거죠. 뇌물로 완성되어 있는 시스템에 충성이라는 것은 없을 테니까."

거기서 감독들이 어쩔 수 없이 강압에 의해 상납했다고 하면, 모든 죄는 축구협회의 이사진이 뒤집어쓰게 된다.

"그래서 제가 최대한 자세하게 설명하라고 한 거고요."

바보가 아닌 이상에야 그 정도로 자세하게 설명하는데 자신들도 똑같이 대응할 수 있다는 생각을 못 하지는 않을 것이다.

"확실히 운동선수들 중에는 학업이 부족한 사람들도 많지만, 그렇다고 해서 그들이 다 바보는 아니거든요."

미국에서는 운동해서 MVP를 두 번이나 하고도 나중에 법대를 졸업해서 대법원장까지 한 사람도 있으니까.

"확실히 운동한다고 해서 바보라는 건…… 선입견이지요."

무태식은 고개를 끄덕거렸다.

"누군가 똑같이 써먹을 수 있다고 생각했을 테고."

"네."

자신들이 그들을 공식적으로 도와줄 수는 없다.

의뢰인이 아니고 소송 대상이니까.

하지만 이렇게 자세하게 설명하면 그걸 따라 하는 건 어렵지 않다.

"축구계는 충성심으로 묶여 있는 조직이 아니니까요."

뇌물로, 학벌로 완성된 축구계다.

그 안에 상대방에 대한 충성심이 있을 일은 없다.

만일 뒤통수를 치거나 자신의 이득을 지킬 수 있다면, 가차 없이 잘라 버릴 수 있다.

"그런데 왜 고소도 당하지 않은 사람들이 먼저 나서서 저러는 거야? 정작 고소당한 사람들은 아무 말도 하지 않는데."

"자리 때문이지."

"자리?"

"그래. 뇌물을 받은 게 축구협회뿐이겠어? 어찌 되었건 그들이 있는 감독 자리는 축구협회가 아니라 학교의 자리인데."

당연히 저들이 뇌물을 준 사람 중에는 학교 관련자와 학교장도 있을 것이다.

"일이 터지면 자신들은 잘릴 수밖에 없지. 하지만 반대로 터트린다면?"

이들은 양심선언을 하는 셈이니, 만일 학교에서 이들을 자르면 보복성 해직이 된다.

"그런 경우 복직 소송을 할 수 있지."

그리고 복직 소송이 끝날 즈음에는 어지간한 교장은 정년이 되어서 물러났을 것이다.

"위를 쳐 내면 자신의 자리가 안정되는 거지. 최소한 5년은 말이야."

결국 각 중고등학교의 감독들은 자신들이 살기 위해 남에게 죄를 뒤집어씌우는 수밖에 없었다.

"축구협회가 그런 건 잘하잖아. 뭐 하나 일 터지면 감독

하나 자르고 선수 하나 자르고 대충 무마하기. 이번에는 일
이 반대로 가는 것뿐이야."

축구계에서 축구협회만 털리면 되는 것이다.

아니, 정확하게는 축구계를 이끌어 간답시고 돈을 받고 압
력을 행사하는 수많은 적폐들이 문제다.

"저들은 저마다 살기 위해 고발할 거야. 민사까지 들어갔
으니 돈을 토해 내야 하거든."

현금으로 받았다고 해도, 피해자가 많은 이상 부정은 못
한다.

"그리고 여기서 문제가 발생하지. 인간은 선하지만은 않다."

"그게 무슨 말이야?"

"뇌물은 보통 현금으로 주고받지."

즉, 증명할 수 없는 돈이라는 것이다.

그런 경우 중요한 것이 바로 피해자들의 증언이다.

피해자가 한 명이라면 법원은 그들이 뇌물을 받았다는 것
을 인정하기가 쉽지 않다.

하지만 피해자가 서른 명이라면?

도리어 증인이 넘쳐 나니 인정하지 않을 수가 없다.

"안 준 사람도 줬다고 끼어들 수도 있다는 거군요!"

무태식은 탄성을 내질렀다.

실제로 그런 사건은 넘쳐 난다.

태안에서 유조선이 뒤집어졌을 때, 잽싸게 폐선 하나 사다

두고 배상하라고 고래고래 소리 지른 사람도 있었다.

정작 그는 바다에서 일한 적도 없는데 말이다.

"문제는 서로 누가 줬는지 모른다는 거지."

뇌물을 줘서 주전 자리를 빼앗았다는 것.

그건 다른 학부모에게 말할 만한 건수가 아니다.

지금이야 같은 편이지만, 그때는 그런 사이가 아니었으니까.

"즉, 저 사람이 정말 줬는지 알 수는 없지만, 일단 같은 편이니까 법원은 인정할 수밖에 없다는 거네."

"그래."

그러면 주지 않았다는 걸 입증해야 하는데, 현금으로 오간 거래를 입증하는 것은 쉬운 일이 아니다.

"받은 돈보다 줄 돈이 많아지는 거지."

당연하게도 코너에 몰린 중고등학교의 감독들은 어떻게 해서든 축구협회에서 그 돈을 받아 내려고 할 것이다.

실제로는 2천을 줘 놓고 2억으로 부풀려 말하는 식으로 말이다.

그리고 이런 경우 역순으로 똑같은 문제가 발생한다.

"확실히 이런 식이면 저 작자들이 다시 뇌물을 받아 처먹을 수가 없겠네요, 허허허."

무태식은 탄성을 내질렀다.

"뇌물은 미래에 대한 담보니까요."

고발해 봐야 의미가 없다.

사건은 무마되고 은폐된다.

누군가는 뇌물 덕분에 성공할 수 있을 것이다.

"하지만 실패한 사람들이 그 돈을 돌려받을 수 있다고 생각하면, 상황이 바뀌지요."

형사는 은폐가 가능하지만 민사는 쉽지 않다.

당연하게도 돈을 돌려받으려고 하는 사람은 그를 뇌물죄로 고소해야 한다.

심지어 뇌물을 주고 성공해서 소위 말하는 꿀을 빤 후에 돌려 달라고 해도, 그들은 돌려줄 수밖에 없다.

"뇌물죄로 들어가면 그 한 건만 들어갈 게 아닐 테니까."

손채림 역시 알 것 같았다.

뇌물죄로 고소했는데 경찰이 딱 그 한 건만 조사할까?

아니다. 절대 그럴 리 없다.

아마 관련자들을 모조리 조사할 거다.

"가령 프로로 데뷔한 선수라든가."

그러면 그 선수는, 프로 데뷔는 취소되고 어마어마한 위약금을 내야 한다.

"뇌물을 주는 사람이나 받는 사람이나, 이건 돌려줄 수밖에 없는 돈이라는 걸 아는 게 이번 작전의 핵심입니다."

그리고 돈을 돌려줘야 할 확률은 무척이나 높은 반면 그 대가로 자신의 커리어와 인생을 몽땅 걸어야 한다는데, 어떤 사람이 받으려고 할까?

"이건 대응도 쉽죠."

학교에 입학하는 초기에, 선수들의 부모들에게 안내만 하면 된다.

그러면 감독들은 지레 겁먹고 받지 못하게 될 것이다.

"감독이 돈을 안 주는데 협회의 사람들이 자기 커리어를 걸어 가면서 라인을 챙길 이유는 없지."

물론 권유는 할 수 있다.

하지만 말 그대로 권유일 뿐이다.

강제력이 없다.

"뭐, 당분간은 좀 시끄러울 거야."

노형진은 느긋하게 말했다.

"좀이 아닌데요?"

무태식이 흡족한 표정으로 말했다.

"오늘 뉴스 못 보셨군요."

"무슨 뉴스요?"

"교육부에서 교장들에 대한 특별 감사에 들어간답니다. 감독 자리를 지키려면 교장에게 뇌물을 줄 수밖에 없으니까요. 실제로 감독들의 기자회견에서도 그 이야기가 나왔고요."

"허, 불똥이 엉뚱한 데로 튀네."

손채림은 킬킬거리면서 웃었다.

"좋네."

노형진은 빙긋 웃었다.

"원래 큰불은 작은 불똥에서 시작되는 법이거든. 어쩌면 그 불이 교육계를 좀 청소해 줄지도 모르지."

"그럴지도 모르겠네요."

다들 진짜로 그렇게 되기를 내심 바랐다.

부모가 다 같은 부모가 아니다

"친구를 도와 달라고?"

노형진은 서세영의 말에 고개를 갸웃했다.

"오빠가 시간이 된다면……."

말을 하면서도 서세영은 미안한 듯 몸을 배배 꼬았다.

노형진이 얼마나 바쁜지 잘 알고 있으니까.

동생으로 들어와서 살고 있다고 하지만, 아무리 그래도 남 남이었던 것은 누구보다 잘 알고 있으니까.

노형진은 그런 서세영을 보고 피식 웃으면서 머리를 슥슥 문질렀다.

"우리 예쁜 동생이 도와 달라고 하는데 당연히 도와줘야지. 무슨 일인데?"

"도와줄 수 있어? 내 친구가 돈이 없어서 뭘 어쩌질 못하거든."

"대학생이 뭔 돈이 있겠냐?"

서세영은 아직 대학생이다.

다른 학교에 들어갔다가 썩어 빠진 그곳의 문화에 환멸을 느껴서 현재 다니는 한국대학교에 다시 입학했다.

"그런 경우는 내가 충분히 도와줄 수 있으니까 걱정하지 말고."

"진짜?"

"그래. 상황에 따라서는 평등재단 쪽을 통해 도움을 받을 수도 있잖아."

"아…… 그게, 평등재단 쪽에도 도움을 요청했는데 거절당했던 거라…….."

"평등재단 쪽에서?"

노형진은 고개를 갸웃했다.

평등재단은 법적인 평등을 위해 발족한 곳이다.

돈이 없어서 변호사를 선임하지 못하는 사람들을 돕기 위해서.

그런데 그런 곳에서 거절이라니?

"피해자가 아닌 거야?"

평등재단의 철칙, 가해자는 보호하지 않는다.

가해자는 스스로 자신의 잘못을 책임져야 한다는 노형진

의 지론 때문이었다.

그곳이 만들어질 때 노형진이 큰 영향을 끼쳤으니까.

"으응? 아니, 그건 아니야. 그런데 가족 내 사건이라…….."

"아아아."

가족 내 사건이라면 평등재단에서 거절할 만하다.

이런 건 가해자인지 피해자인지 확실하게 알 수가 없으니까.

"도대체 무슨 일인데?"

"그게, 내 친구가 엄마한테 돈을 돌려받고 싶은가 봐."

"채권 문제야?"

"채권이라고 해야 하나?"

서세영은 머리를 긁적거렸다.

"유산 문제에 가까울걸."

"유산?"

"응. 지금 학교에서 잘릴 판국이라…….."

"잘릴 판국? 왜? 그거랑 엄마랑 무슨 관계가 있는데?"

"사실은 그 애가 아빠가 없어. 사고로 돌아가셨거든."

"저런."

노형진은 안타깝다는 표정이 되었다.

사고로 가족을 잃는다는 것은 무척이나 큰 아픔이다.

마음의 준비가 되지 않은 상황에서 그렇게 갑자기 죽어 버리면 그 공허감은 이루 말할 수가 없다.

"그런데 그 유산이 왜?"

"그게 문제가 뭐냐면, 걔는 자기 집이 좀 잘살았다고 기억해."

"그런데?"

"그런데 지금 등록금을 못 내서 학교에서 잘릴 위기야. 일단 휴학을 하고 있기는 한데……."

"휴학?"

"등록금이라도 벌어야 하니까."

"으음, 그건 그러네."

노형진은 머리를 긁적거렸다.

지금의 대학교 등록금은 터무니없이 비싸다.

학교가 사실상 이권 단체로 바뀌면서 돈은 쌓아 둔 채 학생에게 쓰지 않고 등록금은 늘리고 장학금은 줄여서였다.

'오죽하면 인골탑이라는 소리가 나올까?'

노형진은 입맛을 쩝쩝 다셨다.

서세영의 친구뿐만 아니라 다른 사람들도 휴학하고 일하지 않으면 학교를 다니기 힘든 것이 현실이니까.

"과거에 잘산 기억이 있다는 건 알겠는데, 그거랑 지금이랑 무슨 관계야?"

"그러니까 이상한 게 있대. 초등학교 때라 잘은 모르겠지만 대충 상황은 기억하잖아."

"그렇지."

"그런데 돈이 갑자기 어느 순간 사라졌다는 거야."

"사라졌다? 재산이 얼마인지나 알고?"

"모르지."

"그러면서 뭘 사라져?"

"아니, 뭐라고 해야 하나? 집이 갑자기 망했다? 그런 느낌?"

"그걸 가지고 소송을 할 수는 없잖아."

"그게 이상한 게, 자기 집은 가난해지는데 외가는 점점 잘 살게 된다는 거야."

"응?"

노형진은 고개를 갸웃했다.

"외가가 잘산다고?"

"어. 그런데 같이 얼마 전에 교양으로 법을 배우는데, 교수님이 재미있는 사례를 이야기해 주시더라고. 부모가 죽으면 재산을 분할하는데, 보통 부모들이 그 돈을 많이 날려 먹는다고."

"날려 먹는다라……."

노형진은 턱을 스윽 문질렀다.

"진짜 날려 먹은 거면 다행이기는 한데."

점점 가난해지는 본가. 그런데 점점 부자가 되는 외가.

'뭔가 이상한데?'

물론 그럴 수도 있다.

물론…… 그럴 수도 있지만.

"엄마랑 사이가 어때?"

"엄마랑?"

"그래, 그 친구 말이야."

정상적인 부모라면 자식이 우선이니 자식을 위해 뭐든 희생하려고 한다.

하지만 세상에는 정상적인 사람들이 있는 반면 비정상적인 사람도 있다.

아니, 그런 놈들이 적지 않다.

"아니다, 물어볼 필요도 없겠다. 사이가 안 좋겠지."

"어떻게 알았어? 우와, 오빠 진짜 점쟁이인가?"

"아니, 그게 아니라, 외가가 잘산다면서? 그런데 네 친구는 등록금 내려고 알바한다 하고."

"그렇지."

"뭐, 얼마나 잘사는지 모르겠지만, 손녀잖아. 거기에다 자기 딸은 남편까지 잃어버린 거고. 그런 게 불쌍해서라도 등록금을 지원해 주는 게 보통이거든."

노형진은 어깨를 으쓱하며 말했다.

"그런데 등록금도 안 준다? 그러면 가족 관계는 나온 거 아냐?"

"우우…… 난 그렇게 생각한 적은 없는데, 모르겠다. 외가와의 관계는 모르겠지만, 내가 봐서는 엄마랑 사이가 좋지는 않아. 아니, 서로 모른 척한다고 해야 하나?"

"모른 척?"

"응. 데면데면하다고 해야 하나?"

"으음……."

노형진은 머리를 긁적거렸다.

흔하지 않지만 그런 경우가 있다.

그리고 그 경우는…….

"아무래도 이건 큰 건이지 싶다."

"응? 무슨 소리야?"

"넌 지금 네 친구 등록금이나 받아 낼 수 있지 않을까 해서 한 이야기지?"

"그건 그렇지."

서세영은 고개를 끄덕거렸다.

하긴, 이제 2학년인데 뭘 알겠는가?

'그런데도 대충 이상한 걸 눈치챈 걸 보면 머리는 좋아.'

노형진은 씩 웃으면서 서세영의 머리를 다시 슥슥 문질렀다.

"아 씨, 여자들은 머리 이러는 거 안 좋아한다고. 머리 헝클어지잖아."

"오빠 마음이다."

"아, 진짜 서러워서라도 얼른 연애를 하든가 해야지."

"남친 생기면 일단 다리몽둥이부터 부러트려 놓고 시작하자."

"어머, 어머. 오빠는 변호사가 그런 험한 말을 하는 거야?"

"변호사이기 이전에 오빠로서의 권리 행사야."

노형진은 농담을 하다가, 그래도 혹시나 해서 서세영에게 말했다.

"일단 친구 사건은 나중에 내가 좀 알아볼게. 그런데 어쩌면 진짜 사건이 커질 수도 있어."

사실 '어쩌면'이 아니라 거의 확정적으로 커질 거라는 것을 노형진은 직감적으로 느끼고 있었다.

"호종이라고?"

"응. 호종통상이라고, 주로 외국에서 여러 가지를 수입 판매하는 곳이야."

손채림은 노형진에게 이야기를 하면서 고개를 갸웃했다.

"그런데 정상적으로 수임한 상황도 아니잖아. 그래도 조사해도 되는 거야?"

"그건 다른 변호사들 방식이고 우리 방식은 좀 다르잖아. 일단 자료를 확보하고 그걸로 수임하기도 하잖아."

"그건 그렇지."

"그나저나 호종통상이라……. 아직 있어?"

"아직 있어. 작은 곳은 아니야. 연 거래가 3천억대는 되는 곳이야. 수익은 매년 500억 정도고."

"작은 곳은 아니네. 순수익 규모는 어느 정도 된다고 생각해?"

"아마 이 정도면 대략 100억에서 130억이지 싶은데?"

"그렇단 말이지."

노형진은 턱을 스윽 문지르면서 한숨을 쉬었다.

"이거 생각보다 일이 커지는데."

"그게 문제가 되는 거야?"

"많이 문제가 되는 편이지."

노형진은 머리를 긁적거렸다.

"대주주는 홍여주 맞지?"

"맞아."

"흠……."

"그게 왜?"

"아니, 그 정도 수입이 나는 회사의 전 대표의 딸이 등록금을 못 내서 학교에 못 다닌다는 게 말이 안 되잖아."

"뭐? 그게 무슨 소리야?"

"돈을 빼돌리고 있다는 거지."

노형진은 한숨을 푹 쉬었다.

가끔 이런 경우가 있다.

"부모라고 다 같은 부모가 아니거든."

"부모가 같은 부모가 아니라고?"

"그래."

노형진은 깊은 한숨을 쉬었다.

"보통은 자식이 우선이지만, 가끔 자식을 짐으로 생각하는 사람들이 있어."

"누가 자기 자식을 짐으로 생각해?"

"생각보다 많아."

특히나 여자가 남자의 재산을 노리고 결혼했을 때, 그런 경우가 제법 된다.

"남편이 우연히 죽으면 보통은 아내가 재산을 물려받거든."

홍여주의 남편, 즉 서세영의 친구인 황효연의 아버지는, 형제도 없고 부모님은 낙향해서 농사를 짓는 분들이었다.

둘 다 그다지 재산 욕심도 없는 이들이었고.

황효연의 아버지는 일찌감치 사업을 시작했고 소위 말하는 자수성가한 타입이었다.

"그리고 맞선 업체를 통해 결혼을 했고. 슬하에 장녀인 황효연과 아들인 황주석을 두었어."

그러다가 황효연이 초등학교 6학년 때 교통사고로 사망.

"그런 경우 재산은 아내와 딸 황효연 그리고 황주석이 물려받게 되지."

"그런데 뭐가 문제인 거야?"

"그 관리 책임이 문제야."

법적으로 엄마가 가지고 가는 유산의 지분은 자식이 가지고 가는 지분의 1.5배이다.

그리고 이 경우 엄마인 홍여주가 가지고 가는 지분은 전 재산의 43% 정도의 비율이 된다.

"문제는 홍여주에게 자식에 대한 애정이 없다는 거야. 말 그대로 돈만 보고 한 결혼이고 수백억대 자산을 물려받을 수 있는데 자식 때문에 막힌 거지. 아무래도 이번 사건도 그런 사건 중 하나 같아."

노형진은 머리를 긁적거렸다.

"잠깐, 설마 부모가 자식을 라이벌 같은 걸로 생각한다는 거야?"

"그런 경우가 생각보다 많아. 특히 돈 문제가 끼면 진짜 인정사정없는 게 인간인지라."

노형진은 머리를 긁적거렸다.

"지금 상황이 이해가 안 가는데."

"간단해. 대룡이 나를 만나지 못했다면 벌어질 일, 그게 벌어지고 있는 거야."

"아……."

대룡은 노형진을 만나서 후계자의 살인범을 잡고 회사를 지키고 새로운 후계자를 세울 수 있었다.

"하지만 여기는 그러지 못한 거지."

법적으로 이런 경우 모든 권리는 부모에게 향한다.

"원래는 자산의 분할 같은 걸로 싸우는 것을 방지하기 위해 만들어진 법인데."

노형진은 안타깝다는 듯 중얼거렸다.

"사실상 부작용도 만만치 않아."

재산의 분할 문제를 가지고 싸우는 것, 그러니까 다른 누군가가 아이들의 유산에 손대지 못하도록 하기 위해 만들어진 법이다.

　그래서 이런 경우 조부모도 권한이 없다.

　"혼자 남은 부모가 개차반인 경우는 브레이크가 안 걸리는구나."

　"그렇지."

　이상적인 부모라면 좋겠지만 그렇지 않은 경우가 문제다.

　혼자 남은 친부모가 아이들의 법적 재산관리인인 경우 말이다.

　"딱 홍여주 같은 거지."

　대부분의 부모가 아이에게 애정을 가진다.

　특히 엄마 쪽이라면.

　하지만 대부분이라는 것은, 일부는 그렇지 않다는 것이다.

　"그러면 네가 보기에는 홍여주가 재산을 빼돌리고 있다는 거야?"

　"그런 경우가 생각보다 많아. 일단 아이들에게 애정이 없는 상황에서 외가 쪽이 수십억에 달하는 재산에 욕심을 내면 답이 없거든."

　그나마 엄마가 아이들에게 애정이 있으면 어떻게 해서든 지키려고 할 것이다.

　"하지만 그렇지 않다면, 심적으로 친정을 지키려고 하지."

　"그럼 애들은?"

　"그게 문제야."

노형진은 머리를 긁적거렸다.

"개털 되는 거지."

법적으로 재산에 아이들의 몫이 있다고 해도, 결국 그걸 관리하는 사람은 법정대리인, 즉 이 경우 혼자 남은 친모다.

들기로는 홍여주는 결혼 이후로 계속 전업주부로 살았다고 한다.

하긴, 한 달에 몇억의 수익이 나는 기업의 사모님 중에 나가서 일을 할 생각을 하는 사람은 별로 없으리라.

"그러면 회사는 어떻게 되어 가는 거야? 홍여주가 물려받는 거 아니야?"

노형진은 고개를 흔들었다.

"이런 경우는 힘들지."

후계 수업을 받은 것도 아니고 또 사회 경험이 많은 것도 아니다.

그녀의 성향상 기업을 운영할 만한 충분한 능력이 있다고 보기 힘들다.

"주식을 많이 가지고 있다고 하지만 그 주식을 딱히 운영하는 것도 아닌 것 같고."

개인 기업이 아닌 주식회사이니 다른 주주들 입장에서는 그녀에게 회사를 맡길 수는 없었을 테고.

"지금은 다른 사람이 운영하고 있는 모양이야. 뭐, 지분으로 나오는 돈만 해도 적지 않으니 사는 거야 문제가 되지 않겠지만, 문제는 사회 경험이 없으니 누군가 기댈 곳이 필요하다는 거지."

"그게 친정이구나."

"그래. 이런 경우에 가장 믿을 만한 쪽이지."

물론 자녀가 있기는 하지만, 결국 자신의 아래에 있는 사람이기 때문에 기댈 수도 없다.

성인도 아니고 이제 대학교 2학년이니, 기댄다고 해도 부모를 돕는 것은 무리다.

"거기에다가 애정이 없으니 돈을 주고 싶지도 않을 테고."

"난 이해가 안 간다. 그래도 자기 배 아파서 낳은 애들 아니야? 그런데 그 애들한테 돈을 주는 게 아깝다고?"

"인간이라는 게 그런 거지. 부부 중 일방이 젊은 나이에 죽은 경우에 홀로 남은 이가 아이들을 짐으로 생각하는 거야 그다지 새로운 일도 아니고. 아니면 다른 이유가 있을 수도 있고. 어찌 되었건 그 이유는 알아봐야 하니까 확정하지는 말자고."

재혼을 할 수 있는 나이인데 재혼이 불가능하니까.

"재혼을 왜 못 해?"

"황효연이 초등학교 때면 보통 재혼을 반대하기 마련이거든."

실제로 재혼 실패 사례 중에는 아이들의 반대로 인한 경우가 많다.

"더군다나 재혼을 하게 되면 아이들을 남편 쪽에 올려야 해."

"남자가 거절하지는 않을 것 같은데. 그 정도 자산이 있으면."

"그게 문제야."

그 정도 자산을 가진 사람을 거절하는 남자는 그다지 많지 않다.

그런데 재혼을 하게 되면 그 자산에 대한 권한을 재혼을 한 남자도 가지게 된다.

"그건 돈 주기 싫으니까 재혼을 안 하는 거지, 못 하는 게 아니잖아."

"인간은 자기 잘못을 남에게 뒤집어씌우잖아."

"그러니까 자기가 재혼을 안 하는 이유가, 자기 욕심 때문이 아니라 애들의 반대 때문에 못 하는 거라고 생각하는 건가?"

"정답."

"아오, 내가 심리학을 전공하지 않길 잘했지."

손채림은 복잡한 내용을 듣고는 머리를 절레절레 흔들었다.

노형진은 그런 그녀에게 피식거리면서 대답했다.

"일단 중요한 건 이걸 황효연 양이 알아야 한다는 거야."

"제법 충격받을 텐데."

"받겠지."

노형진은 입맛을 다셨다.

"그리고 그래야 하는 시점이고. 그녀도 이제 성인이잖아. 스스로 일어나야지."

그리고 지금이 시작할 때였다.

현재는 자신이 선택한다

"얼마요?"

황효연은 당황해서 물었다.

지금도 돈이 없어서 편의점에서 온갖 진상을 다 받아 주고 누군가 가게 입구에 토한 것을 청소하고 왔는데……

"일단 배당률 같은 걸 자세하게 조사해 봐야겠지만, 이 정도면 황효연 씨에게는 1년에 대략 5억에서 7억 사이의 배당금이 떨어졌어야 합니다. 일단 배당금만 그래요. 아버지가 남긴 재산이 얼만지 정확하게 알 수 없으니까 그 부분은 빼더라도 말이지요."

황효연은 입을 쩍 벌렸다.

"등록금을 받는 게 아니고요?"

그녀가 원한 것은 돈을 많이 받는 게 아니었다.

그저 자신이 학교나 다닐 수 있기를, 아니 내년에 대학교에 가는 동생의 등록금이나 낼 수 있기를 바라서 서세영에게 부탁한 것이다.

그런데 몇억 단위의 돈이라니?

"그럴 리가요? 우리 집은 망했다고 들었는데."

당황해서 우물쭈물하는 황효연.

노형진은 그런 그녀를 안타깝게 바라봤다.

"흔한 거짓말이지요."

"흔한 거짓말요?"

"네. 재산을 빼돌리는 부모들이 가장 많이 하는 거짓말이지요. 그래야 자식들이 돈을 달라고 하지 않으니까."

황효연은 당황했다.

노형진은 그런 그녀를 보면서, 아무래도 그녀의 엄마에 대해 더 많이 알아봐야 할 것 같다는 생각을 했다.

"엄마 성격이 어때요?"

노형진은 당연히 애들을 내치는 독한 성격이라 생각했다.

그런데 돌아온 답변은 예상과 많이 달랐다.

"엄마 성격이라……."

잠깐 생각하던 황효연은 머리를 긁었다.

사실 생각해 볼 것도 없지 않은가?

"의존적이고 무기력하고 외가에 매달리고……."

"외가에 매달려요?"

"좀 심하게 말하면, 숨 쉬는 것도 허락받고 하는 수준이라고 해야 하나?"

한숨을 푹 쉬는 황효연.

"독한 타입이 아니고?"

"엄마가요? 독하기는커녕, 파리 한 마리도 못 죽여요."

노형진은 그 말에 당황했다.

독한 여자라 생각하고 있었는데 그 정도로 심약하다니?

"그런 사람이 돈을 안 준다고? 보통 그런 사람이면 마음이 약해서 주지 않아?"

"모르겠어요, 돈도 외가에서 받아서 쓰는 처지라. 전 사기라도 당해서 전 재산을 다 날린 줄 알았고요."

눈을 찡그리면서 말하는 황효연.

"그 정도로 외가에 끌려다녀?"

노형진은 그 말에 살짝 눈썹을 치켜세웠다.

예상과 좀 다른 상황.

물론 외가의 입김이 어느 정도 들어갔을 거라고는 생각했다.

그런데 그 이상의 문제가 있는 듯했다.

"그냥…… 외가라고 하면 엄마는 껌뻑 죽죠, 맨날 질질 끌려다니고. 그래서 저도 외가는 별로 안 좋아해요."

노형진은 고개를 절레절레 흔들었다.

그런 상황이라면 재산이 외가로 안 넘어가는 게 이상한 거다.

'외가 쪽이 바보가 아닌 이상에야…….'

자기가 대신 지켜 주겠다 식의 감언이설을 하면 홀랑 넘어 갈 테니까.

"아니, 그런 사람이 있어? 어떤 사람이 숨을 쉬는 걸 허락을 받고 쉬어?"

서세영은 말도 안 된다는 듯 말했다.

경험이 부족한 그녀는 아직 그런 타입을 본 적이 없으리라.

"그런 사람들은 분명 존재해. 오죽하면 마마보이라는 노래가 나오겠니. 물론 마마걸도 있겠지. 어쨌든, 그렇다면 이건 일이 생각하고는 좀 다르네. 아무래도 이거 주범이 외가 쪽이지 싶은데."

고개를 절레절레 흔드는 노형진.

그런 사람을 과연 정상이라고 볼 수 있을까?

하지만 현행법상 그녀는 결혼까지 한 성인이니 그런 경우 그 관리 책임을 모조리 진다.

문제는, 그녀는 그럴 능력이 절대 안 된다는 것.

"모든 사람이 정상은 아니니까. 정신적으로 불안정하면 어쩔 수 없어. 심지어 짐승조차도 자기 자식을 버리는 경우가 많아."

"모성애는 본능 아니에요?"

"어느 정도는 본능이지. 하지만 어느 정도라는 것은, 나머지는 학습해서 배워야 한다는 뜻이지."

실제로 외국에서 어떤 과학자들이 실험을 한 적이 있다.

원숭이를 어려서부터 부모로부터 떼어 낸 후 키운 것.

그 과정에서 어떠한 감정적 교류도 접하지 못하게 했다.

사람의 얼굴에 정을 느끼는 것을 막기 위해 펜싱용 가면을 쓰고 먹이를 줬고, 주사를 맞을 때도 철저하게 몸을 보호해서 어떠한 접촉도 하지 않았다.

"그리고 그 원숭이들을 인공수정 시켜서 새끼를 낳게 했어. 그러자 원숭이들이, 자기가 낳은 새끼를 잡아먹었어."

"허억!"

"모성애가 본능적인 거라면 그럴 일은 없어야겠지. 왜, 그런 경우도 많잖아, 부모에게 배운 게 없어서 자식을 어떻게 예뻐해야 하는지도 모르는 사람들."

노인들 중에는 그런 사람들이 많다.

과거의 어른들은, 남자라면 무조건 억압에 대해 참고 감정 표현을 해서는 안 된다고 배웠으니까.

"그래도 자기 자식이잖아요! 아니, 그걸 떠나서, 오빠 생각에는 그 돈을 친정에 줬다면서요? 감정이 없다면 친정에도 주지 말아야 하는 거 아니에요?"

"친정에 대해서는 반대의 성향이 나타나니까."

"반대의 성향?"

"부모의 애정을 갈구하는 거지. 들어 보니 심각한 애정 결핍이지 싶은데. 그것도 아주 엉뚱한 쪽을 향한."

"……."

아무리 정을 주지 않는다 해도 아이는 부모의 정을 찾는다.

그래서 일부 아이들은 부모에게 애정을 받을 수 있다면 뭐든 하려고 한다.

"말도 안 돼. 하지만 애들도 있잖아요! 자기 애들이 사랑을 줄 수 있는데……."

"나이가 문제야."

아버지가 돌아가셨을 때 황효연이 초등학생이었다.

동생은 더 어렸고.

"그 나이대라면, 보통 사랑을 주는 나이가 아니라 받을 나이지. 주는 법은 아직 잘 모를 때라고. 물론 일반적인 부모라면 아이가 서툴게 표시하는 사랑만으로도 충분하지만, 상황을 보아하니 효연이 엄마는 심각한 애정 결핍을 가지고 있는 것 같으니 그것만으로는 부족했겠지. 거기에다 그 정도로 심각하게 유약한 사람이라면 의사 결정에 심각한 두려움을 가질 거야. 그런데 초등학생들이 뭘 어떻게 도와주겠어? 결국 도와줄 수 있는 가장 가까운 사람을 찾게 되는 거지. 이 경우는 효연이네 외가인 거고."

노형진은 머리를 절레절레 흔들었다.

"말이 안 되지만, 현재 상황에서는 그게 가장 논리에 맞는 말이야."

상식적으로 수십억의 자산을 빼돌린다는 게 정상은 아니

니까.

"그런······."

황효연은 한참을 침묵을 지키다가 고개를 흔들고는 입술을 꽉 다물었다.

"그러면 전 어떻게 해야 하죠? 소송을 맡겨야 하나요?"

"괜찮아?"

서세영은 걱정스럽게 황효연을 바라보았다.

"괜찮아. 뭐랄까······ 예상은 하고 있었는데 제대로 확인 했을 뿐인 느낌이라고 해야 하나?"

허탈하게 말하는 황효연.

생각보다 강하게 버티고 있었다.

"생각보다 잘 버티네."

"어려서는 할아버지, 할머니랑 살았거든요."

그녀는 씁쓸하게 웃었다.

"돌아가시기 전까지는요. 두 분이 저희를 무척이나 사랑 해 주셨어요. 그래서······."

사랑을 많이 받고 자란 아이는 자존감이 높아진다.

그리고 자존감이 높아지면 어지간한 심리적 충격은 이겨 내기 쉽다.

'비슷하지만 다르군.'

아마도 홍여주 역시 정에 굶주려 있었을 것이다.

하지만 누구도 정을 주지 않아서 그렇게 망가졌을 테고.

반면 황효연은 부모 대신에 할아버지, 할머니가 사랑을 준 것이다.

"일단 재산을 반환해 달라고 청구해야지요."

"줄까요?"

"줄 리 없지."

그렇게 쉽게 줄 사람들이었다면 애초에 재산을 빼돌리지도 않았을 것이다.

"하지만 이건 소송을 해야 한다는 거야. 무슨 뜻인지 알지? 부모와 자식 간에 소송을 한다는 것은, 사실상 두 사람의 관계가 끊어진다는 뜻이야."

황효연은 의외로 담담하게 받아들였다.

"어차피 나와서 살고 있어요."

"나와서 살고 있다고?"

"네. 자취하고 있어요."

"동생도?"

"네."

심각할 정도의 방임이었다.

"아마도 외가 쪽에서도 천덕꾸러기 취급하겠구나."

"어떻게 아셨어요? 외가에서도 우리 안 좋아해요."

"원래 재산의 합당한 주인은 너희니까."

당연히 외가 쪽에서는 황효연과 그 동생인 황주석을 좋게 생각할 수가 없다.

"그리고 대학에 가는 것도 반대했지 싶은데."

황효연은 움찔했다.

"어…… 어떻게 아셨어요?"

사실 등록금을 주지 않는 게 돈이 없어서인 것은 맞다.

하지만 그녀는 어느 정도 그게 핑계인 것도 알고 있다.

애초에 엄마는 그녀가 대학에 들어가는 것도 반대했으니까.

"여자가 무슨 대학이냐고……."

"아마 동생한테는 기술을 배우라고 했겠지."

"헉! 그걸 어떻게……?"

"뻔하지. 지금이 무슨 쌍팔년도도 아니고."

노형진은 코웃음을 쳤다.

"그래도 1988년이면 대학에 많이 갔잖아."

서세영은 그 말을 듣고 고개를 갸웃했고, 노형진은 그 말을 듣고 왠지 세대 차이를 확 느꼈다.

쌍팔년도가 1988년이라니.

'와…… 이런 걸 이제는 모르는 건가? 하긴, 그때가 오래되기는 했군.'

노형진은 왠지 입맛이 썼다.

"쌍팔년도의 기준은 서기가 아니라 단기야. 뭐, 지금은 그냥 오래된 과거를 뜻하는 용어가 되었지만."

"서기가 아니라 단기? 그런데 단기가 뭔데?"

"단군을 기원으로 하는 역사 기준. 쉽게 말해서 한국의 최초의 역사를 기준으로 따지는 거지. 뭐, 맞는지는 모르겠지만, 그래서 서기 1988년이 아니라 단기 4288년이야. 서기로 치면 1955년도지."

"헉! 난 지금까지 1988년인 줄?"

옆에 있던 손채림도 깜짝 놀란 표정이 되었다.

노형진은 그걸 보고 이게 세대 차이가 아니라 자기가 노친네인 게 아닌가 하는 생각이 문득 들었다.

생각해 보니 자신과 손채림은 동갑이다.

'그냥 내가 애늙은이였네.'

노형진은 자조적으로 한숨을 쉬며 다시 이야기를 이어 갔다.

"어쨌든 중요한 건 그게 아니잖아. 결국 핑계라는 거지. 왜일 것 같아?"

"모르겠어요."

"간단해. 법을 배우면 너희가 배당금에 대해 알아낼 가능성이 높으니까."

"그, 그런……."

서서세영은 법대생이다. 황효연 역시 법대생이고.

"법을 배우는 것이 싫었겠지."

"이런 경우가 흔해, 오빠?"

"흔해."

자식의 인생을 망가트려 자신의 욕심을 채우는 사람들.

그런 사람들은 생각보다 많다.

"후우…… 어차피 안 볼 수 있으면 그만이에요. 애초에 마지막으로 본 것도 1년 전이고요."

학교에 입학하는 것을 반대한 후에 사실상 연을 끊고 살았던 것.

돌아가신 할머니 할아버지의 재산으로 어떻게 입학금은 마련했지만, 터무니없는 현재의 대학 등록금은 도무지 어찌할 수가 없었다.

"돈을 받을 수만 있다면 전 상관없어요."

"그러면 우리가 이 사건을 해결하도록 하자꾸나."

부모와 자식 사이에 정이 없다는 것은 참으로 안타까운 일이다.

그러나 법정에서 만나게 되면, 사실상 남남.

"그러면 우리가 받아 올 건 제대로 받아 오자고."

⚖️

"나는 너 그렇게 안 키웠다!"

"엄마가 나 키워 준 적이나 있어? 막말로 엄마가 나 봐 준 시간보다 파출부 아줌마가 나 봐 준 시간이 더 길어! 그나마도 내가 나이 먹으니까 나가 살라면서!"

"아니, 그건 네가 학교를 다녀야 하니까 그런 거지!"

"세상에 그런 말이 어디 있어! 다른 엄마들은 애들을 공부

시킨다고 해외에도 따라간다는데!"

"네가 자유스럽게 크고 싶다면서!"

"고작 고등학생 때였어! 그런데 그 말만 듣고 쪼르르 가 버려?"

부모와 자식이 법적으로 싸우는 게 좋은 것은 아니다.

하지만 어쩔 수 없이 싸우게 되는 경우가 있고, 그런 경우 둘 사이의 관계는 어느 사람보다 나빠진다.

'뭐, 배신감이 심하니 그렇겠지만.'

노형진은 그렇게 생각하면서 뒤에서 그들을 바라보았다.

'홍여주도 제정신은 아니야.'

고등학교 때 애들을 버리고 외가 쪽으로 갔다.

그것도 재산을 들고 말이다.

그 재산을 가지고 외가는 일어났다.

그뿐만 아니라, 부모의 자격으로 아이들이 가진 배당금까지 혼자 받아 가고 있었다.

지원금이라고는 아이들에게 얻어 준 작은 방과 한 달에 100만 원 정도의 돈이 다였다.

"그러니까 네가 그딴 학교만 안 갔어도 되는 거잖아!"

"그딴 학교? 지금 그딴 학교라는 말이 나와!"

한국대학교.

한국에서 톱에 들어가는 곳이며, 또한 법학과는 그 안에서도 상위 클래스로 분류되는 곳이다.

"계집애가 무슨 공부야! 여자는 시집만 잘 가면 그만이야!"

"그 소리는 맨날 해! 그런데 그건 할아버지가 한 말이잖아! 엄마는 엄마 생각도 없어? 제발 생각 좀 하고 살아! 그러니까 이렇게 당하고 살지!"

버럭 화를 내는 황효연.

노형진은 보다 못해서 그 사이에 끼어들었다.

"그래서, 시집 잘 가셔서 그렇게 재산을 빼돌렸습니까?"

"넌 뭐야?"

"황효연 씨의 변호사입니다."

"변호사? 너 미쳤구나! 이렇게까지 해야겠니?"

미묘하게 변하는 홍여주의 시선.

분명히 변호사라고 이야기했음에도 불구하고 그녀는 노형진이 아닌 황효연을 보고 있었다.

'그렇겠지.'

자신에게 말하면 이빨도 안 들어갈 테니 딸을 설득해서 사건을 무마하고 싶은 마음일 것이다.

"저희 요구 사항은 별거 아닙니다. 그동안 가지고 간 재산의 사용 내역, 그걸 주시기 바랍니다."

"네가 지금 뭐라고 자꾸 이야기에 끼어드는데!"

"변호사라고 말씀드렸습니다만."

노형진은 그렇게 말하면서 손채림에게 눈짓했다.

사건을 하다 보면 이런 경우가 상당히 흔하다.

변호사는 이런 사건을 많이 겪다 보니 무뎌져서 상대가 울고불고해도 그다지 감흥이 없는 데다가, 본인의 일이 아니라 쉽게 흔들리지 않는다.

'그래서 합의하려고 할 때 가해자들이 피해자들을 설득하려고 하지.'

피해자들은 마음이 약해져서 그들의 속임수에 넘어가기 쉽다.

경험도 부족하니까.

'이런 경우는 거기에다 부모이기까지 하니까.'

아무리 화가 나도 핏줄의 힘이라는 것은 무척이나 강한 법.

그러니 황효연과 황주석을 설득하려고 덤빌 수도 있다.

"효연아! 효연아!"

손채림이 효연을 데리고 나가자 다급하게 그녀를 부르는 홍여주.

노형진은 그녀가 일어나는 순간 '탕' 소리가 나게 탁자를 내리쳤다.

"뭐…… 뭐 하는……!"

아까와 다르게 움찔하는 홍여주.

"사용 내역, 주십시오."

"무슨 사용 내역!"

"아이들이 가지고 갔어야 하는 유산의 사용 내역 말입니다."

"내 돈을 내가 쓴 것뿐인데 왜 너한테……!"

"당신 돈이 아니죠."

노형진은 피식하고 웃었다.

많은 부모들이 착각을 한다, 배우자가 죽으면 남은 돈은
다 자기 것이라고.

"이 경우 당신이 가지고 가는 재산은 고작 43%뿐입니다.
나머지는 두 아이에게 남아 있는 유산이죠. 당신은 그 유산
에 대한 관리인 자격을 가졌을 뿐입니다."

"그게 그거 아냐!"

"그게 그거라니요. 대한민국 법을 너무 물렁하게 보시네요."

관리인은 말 그대로 관리인일 뿐이다.

법적으로 그 재산의 관리를 맡은 사람.

이 경우, 두 아이에게 어떠한 형태로든 피해를 줘서는 안
된다.

"이는 법적으로 보장된 부분입니다."

"그건……."

"저는 변호사로서, 당신의 관리 실패로 그 아이들이 최소
한의 지원도 받지 못한다는 사실에 경악을 금치 못하고 있습
니다. 또한 그 재산의 사용 내역이 제대로 보고되지 않고 있
음을 우려하고 있습니다."

"……."

"황효연 씨의 경우 이제 법적으로 성인인 만큼, 직접 재산
관리를 하거나 재산관리인을 따로 지정하겠다고 하셨습니

다. 동생인 황주석 씨의 경우 분명 법적 재산관리인은 당신이 맞지만, 당신이 제출한 내역에 따라 따로 신청할 수도 있습니다."

"내가 그 애의 법정대리인이야!"

"그건 당신이 그 사람에게 피해를 주지 않았을 때의 이야기지요."

하지만 황효연에게 피해를 줬다면 황주석에게도 피해를 줬다고 볼 수밖에 없다.

그런 상황에서 그녀가 아무리 법정대리인임을 주장하며 관리 권한을 요구한다고 해도, 황효연이 황주석을 대신해서 새로운 법정대리인이 되고자 한다면 막을 수가 없다.

이미 황효연은 성인이니까.

"너…… 너……."

"딱 일주일 드립니다. 그 안에 제출하세요."

"후회할 거야!"

벌떡 일어나서 바깥으로 나가는 홍여주.

노형진은 상담실 의자에 기대서 한숨을 푹 쉬었다.

잠시 후 안으로 들어오는 손채림.

"효연이는?"

"지금 세영이가 보살펴 주고 있어. 상당히 충격받았나 봐."

"그럴 거야. 지금까지와는 다르니까."

지금까지는 그래도 엄마라고, 대놓고 싸우거나 들이받지

는 않았을 것이다.

하지만 한번 들이받기 시작하자 그동안의 서러움이 터져 나오는 것이리라.

"대부분 이러다가 망하지."

"대부분?"

"부모 같지 않은 부모가 저 사람만 있는 게 아니잖아."

"끄응."

"자식이라는 것은 절대적으로 을이거든."

그래서 모른 척하면서 부모 자식 관계를 이어 간다.

그러다가 아이들이 세상의 비정함을 알고 그 돈을 찾을 때쯤이면, 대부분 부모라는 인간이 재산을 탕진한 후다.

"그리고 자기 인생을 자식한테 떠넘기지. 내가 돈이 없으니 네가 내 인생을 책임져라. 그런데 문제는 씀씀이야. 그런 식으로 돈을 막 쓰던 인간이 자식에게 의탁한다고 해서 씀씀이가 갑자기 줄어들 리 없잖아. 말 그대로 등골을 빼먹으면서 사는 거야."

"너무 부정적인 거 아냐?"

"부정적? 그래, 부정적이지. 문제는 이게 현실이라는 거야."

차라리 자기가 잘못한 걸 알고 자식 앞에 나타나지 않으면, 화가 나더라도 모른 척할 수는 있다.

하지만 그 정도로 양심 있는 사람이라면 애초에 그런 짓도 하지 않는다.

"내가 아는 사람은 유산으로 20억을 남겼어."

"그런데?"

"친가 쪽이 재산이 있어서 그중 아이들의 유산으로 땅을 사 주는 조건으로 매달 400만 원씩 주기로 했는데, 여자가 거절하고 애들을 데리고 도망쳤지. 그리고 딱 3년 있다가 애들은 친가에 버리고 재혼했어. 당연하게도 재산은 땡전 한 푼도 안 남았지."

소송으로 돈을 받을 수 있는 것도 아니다.

진짜 그 20억을 3년 사이에 모조리 날려 먹었기 때문이다.

"물론 반대의 경우도 많아. 엄마가 죽었는데 아빠가 재산을 날려 먹은 일도 많고. 또 할머니나 할아버지가 날려 먹은 경우도 많지."

노형진은 길게 한숨을 쉬면서 머리를 흔들었다.

"그래서 내가 이딴 식으로 법을 만드는 놈들을 싫어해. 그 돈이 어떤 돈인데."

부모이나 유가족 입장에서 보면, 자식이나 남편이 남긴 목숨값이다.

그걸로 아이들을 잘 키워야 한다.

"그런데 '어련히 잘하겠지.'라고 생각하고 브레이크도 안 만들어 놔."

법을 바꾸는 건 어려운 게 아니다.

전적으로 일방에게 그 관리 권한을 주는 게 아니라 일정

금액 이상은 할아버지나 할머니 또는 제삼자에게 허락을 받고 사용하는 시스템만 만들어도, 아이들이 땡전 한 푼 못 받고 길바닥으로 나앉은 일은 없다.

"그런 아이들이 의외로 고아원에 많아."

"도대체 그런 사람들이 왜 생기는 거야?"

"욕심이 나니까."

수십억이 생겼다는 걸 안 친인척들.

가족들이 그 돈에 대해 알게 되었을 때가 문제다.

살아남은 부모가 정신이 건강한 사람이라면 문제가 되지 않겠지만, 정식적으로 미성숙한 사람이라면 마구 휘둘린다.

"실제로 이런 미망인이나 홀아비를 노리는 사기꾼들도 존재해. 용케도 알아내고 접근하더군."

보통 그런 사람들이 돈을 가장 많이 날리는 곳.

그건 두 부류다.

하나는 자신의 본가.

가족들이 돈을 달라고 하니 넙죽넙죽 주는 것이다.

다른 하나는 그들이 말하는 사랑.

누군가를 만나서, 사업한다고 하면 넙죽넙죽 퍼 주는 것이다.

"그리고 대부분의 경우 어디다 사용했는지 증명하지 못하지."

노형진은 차갑게 말했다.

"바로 그때가 우리가 역습할 시점이야."

"역시나."

이쪽에서 정식으로 소송한다는 식으로 나가자 홍여주는 그 돈을 어디다 썼는지 대충 정리해 왔다.

말 그대로 대충일 뿐이었지만.

"이딴 식이니 남는 게 없지."

"투자라니, 장난해?"

손채림은 그 기록을 보면서 눈을 찌푸렸다.

홍여주는 재산을 대부분 투자 목적으로 썼다고 했다.

"법이 애매해서 그래."

"법이 애매하다고?"

"그래. 전에도 말했지만 대리인으로서, 그 재산을 그 사람의 이익을 위해 쓰도록 되어 있어."

노형진은 책상을 탁탁 두들기면서 말했다.

그녀가 제출한 기록은 너무 당연해서, 몇 장 보지 않았음에도 불구하고 더 이상 볼 가치를 느끼지 못할 지경이었다.

"가령 아이가 입을 옷을 사 주는 건? 그 아이를 위한 거야. 하지만 그 돈으로 도박을 하거나 마음대로 자기 명품을 사는 건? 피해를 주는 일이지."

"그런데?"

"그런데 투자는 뭐라고 할까?"

"응?"

손채림은 투자라는 것에 대해 곰곰이 생각했다.

그리고 눈을 찌푸렸다.

"와, 이거 엄청 애매해지네."

"그렇지? 애매해지지?"

투자.

어떤 사업에 자산을 지원하고 그 대가를 받는 것.

과연 이것이 대리인이 하는 업무로서 피해를 주는 것인가, 아니면 아이들의 이득을 위한 것인가?

"아주 애매하지."

투자를 했는데 성공했다면?

운이 좋다면 수십 배로 늘어날 수 있지만, 망하면 모조리 날린다.

투자금은 빌려주는 게 아니라 아예 주는 것이기 때문에, 사실상 망한다고 해도 돌려받을 수 있는 방법은 없다.

"지금까지의 판례에 따르면 투자에 대한 책임은 묻지 않아."

"뭐? 잠깐, 그러면 이건……."

손채림은 서류를 다시 살폈다.

대부분의 자산이 투자라는 형식으로 외가와 제삼자에게 넘어가 있었다.

"그래, 돌려받지 못하는 돈이지. 법의 함정이라고 해야 할까, 문제라고 해야 할까?"

이 경우 황효연은 홍여주에게 돈을 돌려 달라고 소송을 할 수는 있지만, 외가나 다른 제삼자에게 돌려 달라고 할 수는 없다.

그들은 선의의 제삼자이니까.

그리고 소송이 시작되는 순간, 그들은 회사를 폐업하고 망한 것으로 처리할 것이다.

그러면 그 후에는 영영 돌려받을 방법이 없다.

"대부분 이런 식으로 사기를 당해. 그래서 아이들이 돈을 돌려받지 못하지."

노형진은 혀를 끌끌 찼다.

"그러면 이 기록을 가지고 오라고 한 건?"

"돈이 어디로 갔는지 확인하기 위해서였을 뿐이야. 애초에 투자 형식으로 들어갔을 것은 당연하니까."

노형진은 시큰둥하게 말했다.

"전에 말했잖아, 분명히 법에 대해 좀 아는 놈이 끼어들었을 거라고."

"헐. 그러면 어쩌지? 소송을 시작하면 도망갈 텐데."

"반환금 청구 소송을 하면 그렇지."

"응?"

"분명 그럴 거야."

반환금 청구 소송을 하게 되면 분명 그사이에 도망간다.

지금까지 그래 왔고.

그래서 대부분의 아이들이 부모의 유산을 제대로 물려받지 못했다.

"하지만 생각을 좀 바꿔 보자고."

"생각을 바꾸자고?"

"그래. 돈을 돌려받을 생각을 하지 말자고."

"그게 무슨 말이야? 돈을 돌려받지 말자니?"

"간단해."

노형진은 홍여주가 가지고 온 서류를 들어서 탁탁 두들겼다.

"이 서류에 따르면 홍여주는 투자 목적으로 돈을 지급했어. 그렇지?"

"그래."

"그리고 이건 그녀가 황효연을 대신해서 투자했다는 증명서지."

"그걸 가지고 어쩌려고? 설마……?"

"그래. 홍여주가 인정한 이상, 우리는 그 당사자들에게 직접적으로 소송을 걸 수가 있게 된 거야."

"하지만 그런다고 돈을 돌려줄까?"

"그럴 리가."

노형진이 피식 웃었다.

돈을 돌려 달라고 소송하면?

당연히 문제가 된다.

홍여주가 대신 투자한 것이라고 인정한다고 할지라도, 그 돈을 돌려받는 것은 전혀 다른 문제다.

"실제로 투자를 한 사람이라고 해도 그 돈을 돌려받는 것은 쉬운 게 아니야."

그럴 수밖에 없는 게, 투자금이 큰 경우 기업체 입장에서는 기업이 휘청거릴 수도 있는 문제이기 때문이다.

가령 기업이 흔들리기 시작했을 때 불안감을 느낀 일부 투자자가 무리하게 돈을 빼내는 경우, 망할 가능성이 커진다.

"아마 소송을 해도 이기지는 못할 거야."

"그러면?"

"이걸로 지분 인정 요구를 할 거야."

"지분 인정 요구 소송?"

"그래. 홍여주는 자신의 돈이 아니라 황효연과 황주석의 돈으로 투자를 했어. 그건 확실하지."

홍여주는 자신의 배당금은 이미 빼돌린 채, 자녀들의 돈만 펑펑 써 댔다.

특히나 친정과 제삼자에게 간 건 다 아이들의 돈이다.

"그리고 여기서는 그걸 투자라는 이름으로 퉁쳐 버렸지. 아마 그 방법밖에 없었을 거야. 지금까지의 판례에 따르면 투자금은 환수할 방법이 없거든."

하지만 반대로 말하면, 투자금이 인정되면 그만큼의 지분이 인정된다는 뜻이다.

"아! 그건 어떻게 처리하지 못하겠구나."

황효연이 홍여주에게 돈을 내놓으라고 요구하고 홍여주가 그 돈을 투자했다고 하면, 재판도 길어질 것이다.

거기서 이겨서 제삼자에게 권한을 얻을 때쯤이면, 이미 그들은 정리가 끝난 상태.

"하지만 투자에 대한 지분 인정 소송은 전혀 다르지."

이미 황효연이 대리로서 투자한 것은 인정된다.

그녀가 서류를 제출했으니까.

"그리고 지분이 인정되면 그 재산을 싹 털어 낼 수 있지."

"돈을 받아 오는 게 아니라 돈을 움직이지 못하게 한다는 거구나."

"그래. 그리고 이 경우 명백하게 재산상의 문제가 생길 수 있기 때문에, 자산 동결도 가능해."

물론 사업 전반에 대한 문제는 해결할 수 없겠지만, 그래도 최소한 남아 있는 자산이 손실되는 것은 막을 수 있다.

"홍여주에게 소송할 것처럼 굴었잖아?"

"속임수야."

노형진은 어깨를 으쓱했다.

"저쪽에 법률 전문가가 붙었다면 아마 이쪽에서 돈에 대한 반환 청구를 할 거라는 걸 예상했겠지. 그래서 투자 목적으로 빼돌린 거고. 하지만 회사 자체를 넘겨 달라고 할 거라고는 누구도 예상하지 못했을 거야."

지금까지 단 한 번도 그런 식으로 소송을 한 사람이 없으니까.

'질 게 뻔한데, 내가 멍청이도 아니고.'

재판에서 이기면 뭐 하나, 이미 돈은 모조리 빼돌린 후일 텐데.

"그러니까 우리는 회사 자체를 노릴 거야. 그리고 그게 인정되면 이제 그 안에서부터 싸그리 털어야지, 후후후."

⚖️

홍여주의 아버지인 홍삭구는 자신에게 날아온 소장에, 분노로 부들부들 떨었다.

"고얀 놈! 먹여 주고 재워 줬더니, 뭐? 지 할아비를 고소해!"

"일단 말은 정확하게 하죠. 당신들이 먹여 주고 재워 준 적은 없습니다."

"그 망할 연놈이 사는 집도 내 딸이 구해 준 거잖아!"

"그러니까요."

노형진은 피식 웃었다.

자식의 돈이 자신의 돈이라 생각한다는 것.

결과적으로, 마음만 먹으면 얼마든지 빼앗을 수 있다고 생각한다는 소리였다.

'내가 그렇게 둘 리 없지만.'

노형진은 그렇게 말하면서 차분하게 하나씩 그의 잘못된

생각을 바로잡아 줬다.

"일단 당신들이 사 줬다는, 아니 구해 줬다는 그 집, 아이들 명의가 아닙니다. 즉, 아직 그 아이들의 부모인 홍여주가 가지고 있다는 뜻이지요. 그걸로 먹여 주고 재워 줬다고 하는 건 어폐가 있지요. 거기에다 그 아이들의 자산은 당신들에게 투자되어 있을 뿐입니다만?"

그랬다, 투자.

그리고 투자라는 것은, 그 회사에 지분을 가진다는 의미다.

"그건 애엄마가 알아서 할 일이지! 대가리에 피도 안 마른 놈들이 감히 할아비한테 소송을 걸어?"

"황효연 씨는 이제 성인입니다. 투자를 한 성인으로서, 투자한 회사의 자금 내역을 보자는 게 무슨 문제가 있습니까?"

노형진은 당당하게 말했다.

이쪽은 잘못한 것이 없다.

"이미 사업 기록은 확인해 봤습니다. 공식적으로 투자한 회사는 건강식품을 판매하는 유통사로 확인됩니다만, 그 실적에 대한 보고 같은 게 전혀 없더군요."

"우리는 개인 사업자라구! 우리가 무슨 보고를 해!"

옆에서 소리를 지르는 남자.

홍여주의 오빠였다.

그는 원래 결혼을 했지만 바람피우다가 걸려서 이혼당했다.

더군다나 그 바람이 단순히 성관계를 넘어서, 따로 집을 사 주고 아예 살림을 차린 수준이었다.

결국 상대방이 임신까지 하는 바람에, 이혼소송에서 패배한 후 거의 모든 재산과 양육권을 빼앗기고 부모 밑으로 기어들어 온 사람이었다.

'안 봐도 뻔하군.'

인간 취급을 받지 못하고 가족들에게 어떻게 해서든 애정을 갈구하는 홍여주.

그에 반해 반성도 없고 잘못도 없고, 명백하게 자기 잘못임에도 불구하고 집으로 기어들어 와서 잘 먹고 잘살고 있는 오빠.

'여자 주제에 무슨 공부냐고 했다고 했지.'

인간은 배운 대로 행동하기 마련이다.

과연 그런 말은 누구에게서 배웠을까?

"개인 사업자라고 해도 일단 실적에 대해서는 보고하셔야 합니다, 이쪽이 투자자인 만큼……."

"개소리하지 마."

보고라는 것의 어감 자체가 아랫사람이 윗사람에게 하는 일이라는 느낌이 강하다.

당연히 새파란 자기 조카들에게 보고한다는 것이 자존심이 상할 수밖에 없다.

"어찌 되었건 저희는 보고서를 요청했습니다. 또한 기 지분을 인정해 주시기 바랍니다. 아이들의 자산이 그곳에 투입

된 것을 다들 모르는 것은 아니실 테니까."

노형진은 두 남자를 보면서 이글거리는 눈빛으로 말했다.

"결과를 기다리지요."

"취하했다는데?"

손채림은 사건 기록을 계속 감시했다.

사실 사건 번호만 알면 그 사건을 추적하는 것은 어려운 일이 아니다.

그냥 사건 번호만 넣으면 기록이 올라온다.

"역시나 그렇게 나오는군."

사건 번호를 인터넷에 넣자마자 나오는 취하라는 내용.

당연히 이쪽에서 취하한 게 아니다.

"우리가 한 게 아니면 그 여자가 취하한 건데, 이게 그렇게 쉽게 되나?"

"되지. 사실 한국의 공무원들은 설렁설렁 일하는 편이거든."

일단 소송을 한 사람 중 황주석은 아직 미성년자다.

당연히 그 부모가 법정대리인으로서 그 취하 권한이 있다.

"하지만 황효연은 아니잖아. 성인인데?"

"그게 웃긴 거야. 법적으로 성인이지만, 대부분의 사람들은 성인으로 취급하지 않는 거지."

이제 스물한 살.

법적으로 성인이지만, 공무원들은 그들을 아직 부모 아래에서 살고 있는 학생으로 본 것이다.

"그런 경우 부모들이 취하서를 가지고 오면 어지간하면 다 받아 줘."

"뭐? 그런 게 어디 있어!"

"그런 경우가 한두 번이냐? 딸이 강간 신고했는데 아버지가 그걸 취소한 경우도 있는데 뭘."

"끄응……."

"어찌 되었건 우리나 두 사람이 취하했을 리 없으니, 홍여주가 취하했겠지."

일단 취하를 하고 황효연과 황주석을 설득하는 쪽으로 상황을 끌어갔을 것이다.

"아마 지금쯤 두 사람을 열심히 설득하고 있을 테고."

하지만 그들은 모를 것이다.

어떤 식으로 나올지 이렇게 빤히 알고 있다는 것 자체가, 이미 그들이 노형진의 함정에 빠진 것임을 말이다.

"두 사람에게 전화해 봐. 아마 상황이 제법 많이 바뀌었을걸."

⚖️

"등록금을 내준다고 하더라고요."

아니나 다를까, 소송을 걸자마자 취하한 홍여주는, 황효연과 황주석의 등록금을 어떻게 해서든 내주겠다고 협상을 걸었단다.

"자식에게 협상이라니, 기가 막힌다. 아니, 무슨 부모가 그래?"

"협상은 누구에게나 할 수 있어. 다만 그쪽이 불리하니까 일단 꼬리를 말고 있다는 것이 중요해."

서세영을 진정시키며 노형진은 황효연에게 말을 건넸다.

"너는 어떻게 하고 싶어? 소송 그만하고 싶어?"

"아니요."

그녀는 매몰차게 말했다.

"차라리 애초에 진짜로 날린 거라면 저도 그만하겠지만……."

이미 노형진이 한 조사 결과를 본 그녀다.

지금 저들이 주겠다고 한 돈은 그녀가 원래 가져갔어야 하는 돈의 100분의 1도 안 된다.

"제게 끝까지 거짓말을 하더라고요, 투자한 게 망해서 돈을 줄 수가 없다는 식으로."

"당연하지. 투자한 건 돌려받지 못한다는 걸 아니까. 아마 시간을 끌면서 재산을 정리하려고 할 거야."

"그런데 소송이 취하되었는데 어떻게 해요?"

"애초에 예상했던 일이니까 걱정하지 마."

"네? 예상했던 일요?"

"그래. 너는 성인이라 문제가 안 되지만 동생인 주석이 같은 경우는 미성년자라서 법정대리인이 마음대로 할 수 있거든."

"그런……."

"하지만 이제는 아니지."

노형진은 취하된 소장을 들었다.

"법정대리인이라고 해도, 당사자가 결정한 것을 전면적으로 뒤집을 수는 없어. 특히나 본인이 가해자가 된 것으로 의심되는 사건에 대해서는."

"하지만, 했잖아요?"

"그러니까. 우리는 이걸 가지고 법원을 고소할 거야."

"네? 법원요?"

"그래. 이건 민사사건이잖아. 저쪽에서 취하한다고 해도 다시 고소하는 건 어렵지 않아. 하지만 저쪽은 이미 당사자의 동의 없이 너와 너의 동생의 사건을 취하했잖아. 거기에다 이 사건 기록을 보면, 그 사람의 고의적 범죄도 의심되는 상황에서 말이지."

"아!"

노형진이 알면서도 놔둔 이유.

그것은 바로 홍여주의 대리인 자격을 박탈하기 위해서였다.

사실 황효연이 성인이 되었다고 하지만, 아무리 그래도 황주석을 전적으로 대리할 수는 없다.

"하지만 이번 일로 확실하게 드러난 거야. 동생의 이득에

반해 소를 임의로 취하한 이상, 최소한 동종 사건에 대해서
는 법률 대리를 할 수가 없다는 게."

그뿐만 아니라 그녀가 이번 사건에 관련된 사람이라는 것
도 어느 정도는 입증된 셈이다.

"그런데 왜 법원에 소송을 걸어요? 그냥 법원에다가 사건
의 가해자라고 하면 자격이 정지될 텐데요."

"빡치라고. 법원은 그 특유의 선민의식이 있거든."

판사와 검사의 문제가 아니다.

법원에서 일하는 사람들은 대부분 선민의식을 가진다.

"하물며 법원에서 일하는 공익도 선민의식을 가지는데 뭘."

"네? 공익요?"

서세영은 고개를 갸웃했다.

공익이면 군대를 대신해서 다른 곳에서 일하는 사람들이
아닌가?

그런데 그런 사람들이 무슨 선민의식을 갖는단 말인가?

"법원 공익은 어지간한 특혜가 있지 않은 이상에는 못 들
어가. 법원 공익으로 발령받았다는 것은 그 뒤에 든든한 사
람이 있다는 거지."

"아아……."

업무 자체가 다른 곳보다 아주 힘든 것도 아니거니와, 시
내 한복판에 있어서 출퇴근도 힘들지 않다.

거기에다 이런저런 인맥도 만들 수 있는 곳이다 보니 경쟁

이 치열하다.

"우리 쪽은 피해자이지만 저쪽은 졸지에 속은 거잖아. 물론 우리가 고발한다고 해 봤자 기껏해야 감봉이야. 하지만 저들은 좀 다르게 반응하지. 아마 관련 소송이 다시 들어오면 최우선으로 처리할걸."

그만큼 취하된 소송의 시간을 벌 수 있을 것이다.

아니, 최우선으로 처리한다고 한다면 아마 더 빨리 진행할 수도 있을 것이다.

"살을 내주고 뼈를 취하는 거지."

"무섭네요, 오빠. 세영이가 진짜 일 잘한다고 하더니."

"너희도 열심히 배워서 여기로 와라. 내가 잘 가르쳐 주마, 후후후."

"그러고 보니 채림이 언니는 어디로 간 거야? 매일 같이 있었잖아."

서세영은 고개를 갸웃하며 물었다.

보통 같이 일하던 그녀가 없었기 때문이다.

"아, 채림이? 다른 일을 하고 있지."

"다른 일?"

"그래, 그게 끝나면……."

노형진은 싱긋 웃었다.

"너희 엄마를 너희가 잘 챙겨야 할 거야."

"네에?"

전혀 예상하지 못한 말이었기에, 다들 얼굴이 사정없이 찡그러질 수밖에 없었다.

⚖️

그 시각, 손채림은 어떤 남자를 따라다니고 있었다.

투자 명분으로 홍여주에게서 돈을 가지고 간 제삼자의 남자.

－분명히 내연의 관계일 거야. 패턴을 봐서는 미망인들을 노리는 전문 사기꾼일 가능성이 높아.

노형진의 말에, 소송 전에 그에 대해 충분히 자료를 구하기 위해 따라다니기 시작한 것.

"사기꾼이 맞는 것 같네요."

고문학 역시 몇 번 따라다니고는 노형진의 말을 인정할 수밖에 없었다.

"이번 주에만 벌써 세 번째 여자입니다. 그들과 모두 깊은 관계를 가지고 있는 것 같고."

돌려서 깊은 관계라고 표현했지만, 사실 같이 호텔에 들어가는 게 보인 이상 답은 뻔했다.

"세 명 다 미망인이고 말이죠."

손채림은 코웃음을 쳤다.

"홍여주가 이걸 알고 있을까요?"

"그럴 리 없죠. 이런 사기꾼들은 그런 면에서는 철저합니다. 핸드폰도 신분증도, 다 가짜로 쓰고 있을 겁니다."

가짜 신분증 만드는 건 어려운 일이 아니다.

한 50만 원 정도면 만들 수 있으니까.

"핸드폰도 대부분 번호만 기억하지, 그게 대포폰이라고 생각하는 사람은 없죠."

"사무실은 네 곳을 운영하고요?"

"시 외곽에서 깔세로 사무실 얻는 건 어렵지 않으니까요. 집기도 재활용하는 것 같고."

고문학은 고개를 절레절레 흔들며 말했다.

"그런데 저 새끼는 저런 정보를 어떻게 얻는 걸까요?"

"보통은 보험회사죠. 보험사에서 보험료가 많이 지급된 유가족 정보를 빼돌려 줍니다."

"그걸로 집안의 재산을 확인할 수가 있어요?"

"간단하죠. 결국 생명보험은 들어간 돈만큼 나오는 거니까."

"아아."

대표적인 예가 바로 '10억을 받았습니다'라는 광고다.

남자들에게 죽기를 바라는 광고라며 오질나게 욕을 먹고 최악의 광고 중 하나로 기억되는, '10억을 받았습니다' 광고.

그 광고는 10억을 줬다는 것만 강조했지, 그 사망자가 가입한 보험이 한 달에 400만 원짜리라는 것은 말하지 않았다.

애초에 그 광고의 모티브가 된 실화 속의 사망자는 무려 병원장이었다.

"돈이 있으니까 보험금도 크게 받을 수 있다는 거네요. 죽어서도 빈익빈 부익부네요."

손채림은 씁쓸하게 미소 지었다.

"그러니 저런 사기꾼들이 횡행하는 거겠지요. 반려가 죽으면 누구나 큰 공허감을 느끼니까."

설사 돈을 보고 결혼했다고 해도 말이다.

그때 누군가가 적극적으로 접근하면 쉽게 넘어온다.

"홍여주도 어떻게 보면 불쌍한 사람이네요."

부모에게서 정을 못 받고 돈 때문에 결혼하고, 심지어 그녀가 자신을 사랑해 준다고 생각하는 사람까지 사기꾼이라니.

"인생이 기구하다고 해서 봐줄 수 있는 것은 아니죠."

하물며 자기 자식을 버린 매정한 부모다.

고문학은 시계를 보면서 나지막하게 말했다.

"비슷한 경험을 한 사람들은 저도 많이 봤습니다. 하지만 그들이 다 자식을 버리는 건 아닙니다. 어떤 사람은, 자신은 받지 못한 사랑을 자식에게 주기 위해 무척이나 노력합니다."

손채림은 문득, 노형진이 했던 말이 기억났다.

─자기가 불우하기 때문에 자기 인생이 막나간 것뿐이라고? 그거 개소리야. 인생을 고칠 수 있는 기회는 언제든 있

어. 부자가 되어 떵떵거리고 살 수 있는 건 아니지만, 최소한 바닥까지 떨어지지 않는 건 얼마든지 가능하지. 하지만 그런데도 불구하고 바닥에 떨어져서 범죄자가 되는 거? 그건 불우한 자기 인생 때문이 아니라 나는 막살겠다고 선택했기 때문이야. 막말로 한국전쟁이 끝나고 나서 한국에 가난하지 않은 사람이 어디 있었어? 그런데 그들이 다 가난하다고 포기했다면, 우리가 이런 좋은 나라에서 살 수 있겠어? 환경은 미래에 영향을 주는 것뿐이지 결정하는 건 아니잖아?

맞는 말이다.

과거가 어찌 되었건, 결국 지금의 모습은 자신의 선택으로 만든 결과물이다.

더군다나 어린 나이도 아니라면 더더욱 말이다.

"섣부른 동정은 또 다른 피해자만 만들 뿐이죠."

고문학은 씁쓸하게 말하면서 핸드폰을 들었다.

"지금 연락하시게요?"

"해야지요."

이미 저 남자와 관련된 여자들의 연락처는 확보한 상황이다.

그들을 이곳에 부르면 아마 난리가 날 것이다.

"그리고 소송을 시작할 테고요."

소송이 진행된다면 당연히 그 투자 역시 사기라는 것이 증명될 것이다.

"돈을 되찾는 데 문제는 없을 겁니다. 얼마나 남아 있는지는 모르겠지만."

고문학은 어깨를 으쓱했다.

"보통은 우리가 신고하는 걸 생각하는데 말이죠."

"사실 우리는 전혀 관련이 없잖아요."

신고해 봐야 결국 자신들은 아무런 관련도 없는 제삼자이고 고발자일 뿐이다.

"하지만 피해자들을 뭉치게 하면 이야기가 달라지죠."

버튼을 꾹 누르는 고문학.

짧은 문자였지만, 관련 증거를 가지고 기다리고 있던 사람들이 피해자들에게 접근해서 저 남자가 사기꾼임을 증명할 것이다.

그리고 잠시 후면 여자들이 이 호텔로 몰려올 테고.

"과연 홍여주는 뭐라고 할지 궁금하네요."

손채림은 홍여주가 가장 믿었던 사람에게 배신당하는 것이 뭔지 제대로 느끼기를, 마음속으로 강하게 기원했다.

남보다 못한 가족

홍여주는 혼이 나갈 것 같았다.

자신에게 온 정체 모를 문자.

낯선 여자들과 호텔에 들어가는 자신의 남자가 보였다.

하루 이틀이 아닌, 며칠에 걸쳐 찍은 사진들.

그리고 그때마다 바뀐 여자.

그것만 해도 충분히 충격적이었는데, 지금 어떤 호텔에 다른 여자와 있다는 문자마저 왔다.

그 문자를 받고 그녀는 바로 움직였다.

믿을 수가 없었으니까.

그게 거짓말이라고 생각했으니까.

하지만.

"당신들은……."

"너……는……."

"이 개잡년이……."

호텔 앞에서 부딪힌 다른 여자들.

서로의 사진 속에 있던 그 여자들이었다.

일촉즉발의 상황.

당장 머리채 부여잡고 싸울 기세인 여자들 사이로 손채림이 끼어들었다.

"여러분들이 서로 싸울 상황은 아닌 것 같은데요."

"뭐라고요? 넌 뭐야!"

"제가 보낸 문자는 잘 받으셨지요?"

"너…… 이 개잡년이!"

누군가가 눈이 뒤집어져서 달려들려고 했다.

하지만 그 사이에 끼어든 몇 명의 남자들 때문에 그들은 달려들 수가 없었다.

"제가 그 사진에 있는 여자로 보이세요? 저 안에 들어간 여자는 따로 있는데."

움찔하는 사람들.

손채림은 씩 웃었다.

"1108호. 지금쯤 신나게 떡 치고 있을 텐데, 안 가실래요?"

"……."

"안 가셔도 저희는 뭐 상관없고요. 아, 그리고 이 사진, 자녀분들에게 드려도 되는 거죠?"

"안 돼!"

"제, 제발 그것만은……."

그들이 외로워서 누군가를 만난다는 것.

그건 그들의 사정이다.

자녀 입장에서는 아버지가 죽은 지 얼마 되지도 않았는데 다른 남자를, 그것도 사기꾼을 만나는 엄마를 과연 용서할 수 있을까?

"여러분들이 해결하지 않는다면 저희는 이걸 자녀분들에게 드릴 수밖에 없어요. 아시다시피……."

거기까지 말한 손채림은 홍여주를 물끄러미 바라보았다.

"당신들이 쓴 돈에는 자녀분들의 유산도 있지요. 안 그런가요? 그분들의 유산을 지키기 위해서는, 어쩔 수 없이 저희는 말씀을 드려야 해요."

똑바로 자신을 향하는 눈빛에, 홍여주는 움찔했다.

그리고 기억해 냈다.

그녀가 자신과 싸우는 변호사와 함께 일하는 사람이라는 것을.

"아, 안 돼요……."

손이 바들바들 떨리는 여자들.

홍여주처럼 아이들을 나 몰라라 하는 사람도 있지만, 대부분의 여자들은 그러지 못한다.

　그저 외로워서 누군가를 만나고 싶었던 것뿐이다.

　돈도 돈이지만, 자녀들이 자신을 더러운 여자로 본다는 것은 그녀들로서는 감당하기 힘든 일이었다.

　"그러면 여기서 사건을 해결하겠어요?"

　손채림은 뭔가를 꺼내 들었다.

　다름 아닌 수임 계약서.

　"물론 강제하지는 않아요. 여기서 바로 경찰을 부르셔도 되고, 아니면 다른 변호사를 부르셔도 됩니다. 하지만 자료는 저희한테 있다는 점을 말씀드리고 싶네요."

　손채림은 노형진이 이런 식으로 설득하는 걸 많이 봤다.

　그리고 대부분의 사람들은 이쪽이 증거를 가지고 있으면 이쪽에 사건을 맡길 수밖에 없다.

　'한 명만 빼고 말이지.'

　홍여주는 지금 이쪽과 싸우는 사람이다.

　그런 상황에서 새론에 사건을 맡길 수는 없다.

　다른 여자들은 모두 떨리는 손으로 사인을 했지만, 홍여주는 멍하니 지켜볼 수밖에 없었다.

　잠시 후, 경찰과 함께 그들은 호텔로 올라갔다.

　"아악! 뭐 하는 거야!"

　잠시 후 호텔에서 끌려 나오는 남자와 당황한 여자의 모습이 홍여주의 눈에 들어왔다.

이것이 법이다

"어떻게 네가 나한테 이럴 수가 있어!"

"배신이야!"

"날 속이다니, 죽여 버릴 거야!"

분노를 토해 내는 사람들과 다르게 접근하지 못하고 멍하니 바라보던 홍여주는, 다리의 힘이 풀리면서 그 자리에 주저앉을 수밖에 없었다.

⚖

"어머니한테 가라고요?"

황효연은 노형진의 말에 기분 나쁘다는 듯 눈을 찌푸렸다.

"그 여자가 죽든 말든 전 상관없는데요."

"그런데 왜 그렇게 안절부절못해?"

황효연은 눈을 슬쩍 돌렸다.

홍여주의 번호를 차단한 후에 접근하지 않았다.

아니, 기회도 주지 않았다.

동생조차도 질려 버려서 엄마에게 돌아갈 생각은 하지 않았다.

그런데 가서 챙기라니?

"핏줄이라는 게 쉽게 잘라 낼 수 있는 건 아니지. 안 그래?"

이미 마음속 한구석이 흔들리고 있는 황효연의 상태를 노형진은 알고 있었다.

이러니저러니 해도 결국은 엄마 아닌가?

"엄마는 지금쯤 배신감에 무척이나 힘들어할 거야. 너희 엄마는 심각한 애정 결핍이니까. 애정을 갈구하는 타입이거든."

"그건 나도 알아요. 그 망할 정신병 때문에 내 돈을 죄다 외가에다가 퍼 줬잖아요?"

"그래서 그걸 돌려받기 위해 찾아가라는 거야."

"네?"

"너희 외가는 애초에 너희 엄마를 사람 취급도 하지 않고 뜯어먹으려고만 했지, 너도 알겠지만."

노형진은 잠깐 침묵을 지키다가 황효연의 눈을 바라보면서 천천히 말했다.

"지금 외가에서 너희 엄마를 위해 뭔가 해 줄 거라 생각하니?"

"끄응……."

"너도 외가 성향을 알 거야. 네가 봤을 때, 충격을 받은 너희 엄마를 다독거릴까, 아니면 자기들 몰래 제삼자에게 재산을 준 걸 나무랄까?"

"후자겠네요."

이건 길게 생각할 것도 아니다.

너무나 뻔하니까.

"거기에다 그들은 소송에서 벗어나야 해. 그렇다면 그들이 가장 먼저 죄를 뒤집어씌울 수 있는 사람은 누굴까?"

"그건…… 엄마?"

"그래, 너희 엄마지."

그 모든 돈의 흐름에는 홍여주가 있다.

"그런데 만일 홍여주가 너희 편이 된다면 어떻게 될까?"

"아니, 그 여자가 그럴 리 없잖아요, 남자한테 빠져서 자식새끼도 버렸던 사람인데."

"나중에는 그럴지도 모르지. 하지만 지금 그녀는 너희와 똑같아. 가장 믿었던 사람들에게서 버림받은 상황이지."

황효연과 황주석이 홍여주에게 버림받았듯이, 홍여주 역시 자신에게 애정을 줄 거라 믿었던 애인과 친정에서 버림받았다.

"그런 상황에서 애정을 주는 사람이 나타나면 어떻게 될까?"

"그러면⋯⋯."

"아마 푹 빠지겠지. 뭐, 나중에 다른 사람이 생길 수도 있지만."

노형진은 어깨를 으쓱하면서 의자에 기대앉았다.

"당장은 네가 외가와 소송을 할 때 너희들에게 유리한 증언을 하겠지. 외가에서 돈을 달라고 요구를 했다거나."

"으음⋯⋯."

황효연은 눈을 데굴데굴 굴렸다.

확실히 그럴 가능성이 높기는 하다.

"아 다르고 어 다른 게 재판이야. 저쪽에서 돈을 강제로 요구했다는 걸 증명할수록 유리해지는 건 이쪽이야. 전에 말했다시피, 기본적으로 투자로 넘어간 돈을 돌려받을 수는 없으니까."

하지만 그 돈이 투자가 아니었다는 것을 증명할 수 있는 가장 확실한 방법은, 넘겨준 사람이 이야기하는 것.

"자발적으로 줬다기보다는, 너희 엄마에게 넘겨 달라고 요구했겠지."

대부분은 그런 식이다.

물론 외부적으로는 자발적이다.

하지만 사업 자금이 필요하다, 또는 누가 아프다, 누가 힘들다 같은 식으로 계속 말을 하면서 돈을 요구한다.

"그들은 투자금이라고 주장하면서 그 돈을 돌려줄 생각이 없겠지만, 글쎄, 너희 엄마 핸드폰의 문자나 톡 내용을 확보하면 상황이 어떻게 될까?"

"그건 그런데……."

황효연은 여전히 꺼림칙한 얼굴이었다.

하긴, 얼마 전까지만 해도 죽이네 살리네 하면서 싸웠는데 이제 와서 챙기기도 그렇다.

"그리고 너도 성인이니까, 툭 까고 말할게. 네가 더 나이 먹고 아버지 회사를 되찾고자 한다면, 너희 엄마가 가지고 있는 주식이 필요 없을까? 너희 엄마가 가지고 간 지분이 43%야. 그 말은, 네가 수익을 받아 내든 회사에 영향력을 행사하든, 그게 있으면 더 강력해질 수 있다는 거지."

"우우우……."

"아직은 학생이라 그런 걸 잘 모르겠지만 말이야. 아버지의 재산을 되찾고 싶지 않아?"

"아버지의 재산……."

"그래."

그 후에 그 자산을 그들이 마음대로 할 수 있고 없고는 중요한 게 아니다.

중요한 것은 그 유산을 되찾는 것.

"그러니까 네가 가서 어머니랑 화해하고 설득해야 해. 그부분은 내가 어떻게 해 줄 수가 없어."

"꼭 해야 해요?"

"꼭은 아니지만 미래를 위해서라면 해야지. 너희 아버지 재산의 43%가 작은 건 아니잖아."

"하아……."

황효연은 깊은 한숨을 쉬면서 고개를 끄덕거렸다.

"알았어요. 병원에 가서 챙겨 드릴게요. 그런데 그런다고 제게 넘어오실까요?"

"전에도 말했지만 너희 엄마는 심각한 애정 결핍이야. 쉽게 말해서 무척이나 외로운 거지. 그걸 채워 주면 너희 편을 들어 줄 거야. 가능하면 설득해서, 재혼을 하더라도 상속받은 유산은 너희에게 넘겨준다는 각서라도 하나 써 두면 너희도 편하고."

"너무 속 보이기는 하는데……."

하지만 황효연은 노형진의 충고를 받아들이기로 했다.

누군지도 모르는 사기꾼들에게 아버지가 남긴 마지막 선물을 넘겨주고 싶지는 않았다.

"일단 제가 가서 이야기해 볼게요."

"그래, 조심해서 가 봐. 갈 때 꽃이라도 한 다발 사 가고."

노형진은 히죽 웃었고, 탐탁잖은 표정으로 황효연은 바깥으로 나갔다.

"거참, 일일이 떠먹여 줘야 하나……."

그녀가 나가고 나서야 노형진은 입맛을 쩝쩝 다시면서 몸을 쭉 폈다.

그때 옆에 있던 손채림이 이해가 안 간다는 듯 고개를 갸웃했다.

"굳이 그렇게 화해를 시켜야 해? 아니, 사실 상황을 봐서는 화해시킬 필요까지는 없어 보이는데."

"뭐, 아까도 말했지만 결국 돈이 문제인 것도 있고."

노형진은 어깨를 으쓱했다.

"일단 외가 쪽에 제대로 엿을 먹여야 하니까."

"하긴, 그건 맞다."

사업을 한다고 가지고 간 돈은, 사실상 저들이 먹고 마시고 사치하는 데 들어갔다.

그 돈으로 외제 차를 사고, 명품을 사고, 땅과 집을 샀다.

"제대로 찾기 위해서는 홍여주의 증언이 필요해. 남자 쪽이야 워낙 피해자가 많고 전과도 있는 놈이니 문제가 안 되겠지만, 외가라는 친인척 관계가 묶여 있는 이상 홍여주의 증언이 없으면 자발적인 투자로 보일 수도 있으니까."

"그것뿐?"

노형진은 고개를 흔들었다.

"그것뿐이면 그렇게 화해하라고 하지 않지. 결국은 미래를 위해서야."

"미래?"

"그래. 황효연이 나중에 스스로 용서할 수 있도록."

"스스로라니?"

"나이 먹으면 마음이 약해진다잖아. 내 경험상 보면, 나이 먹으면 나중에 후회하더라고."

자기가 조금만 참았다면 부모님이랑 사이좋게 지낼 수 있지 않았을까, 자신이 너무한 거 아닌가 하는 그런 생각.

"혈육애라는 게, 그렇게 쉽게 끊어지는 게 아니거든."

그런 생각이 영영 나지 않을 수가 없다.

당장은 미워 죽을 것 같아도 말이다.

더군다나 황주석은 아직 미성년자다.

조금 있으면 대학에 간다고 하지만, 여전히 엄마의 품이 그리울 나이다.

강한 척은 다 하지만 그다지 강하지 않은 그런 사춘기.

"여기서 황효연이 선을 그어 버리면 나중에 후회할 수도 있어. 그리고 그 후회는 심각하게 다가오겠지."

왜냐하면, 그렇게 된다면 홍여주가 선택할 수 있는 것은 별로 없을 테니까.

재산은 대부분 빼앗겼을 수밖에 없고, 심각한 애정 결핍을 가지고 있는데 배신까지 당했다.

가족이라 믿었던 친정에서마저 그녀를 버린 상황.

"최악의 경우, 자살할 수도 있지."

"으음…… 소송이 자살의 원한이 된다면……."

아무리 독하게 마음먹는다고 해도 후회하지 않을 수가 없다.

"그래."

"하지만 그런다고 해도 엄마가 받아들여 줄지……."

"아마 받아 줄 거야. 돈이 문제가 아니거든."

"돈이 문제가 아니라고?"

"돈이 문제였다면 그 돈을 외가 쪽에 줬을까?"

"아……."

욕심이 많은 사람이라서 돈을 빼앗은 거라면, 외가나 제삼자에게 주지도 않았을 것이다.

"설사 받아 주지 않는다고 해도, 효연이가 손해 볼 것은 없지."

그녀는 손을 내밀었고 그걸 거절한 것은 홍여주다.

그 상황에서 홍여주가 자살을 선택한다고 해도, 황효연의 죄책감이 그렇게까지 크지는 않을 것이다.

"넌 진짜 그렇게 이것저것 생각하면 머리 안 아프냐?"

손채림은 질렸다는 표정이 되었다.

그녀는 돈 받을 생각만 하고 있었는데 노형진은 슬쩍 가정의 평화를 지키고 한 사람의 목숨까지 살렸다.

"뭐, 경험이랄까?"

노형진은 어깨를 으쓱했다.

"가족이 서로에게 상처를 주는 게 좋은 건 아니잖아. 화해할 수 있으면 화해해야지."

그게 어떠한 이유라고 해도 말이다.

"난 그 기회를 만들어 준 거야. 핑계 좋잖아?"

그리고 그렇게 화해를 한다면 조금씩 나아질 거라고, 노형진은 그렇게 생각했다.

하지만 그 화해가 좀 엉뚱한 방향으로 사건을 바꿀 줄은 전혀 예상하지 못했다.

⚖️

"주득칠 변호사요?"

노형진의 예상대로, 마음이 약해진 홍여주는 아들과 딸이 손을 내밀자 덥석 잡았다.

안 그래도 자기편을 들어 줄 거라 생각했던 친정에서 애들

관리도 제대로 못 한다고 구박하는 통에, 기댈 곳이라고는 두 아이뿐이었으니까.

그런데 그런 그녀가 한 말은 전혀 예상하지 못한 것이었다.

"네. 그가 이렇게 하라고 했어요."

"주득칠 변호사라는 사람이 누굽니까?"

"아이들 아빠가 운영하던 회사의 고문 변호사예요."

"아니, 그가 왜 그런 말을……?"

"아이들이 크면 다 빼앗아 갈 거라고, 조금은 챙겨 놔야 한다고……."

"아이들 지분에 대해서는 말 안 해 주고요?"

"듣기는 했는데…… 10% 정도라고……."

'이건 또 뭔 개소리야?'

10%라니?

말도 안 된다. 유산이 그렇게 작을 리 없다.

"그 인간이 왜 그런 소리를 했는지 아시나요?"

"아…… 아니요."

"그러면 그 이후에는 어떻게 지냈나요?"

"처음에는 저희를, 아니 친정을 도와줬어요."

재산을 빼돌릴 수 있게 사업자를 내는 것을 도와주고, 또한 지속적으로 연락하면서 관계를 이어 갔다고 했다.

하지만 지금은 연락하지 않고 있다고 했다.

'이거 말이 안 되는데.'

회사의 고문 변호사가 이런 짓을 한다는 것은 상식적으로 말이 안 된다.

　일단 회사의 고문 변호사라면 당연히 전 사장과 무척이나 친하게 지냈다는 소리다.

　그런데 그런 그가, 뒤에 남은 아이들을 이렇게 구렁텅이로 몰아넣도록 했다고?

　"도대체 왜? 전 사장한테 무슨 억하심정이라도 있었나?"

　"그건 모르지."

　노형진은 씁쓸한 표정으로 말했다.

　하지만 한 가지는 확실했다.

　"어찌 되었건 주득칠이라는 그 변호사가 좋은 목적을 가지고 접근한 것은 아니라는 거야."

　"혹시 주식을 빼앗으려고?"

　"아니에요. 주식은 제가 가지고 있어요."

　"그러면 그걸 팔라거나 한 적은 없나요?"

　"팔라고 한 적은 있지만……."

　가격이 마음에 안 들어서 팔지 않았다고 한다.

　더군다나 매년 배당으로 적지 않은 돈이 나오는데 그걸 팔려고 하는 사람은 없다고 봐야 한다.

　"도대체 왜 그 인간은 왜 그런 거야?"

　"나도 모르겠어. 하지만 한 가지는 확실하지."

　이쪽을 위해 그렇게 노력한 것은 아닐 것이다.

"애초에 누군가 그쪽을 부추겼을 거라고는 예상했지만……."

그게 회사의 고문 변호사일 거라고는 전혀 예상하지 못했다.

'어째서……?'

"어쩌면 우리가 알지 못하는 뭔가가 있는지도 모르지."

"우리가 알지 못하는 뭔가가?"

"그래, 회사 차원에서 말이야."

"회사 차원에서 이득 볼 게 뭐 있다고?"

손채림은 이해가 가지 않았다.

주식을 가진 사람은 그들이 아니다.

이쪽에 팔라고 했다지만 안 팔았고, 그걸로 끝이었다.

협박 같은 건 없었다.

"회사 차원에서의 이득이라……."

노형진은 그 회사의 홈페이지에 들어갔다.

온갖 좋은 말로 도배되어 있는 회사의 홈페이지.

그리고 그 전면에서 환한 미소로 웃고 있는 남자.

"이 사람이 현 사장인가 본데."

"네. 강운태 상무, 아니 사장님이에요."

"네?"

노형진은 순간 이상한 말을 들었다는 생각이 들었다.

"방금 뭐라고 하셨죠?"

"강운태 사장님이라고……."

"아니, 그 전에요."

"강운태 상무라고 했어."

손채림은 노형진이 제대로 듣지 못한 부분을 정확하게 이야기해 줬다.

"이 사람이 상무였다고요?"

"네, 지금은 사장님이고요."

"지금은 사장이라…… 허…….."

왠지 그림이 그려지는 것 같았다.

상무. 확실히 높은 직급이기는 한데…….

"이 사람이 차기 사장으로 선출된 건가요?"

"네."

"어째서요?"

"어째서라뇨, 그냥 그렇게 뽑혔으니까…….."

"그냥 그렇게……."

노형진은 책상을 손가락으로 탁탁 두들기면서 나지막하게 중얼거렸다.

"이 세상에 그냥이라는 경우는 없습니다."

"그게 무슨 말이죠?"

"나비의 날갯짓이 때로는 태풍이 된다는 뜻입니다. 그리고 누군가 그 날갯짓을 강제로 만들어 낸 것 같군요."

노형진은 환하게 웃고 있는 강운태의 사진을 보면서 작게 중얼거렸다.

"개정하겠습니다."

드디어 시작된 재판.

사실 재판 자체는 어렵지 않았다.

홍여주는 정신이 반쯤 나간 상태에서 황효연이 와서 챙겨 주자, 그녀에게 넘어온 상태였으니까.

당연히 홍여주가 제출한 증거로 어렵지 않게 공격할 수 있었다.

"재판장님, 이 문자를 봐 주시기 바랍니다. 피고 측은 홍여주에게 지속적으로 연락해서 돈을 요구하고 회사에 투자할 것을 강압적으로 이야기했습니다. 일부를 읽어 드리자면, '딸년이라고 키워 놨더니 돈이 썩어 문드러지면서 친오빠가 사업하는 것도 못 도와주느냐. 너 같은 년은 내 딸도 아니다.'라고 되어 있습니다. 그리고 증거 갑제 3호증을 보시면 홍여주에 대한 심리검사 기록이 있는데 이 기록에 따르면 원고들의 어머니인 홍여주는 '심각한 애정 결핍으로 인해 애정을 갈구하며, 특히 자신에게 애정을 주는 사람들에게 집착하는 성향을 보인다.'라고 되어 있습니다. 홍여주의 부모인 피고 측은 그 사실을 알고 또 부모인 자신들에게 애정을 갈구하는 홍여주에게 강압을 통해 자산을 투자하도록 한 것이 분명합니다."

노형진이 공격하자 반격에 나서는 상대방 변호사.

"재판장님, 투자라는 것은 성인이 자발적으로 하는 행위입니다. 그 원인이 무엇인지는 중요하지 않습니다. 정신병적 소견으로 애정을 갈구하는 상태라고 해도 그게 진단받은 상황이 아니었고 그 당시에 성인인 이상, 법적으로 그 책임을 다해야 합니다."

그가 변론하는 사이 노형진은 그를 물끄러미 바라보았다.

'주득칠 변호사······.'

주득칠 변호사.

홍여주 친정의 변호사이자 회사의 고문 변호사이자 이번 사건의 변호사.

'그리고 애초에 맨 처음부터 돈을 빼돌리라고 꼬드긴 남자.'

그런 자가 우연히 여기에 변론하러 왔을까?

'그럴 리 없지.'

물론 고문 변호사라고 해도 그가 그곳에 속해서 그 사건만 전담하는 것은 아니다.

하지만 그래도 우연치고는 참 재미있는 우연이 아닌가?

노형진이 그렇게 생각하는 사이 주득칠은 변론을 마무리하고 비릿한 미소를 날렸다.

'자기는 상관없다 이건가?'

지분을 인정해 달라는 민사소송인 만큼 저들이 이길 방법은 없다.

노형진의 계획은 간단했다.

지분을 인정받아서 기록을 까고, 그 기록을 바탕으로 그들을 업무상 배임으로 고발함과 동시에 재산을 환수하는 것.

투자로 실드를 치려고 했다면, 이쪽은 투자를 인정하는 대신에 그들을 감옥에 넣어 버린다는 계획.

분명 자신들이 불리한 상황인데도 노형진을 바라보며 웃는 변호사.

거기에다 변론도 잘하는 듯하지만, 정작 핵심에서는 벗어나 있다.

'토사구팽.'

문득 그 사자성어가 생각난 노형진은 속으로 피식 웃었다.

그는 알까, 노형진이 자신의 머릿속을 예상하고 있다는 것을?

'그래, 누가 토사구팽인지 한번 두고 보자.'

노형진은 일어나 다시 변론을 시작했다.

"성인이라고 하지만 그 정신적 이상이 있다는 걸 알고 있는 상황에서 이용당한 거라면 전혀 다른 문제입니다. 다른 제삼자도 아니고, 부모와 가족들이 홍여주의 애정 결핍과 기대성 성격을 모를 리 없습니다."

"가족에게 기대는 것은 당연한 감정입니다, 재판장님."

"기대는 것이 문제가 아니라 그걸 악용하는 것이 문제입니다. 이 경우 홍여주는 피해자에 가깝습니다."

서로 날 선 공방을 주고받는 노형진과 주득칠.

"투자한 것은 좋습니다. 하지만 그 투자의 주체가 중요합니다. 정부의 세무 기록에 따르면 피고 측은 투자받은 돈으로 건강식품을 유통하는 회사를 차렸습니다. 하지만 정작 그 회사에 속한 사람들은 가족들이 전부이고, 월 수익은 채 100만 원이 안 됩니다. 그럼에도 불구하고 피고 측은 수차례에 걸쳐서 수억 원대의 투자금을 넘겨받아서 집을 사고 차를 사고 사치를 해 왔습니다. 이게 정상적인 투자라고 볼 수는 없습니다, 재판장님. 이건 명백하게 사기입니다."

"사기요? 아무리 외가 쪽이라고 하지만 명백하게 조부와 조모 아닙니까? 그런데 그들을 보고 사기라니요? 그런 부적절한 의심은 패륜입니다."

"패륜요?"

"애초에 증거도 없지 않습니까?"

노형진은 피식 웃었다.

증거가 없다?

애초에 상황 자체가 증거다.

수익이라고는 전혀 없는 기업을 운영한다는 게 말이나 된단 말인가?

거기에다 그 돈으로 아파트와 물건을 사고 생활비까지 한다?

'그래, 너를 엮을 증거가 없다는 뜻이겠지.'

하지만 증거란 찾아내면 그만이다.

노형진은 그가 생각하지 못한 방식으로 그를 뒤흔들기로

했다.

"친애하는 재판장님."

갑작스러운 상황이지만 노형진은 어쩌면 지금이 기회일 거라는 생각이 들었다.

"주득칠 변호사를 증인으로 신청해도 되겠습니까?"

"주득칠 변호사를요?"

"네. 주득칠 변호사를 증인석에 세우고 싶습니다."

주득칠은 눈을 찌푸렸다.

"내가 왜 증언을 해야 한다는 겁니까?"

'네놈이 꼬셨다고 말하고 싶지만.'

애석하게도 그런 증거는 없다.

홍여주가 그가 꼬셨다고 했지만, 벌써 오래된 일이고 관련 증거는 아무것도 없다.

그런 걸 서류로 남겼을 놈도 아니고 말이다.

그럼에도 불구하고 한 가지 확인할 것은 있었다.

"만일 허락하지 않으신다면 정식으로 증인 신청을 하겠습니다."

그러면 지금은 아니지만 다음 재판에서는 그를 불러낼 수 있으리라.

"피고 측 변호인, 어차피 해야 할 것 같은데, 할 생각 있습니까?"

"제가요?"

주득칠은 잠깐 고민했다.

노형진이 노리는 게 뭔지 알지를 못하니 나가기도, 안 나가기도 애매했다.

나가자니 켕기고, 안 나가자니 스스로 켕긴다는 걸 보여주는 셈이다.

"알겠습니다."

주득칠의 고민은 짧았다.

어차피 해야 한다면 매도 먼저 맞는 게 낫다고 생각했기 때문이다.

'그리고 자기가 질문을 던져 봐야 어쩌겠어?'

어차피 자신은 변호사다.

애매하면 '모릅니다. 기억이 안 납니다.'라고 못 박아 버리면 저쪽은 할 말이 없다.

그는 증인석으로 올라와서 선서하고 자리를 잡았다.

"증인."

노형진은 변호사를 바라보면서 천천히 첫 번째 질문을 던졌다.

"증인은 직업이 변호사이지요?"

"그렇습니다."

"그러면 아직 호종통상의 전임 변호사로 활동하고 있습니까?"

"그건 왜 물어봅니까?"

"증인석에서 질문하나요? 예, 아니요로만 대답하세요."

노형진의 말에 그는 아차 싶었다.

자신도 모르게 반문했다.

그건 자신이 켕기는 것이 있다는 것을 보여 준 것이나 다름없다.

다른 사람도 아니고 변호사가, 증인석에서 반문을 하다니.

"예, 호종통상의 전임 변호사로 활동 중입니다."

"그러면 원고 측이 전 사장의 유자녀인 것은 알고 있나요?"

"네."

"그런데 왜 반대되는 입장에 있는 피고 측의 변론을 할 생각을 하신 겁니까?"

순간 그는 말문이 막혔다.

사실 상식적으로 생각하면, 회사 차원에서 유자녀에게 변호사를 제공하지는 않겠지만 그들의 편을 들어 주는 것이 정상이니까.

그런데 정작 그는 반대편에서 그들을 공격하고 있다.

"개인적으로 의뢰가 들어왔습니다. 원고 측과는 오래된 인연이라고 하지만, 결국 끝난 인연이지요."

"그렇군요."

잔혹한 말이지만 맞다.

그들의 아버지는 돌아가셨고, 변호사로서 그들과의 관계는 끝났다.

"증인, 그러면 피고들과는 언제부터 관계를 맺어 오셨습니까?"

"처음 봤습니다."

"우연이다 이거군요."

"그렇습니다."

말도 안 되는 개소리다.

애초에 그 둘이 살아가는 도시가 다르다.

그런데 가까운 곳에 있는 변호사는 놔두고 먼 곳의 변호사를 데리고 온다?

'증거가 없다고 생각하겠지.'

말로 방법을 전해 줬을 테고, 지난 몇 년간 만나지 않았을 테니까.

사실 노형진이라고 해도 그걸 증명할 방법은 없다.

물론 그게 궁금한 것도 아니었고.

"그러면 지금 호종통상을 운영하는 대표와는 잘 알고 있습니까?"

"잘 알고 있지요."

"그렇군요."

노형진은 고개를 끄덕거렸다.

강운태, 현 호종통상의 대표.

노형진이 변호사를 의심하는 건 다름 아닌 그 때문이었다.

"그가 대표로 추대될 당시의 기억이 납니까?"

"기억납니다만."

"그러면 홍여주는 그 당시 주주권을 행사했습니까?"

"그건……."

순간 말이 막히는 변호사.

노형진은 대답하지 못하는 그를 대신해서, 방청석에 앉아 있는 홍여주를 바라보았다.

"홍여주 씨, 그 당시 주주권을 행사했나요?"

"그럴 정신이 아니어서……."

그랬을 것이다.

장례식을 치르는 와중에 친정에서 유산 문제로 압박하기 시작했으니 그런 것까지 챙길 여유가 있었을 리 없다.

정상적인 경우라면 그런 상황에서 주주권까지 행사하는 것은 쉬운 일이 아니다.

보통은 그럴 때는 변호사에게 일임해서 자신이 지지하는 사람들을 지원해 주도록 한다.

"직접적으로는 행사하지 않았다는 거죠?"

"네."

"재판장님! 지금 피고는 증인이 아닌 사람에게 진술하도록 해서 신성한 법정을 모독하고 있습니다!"

주득칠은 다급하게 소리를 질렀다.

물론 그게 틀린 말은 아니다.

모든 증언은 증인석에서 해야 한다.

당연히 지금 홍여주가 한 증언은 효력이 없다.

"알겠습니다, 재판장님. 홍여주 씨를 증인으로 신청하는 바입니다."

"아……."

자기 꾀에 자기가 넘어간 주득칠은 아차 싶었지만 이미 상황은 늦었다.

"절대 안 됩니다, 재판장님!"

"어째서요? 방금 증인석에서 해야 인정할 수 있다고 하지 않으셨나요?"

"그건……."

"그런데 왜 증인석에 올라가는 것은 인정하지 않으십니까?"

노형진은 아직 증인석에 있는 주득칠을 몰아붙였다.

"그만, 그만. 사건이 이상해지는 것 같은데."

판사는 두 사람을 진정시키면서 말했다.

"아무래도 사건을 정리해야 할 것 같습니다. 다음 기일을 잡을 테니 원고 측은 제대로 증인 신청하세요."

"네."

노형진은 그렇게 말하면서 일단은 뒤로 물러났다.

주득칠은 그런 노형진을 보면서 이를 빠드득 갈았다.

"변호사가 우리를 속인 거라고요?"

"그래, 아무래도 그럴 가능성이 높아."

"어째서요? 우리가 무슨 의미가 있다고?"

"그 당시 회의록을 살펴봤는데 말이지."

노형진은 제법 두툼한 기록을 꺼내 들었다.

주식회사는 주주 회의를 하면 그 기록을 남기도록 되어 있다.

당연히 차기 대표를 뽑는 중요한 회의의 기록이 남아 있지 않을 리 없다.

"그 당시에 가장 강력한 후보는 유종선이라는 사람이었어. 알아?"

"종선이 아저씨요? 알죠. 하지만 전 이름만 알아요."

황효연은 그렇게 말하면서 홍여주를 바라보았다.

그때 그녀는 초등학생이었다.

그러니 그녀가 아닌 홍여주가 제대로 기억할 것이다.

"유종선 씨라면 전 부사장이에요. 그런데 그게 문제가 되나요?"

"됩니다, 아주."

정상적인 기업이라면, 사장 자리가 빌 경우 보통 한 단계씩 올라간다.

물론 사장이 선출직이라고 하지만, 부사장이라는 직책이

있는 이상 그게 정상적인 과정이다.

부사장이 사장을 대리하는 사람이니 일을 이어 가기 쉽기 때문이다.

"그런데 갑자기 강운태라는 사람이 사장이 되었죠. 그게 문제입니다. 당시 강운태 위에는 유종선이라는 부사장과 전무이사가 있었습니다. 즉, 강운태는 서열 3위였다는 거죠."

"그런데요?"

"전무이사는 사장직에 출마하지 않았습니다. 그건 개인 사정이니 이해할 수 있어요. 하지만 유종선 씨는 출마했습니다."

그는 비상 상황에서 사장의 자리를 잘 메꿔서 기업에 큰 타격이 가지 않도록 운영을 잘했다.

그럼에도 불구하고 신임 사장을 뽑는 자리에서 표가 부족해서 결국 사장이 되지 못했다.

"그리고 얼마 후에 강제로 해직당했죠. 뭐, 강운태 사장이 라이벌을 마냥 놔두고 싶은 생각은 없었겠습니다만."

"그런데요?"

"여기서 중요한 게 그겁니다, 비율. 주식회사는 주주의 비율로 뽑으니까. 여러분들이 가진 비율은 30%입니다."

그런데 그 당시 유종선 부사장을 지지한 비율은 33%, 강운태를 지지한 비율은 36%였다.

나머지는 불출석이나 응답하지 않은 주주들이니, 결국 그 3% 차이로 결정이 났다는 건데…….

"만일 여러분들이 정신적 여유가 있었다면 누구를 밀어줬을까요?"

"저는 모르죠."

황효연은 모르겠다는 듯 어깨를 으쓱했지만, 홍여주는 알고 있었다.

"종선 씨를 밀어줬겠지요."

남편과 같이 기업을 만들고 키워 온 동업자다.

당연히 그를 밀어줬을 것이다.

그런데 그러지 못했다.

왜일까?

"그 당시는 장례를 치르고도 한참 지난 후입니다. 왜 못 도와주신 거죠? 잘 돌이켜 보세요. 이건 재판정에서도 질문 드렸던 겁니다만."

"친정에서 돈을 달라고……."

홍여주는 대답하다 말고 입술을 깨물었다.

돈 문제로 싸우기 시작하면서 주주권을 행사한 적이 없었던 것.

"상식적으로 홍여주 씨와 두 자녀분이 가진 주식은 적지 않습니다. 무려 30%나 가지고 계시니, 사실상 최대 주주죠. 그런데 주주권을 행사하라고 연락이 온 적이 있습니까? 지금까지 수십 번은 주주회의를 했을 텐데, 한 번이라도 연락이 온 적이 있나요?"

"......."

주식을 무려 30%나 가진 대주주.

그런데 홍여주는 그런 걸 받아 본 적이 없다.

일반적으로 사업을 해 본 사람이라면 알 테지만.

"홍여주 씨는 사회 경험이 없죠. 뭐, 본인도 인정하시겠지만 정신적으로도 불안정하고."

노형진은 차갑게 이어 말했다.

"정신을 흔들어서 여러분들이 주주권을 행사하지 못한다면, 어떻게 될까요? 애초에 그 주식은 어디에 가 있죠?"

"......."

"말해 보세요."

홍여주는 눈을 질끈 감았다.

주식도 재산 분할의 양에 따라 넘어갔다.

"관리를 누가 하고 있습니까?"

노형진의 차가운 말.

그리고 황효연은 멍하니 홍여주를 바라보았다.

자신의 재산의 대부분은 지금 외가에서 관리한다.

"그 주식 관리는…… 친정에서……."

"여러분이 가진 주식은 30%죠. 그리고 그 관리는 친정에서 하고 있고."

노형진은 미간을 거세게 문질렀다.

그러면 남은 건 하나뿐이다.

"인감도장은 어디에 있죠?"

"그건…… 친정에 있습니다."

"33%와 36%의 차이, 충분히 있을 수 있습니다. 하지만 만일 친정에서 여러분들을 속이고 주주권을 행사했다면? 만일 여러분들이 지금 말씀하신 대로 유종선 씨를 지지했다면 어떻게 되었을까요?"

그러면 63 대 6라는 터무니없는 비율로 결판이 나게 된다.

"아니, 터무니없는 비율은 아니죠. 사실 이런 상황에서는 그런 비율이 정상이죠."

실적이 인정되고 경험도 있는 부사장과, 상무의 싸움.

"누군가 홍여주 씨의 친정을 부추겨서 재산을 가지고 갔습니다. 그런데 그 안에 주식도 있어서 의결권을 행사할 수 있다면, 어떻게 할까요?"

황효연은 멍하니 혼이 나간 듯이 있다가 소리를 버럭 질렀다.

"그러니까 누군가 우리를 고의적으로 이 꼴로 만들었다는 거예요?"

"그래, 내가 봐서는 그럴 가능성이 제일 높아."

감정적으로 친정에 예속되어 있는 홍여주가 인감을 떼어 오라는 부모의 명령을 거절하지는 못했을 테고.

그 당시 황효연과 황주석은 미성년자였으니 홍여주에게 그 관리 책임이 있다.

그러니 위임장이야 인쇄하는 게 어렵지 않고, 거기에 친정에서 관리하던 홍여주의 인감도장을 찍고 인감증명서를 첨부하면 완벽한 하나의 위임장이 된다.

"그러면 그걸 가지고 마음대로 주식을 집행할 수 있는 거지."

"그런 게 가능해요?"

"법적으로는 가능하지. 이런 경우를 본 건 처음이지만."

노형진은 씁쓸하게 말했다.

그리고 이러한 경우 필요한 건 인감증명서다.

"인감증명서를 몇 번이나 떼어 오라고 하던가요?"

"1년에 두 번 정도……."

딱 주주 회의 시기와 비슷하게 인감을 떼어 오라고 한 부모.

"하지만 모든 주주의 주소는 거기에 등재되어 있잖아요? 그 주소로 주주 회의 관련 서류를 보내도록 되어 있는데……."

법대생답게 그런 부분은 확실하게 알고 있는 황효연.

"인감이 있잖아. 회사에 등록된 주소지를 바꾸는 게 어렵겠어?"

"아……."

바꾸고 나서 아예 참석하지 않는다면 문제가 될 수도 있지만, 주요 주주 회의 때마다 위임장과 함께 의견서가 날아왔으니 회사 입장에서는 전혀 이상할 게 없다.

"그래서 확인해 봤지. 채림아."

노형진의 말에 한 장의 서류를 가지고 오는 손채림.

그녀는 그 서류를 보며 씁쓸하게 물었다.

"여기 주소가 경기도 광주인 사람?"

누구도 대답하지 않았다.

그런 사람은 없으니까.

"광주로 보냈다는 건가요, 모든 서류를?"

"그래."

"거기에 뭐가 있는데 거기로 보내요? 아무도 없으면 반송되는 게 정상 아니에요?"

받는 사람이 없으면 반송되는 게 정상이다.

일반적이라면 말이다.

"홍여주 씨, 아시는 거 있습니까?"

"광주면……."

그녀는 입술을 깨물었다.

"오라버니가 그쪽에서 사업자를 냈다는 소리를 들었어요."

"사업자 주소를 거기로 냈다고요?"

"네."

"잠깐 찾아보자."

노형진은 주소록에 있는 주소로 인터넷에서 검색했다.

그러자 허름한 건물 하나가 떴다.

"이건 오피스텔도 아니고 그냥 원룸이네."

"허……."

"대충 상황을 알겠군."

남편이 죽은 후 사장을 다시 뽑아야 하는 상황에서, 홍여주의 친정에 강운태와 주득칠이 접근했을 것이다.

자신을 밀어 달라고 말이다.

친정에서는 이게 기회라 생각했을 테고.

그들은 홍여주가 애정 결핍이 있다는 것을 알고 있었을 것이다.

'결국 자신들에게 기댈 것도 예상하고 있었겠지.'

황효연과 황주석은 그 당시 너무 어렸다.

홍여주가 원한 것은 사랑을 받는 것이지 주는 것이 아니었는데, 둘은 너무 어리다 보니 사랑을 줄 줄 몰랐던 것.

결국 홍여주는 친정의 꼬임에 넘어갔고, 친정은 그 후에 야금야금 재산을 빼돌림과 동시에 그들과 작당해서 기업을 주무를 수 있게 도와줬을 것이다.

"그리고 계속 너희를 욕하면서 부모와 친해지는 걸 막았겠지."

구박데기.

흔하게 벌어지는 일이다.

아이들의 재산을 야금야금 빼먹는 외가에 있어, 아이들은 혈육이 아니라 미래에 자신들의 재산을 빼앗을 경쟁자일 뿐이니까.

"우리가…… 그런 놈들한테 놀아난 거라고요?"

황효연은 충격을 받은 모습이었다.

사실 안 받을 수가 없다.

단순히 엄마가 못나서, 엄마가 자신들을 미워해서 이런 꼴이 난 줄 알고 있었는데, 그 모든 게 남이 자신들의 재산을 주무르기 위해 벌어진 일이라니.

"기가 막히네."

손채림의 말에 노형진 역시 고개를 끄덕거렸다.

"나도 친인척이 아이들 재산 빼돌리는 건 봤어도 이 정도로 뒤통수치면서 체계적으로 한 걸 본 건 처음이다. 아니, 당연한 건가?"

다른 집들은 그저 욕심에 그런 거지만, 이들은 변호사까지 끼워 가면서 체계적으로 움직였다.

"엄마……."

황효연은 고개를 푹 숙이고 있는 홍여주를 안아 줬다.

마냥 미워했는데, 그 모든 일이 남에게 놀아난 것이었다니.

"어떻게 하지?"

"일단……."

노형진은 깊은 한숨을 내쉬었다.

"소송은 그냥 진행하는 수밖에 없어. 어차피 형사 고발까지 진행할 거니까."

그들이 횡령을 했다는 것은 어렵지 않게 증명할 수 있다.

"회사 쪽에 대리인 선임 철회서를 제출하는 게 우선이야. 아마도 그들은 우리가 거기까지 생각하지 못하고 있다고 여기겠지."

"그게 무슨 의미가 있어요? 대리인이 한 건 취소할 수도 없는데."

황효연이 볼멘소리를 했다.

당장 자르고 복수하고 싶지만, 현실적으로 그럴 수가 없다.

"일에는 순서라는 게 있는 거야. 네가 한 말대로 너희 엄마를 속인 놈들은 벌을 받아야지. 하지만 당장 때려죽일 수는 없잖아. 일단 대리인 선임 철회서를 제출하면 그들과 너희 외가와의 선은 끊어지는 셈이야. 그들이 외가를 도와줄 이유가 없는 거지."

그들이 뭉쳐서 싸우게 놔두는 것보다는 따로 싸우게 하는 것이 이쪽에 훨씬 유리하다.

"그리고 천천히 그들을 몰락시키는 거지."

능력이 있다고? 이쪽은 더 능력이 있지

주득칠은 회사로 날아온 대리인 선임 철회서를 보고 눈을 꿈틀거렸다.

"어떻게 안 거지?"

재산 문제로 싸우도록 한 것은 그들이 주주권에 신경을 쓰지 못하게 하기 위해서였다.

그리고 계획대로, 그 철없는 애들은 돈 한 푼이라도 받아 내려고 악다구니를 썼지 주주권은 생각도 못 했다.

그런데 갑자기 주주권을 노리다니.

"노형진…… 그 개자식이…….."

그도 변호사로 있으면서 노형진이라는 이름을 들어 본 적이 있다.

어떻게 해서든 방법을 찾아낸다는 소문도.

"망할. 애써 지금까지 감춰 왔는데."

어차피 주주권이 있어도 자신들이 그걸 대신 집행하면서 돈만 준다면 문제가 될 게 없다고 생각했다.

그런데 저쪽에서 주주권을 노리고 들어오기 시작했다.

"주 변호사, 도대체 일을 어떻게 한 거야! 일 이따위로 할 거야! 내가 제대로 처리하라고 했잖아! 벌써 몇 년 전 사건인데 그걸 무마를 못 해서 꼬리를 잡혀!"

강운태는 주득칠을 쥐 잡듯이 잡고 있었다.

어찌나 목소리가 큰지, 바깥에서 다른 사람들이 들을까 걱정스러울 지경이었다.

'망할 병신 새끼.'

그가 강운태를 고른 이유는 간단하다.

그때만 해도 병신이었으니까.

자기 마음대로 지배할 수 있을 거라 생각했으니까.

하지만 대표가 된 후 돌변한 강운태.

'망할 새끼.'

하지만 방법은 없다.

갑은 저쪽이고 자신은 을이다.

그리고 이미 한배에 올라탄 사이다.

도중에 내릴 수는 없다.

"괜찮습니다. 우리는 문제없어요. 그 사건이 있던 게 벌써 몇 년 전인데요? 이미 관련된 증거는 없습니다. 그리고 강운태 사장님은 지금까지 회사를 잘 운영해 오시지 않았습니까?"

지지하지 않는 사람들이 많던 그때와 달리, 지금은 지지하는 사람들이 많이 늘어났다.

"어차피 사장님이 대표가 되신 것은 지극히 합법적인 절차에 따른 일입니다. 법적으로 어떠한 문제가 있는 것도 아니고요. 우리를 자르기 위해서는 주주 회의를 다시 해야 해요."

그리고 지금은 자신들이 우호 지분을 더 많이 가지고 있다.

즉, 그들은 자신들을 건드릴 방법이 없다는 것.

"걱정하지 마세요."

"뭔 말만 번지르르하고 제대로 일도 처리 못 하고 말이야! 한 번만 더 일 터지면 그때는 각오해! 그리고 그놈들 제대로 감시해."

"누구요?"

"그 외가라는 놈들."

코웃음을 치는 주득칠.

"그럴 것도 없습니다."

자신들이 한 것 중에 불법적인 일은 없다.

도의적으로 지탄받을 수는 있지만, 자신과 엮을 수 있는 것은 없다.

물론 외가가 아이들의 돈을 빼돌린 것은 사실이다.

자신이 그 방법을 알려 준 것도 사실이고.

"하지만 그건 그들이 한 거지 제가 한 게 아니죠. 내가 교사했다는 증거도 없고."

즉, 처벌받는다고 해도 자신들에게까지 올 것은 없다는 이야기.

"걱정하지 마세요. 저놈들은 아무것도 못 합니다."

"이 새끼가……. 너희가 그러고도 사람 새끼야! 어! 할아비를 감옥에 넣어!"

질질 끌려 나가면서 고래고래 소리를 지르는 외할아버지.

"미안하다. 내가 잘못했다. 한 번만…… 한 번만…… 용서해 다오, 제발."

손이 발이 되도록 싹싹 빌면서 끌려 나가는 외삼촌.

그리고 아무런 말도 하지 않고 그냥 끌려 나가는 외할머니.

그 모습을 보면서 황효연은 아무런 말도 하지 않았다.

"왜, 기분이 안 좋아?"

손채림의 질문에 그녀는 고개를 흔들었다.

"아니요. 놀랄 만큼 아무런 생각도 안 들어요. 그냥……저런 인간들이 우리 가족이었나 싶어서요."

"가족이라는 말이 아깝다."

"그러니까요."

"제발 한 번만 봐줘! 돌려줄게! 돌려줄 테니까……!"

"입 닥치고 좀 타라!"

끝까지 발악하던 외삼촌은 경찰에게 강제로 태워져서 끌려갔다.

법원에서는 당연하게도 이들의 지분을 인정했다.

사실 지분 인정이라고 할 수도 없었다.

진짜로 이름만 이들 것이었을 뿐, 모든 돈은 홍여주를 통해 넘어간 재산이었으니까.

"이게 이렇게 쉬운 거였나요?"

"보통은 어렵지. 보통은 그냥 반환 청구 소송을 하거든. 그러면 재판이 오래가."

"그런데 이건 안 그런가요?"

"형사잖아."

"아……."

민사로 가면 재판이 오래갈 수밖에 없다.

하지만 형사는 법으로 정해진 규정 내에서 사건을 처리해야 한다.

"저들은 투자를 핑계로 주지 않으려고 했겠지만……."

형사적으로 배임과 횡령으로 고발될 수 있다는 것은 생각하지 못한 모양이었다.

"아마도 주득칠이 거기까지는 말해 주지 않았겠지."

공생 관계지만 모든 것을 서로 도와주는 사이는 아니니까.

"시간이 좀 걸리더라도 일단 돈은 찾을 수 있을 거야."

물론 전부 다 찾지는 못할 것이다.

그들의 전 재산을 모조리 털어 낸다고 해도 그들이 쓴 돈이 있기 때문에 전부가 될 수는 없다.

"어차피 그건 반환 청구 소송해도 마찬가지잖아요."

"그건 그렇지."

"하지만 이쪽이 훨씬 빠르고요."

"빠르고 정확하고, 형사처벌은 덤이지."

한두 푼이 아니라 수십억 단위로 해 먹었다.

거기에다 그 피해자가 손주들이라는 점까지 생각하면, 저들은 아마 상당한 기간을 감옥에서 지내야 할 것이다.

그들의 나이를 생각하면 문제가 될 가능성이 크다.

감옥이라는 열악한 상황까지 가정하면 십중팔구 결말이 좋지 않을 것이다.

"어쩌면 너희 외할머니랑 외할아버지는……."

"죽으라죠."

황효연은 다 안다는 듯 거칠게 말했다.

지난 며칠간, 그들이 엄마와 자신에게 한 짓을 알았다.

그래서 진심으로 용서할 수가 없었다.

"감옥에서 죽든 말든 내 알 바 아니죠. 나이가 있어서 뭐, 선처요? 개소리하지 말라고 해요. 합의서 절대로 안 써 줄 거예요. 죽어도 장례도 안 치러 줄 거고. 그들에게 내가 가족이 아니었던 것처럼, 그들도 내 가족이 아니에요."

손채림은 그걸 보면서 때로는 가족이 남보다 못하다는 것을 확실히 알 수 있었다.

'하긴, 아빠가 나한테 고개를 숙인다면 용서할 수 있을까?'

손채림은 고개를 흔들었다.

고개를 숙일 인간도 아니거니와, 숙인다 한들 용서할 생각도 없다.

'형진이 말이 맞았어. 쓸데없는 욕심을 부리지 않기를 잘했어.'

심지어 이혼하려던 엄마를 미리 준비한 함정으로 파멸시키려고 하다가 노형진의 방해로 실패했다.

도리어 그 때문에 정치권에서 엄마를 보호하고 있어서 지금은 조용히 있다.

만일 그때 그 돈을 자신들이 먹었다면, 아마 어떻게 해서든 자신들을 파멸시키려고 덤벼들었을 것이다.

"그래, 이해해. 합의서 같은 건 써 주지 마."

손채림은 황효연을 다독거렸다.

"그나저나 회사에 있는 놈들은 어떻게 해요?"

"그게 문제야. 내가 좀 알아봤는데……."

강운태는 속임수로 자리를 차지했지만, 그래도 법적인 권한 내에서 뽑힌 사람이다.

그러니 섣불리 자를 수도 없다.

거기에다 지난 몇 년간 큰 문제 없이 회사를 운영한 것도 사실이고.

"지금까지는 무난하게 잘 운영했거든. 그래서 섣불리 공격하는 게 쉽지 않아."

"무난하게요? 진짜로 그걸로 끝인 거예요?"

"그래, 웃기지만 현실이라는 게 그래. 무난하게 운영했다면 그걸로 끝인 거야. 더 이상 뭐 어떻게 할 수가 없지."

"하지만 우리한테 한 짓이 있잖아요!"

"그게 참 문제야. 도의적으로는 크게 잘못된 거지만, 주주에게 접촉해서 지원을 부탁하는 건 문제가 안 돼. 그 안에서 이권을 보장했다고 해도, 회사에 큰 피해가 가는 게 아니라면 어느 정도 인정받는 편이고. 지금으로써는 그들을 자르고 싶어도 지지율이 60%를 넘어서 우리가 뭘 어떻게 하기 힘들어."

으드득.

황효연은 자신도 모르게 이를 갈았다.

그들의 속임수에 집안이 풍비박산이 났는데 그들은 떵떵거리면서 살고 있다니.

"아마 그들은 너희 지분을 빼돌리는 것을 모른 척하는 조건으로 도와 달라고 했겠지. 뭐, 돈을 좀 줬을 수도 있겠지만, 그 기록은 찾을 수가 없고. 그러니까 우리가 뭘 어떻게 할 수 있는 게 없어. 그들은 위임장을 보고 처리한 거라고 하면 그만이니까."

"망할 새끼들."

"걱정 마. 형진이가 뭐든 방법을 찾아낼 거야."

조심스럽게 말하는 손채림.

그때 노형진의 목소리가 뒤에서 들려왔다.

"아, 이미 찾았어."

느긋하게 미소를 지으면서 다가오는 노형진.

"어디 갔다 온 거야? 오늘 체포 영장이 집행된다고 한 건 너잖아."

"어차피 잡혀가는 새끼들 봐서 뭐 해? 구질구질하게 질질 짜기나 했겠지."

"짜는 건 외삼촌뿐이더라. 할머니는 조용히 가던데? 할아버지는 온갖 욕하고 저주를 다 하고 갔고."

"독종이네."

노형진은 고개를 흔들었다.

하긴, 그런 인간들이니 손주들의 재산을 그렇게 빼돌려서 자기들 마음대로 썼을 것이다.

"그런데 방법을 찾았다니? 법적으로 그놈들을 고발할 수 있는 거야?"

"아냐, 고발은 못 해. 너도 알잖아. 어찌 되었건 그들의 행동은 법의 반경 내에서 이루어진 거야."

물론 교사 같은 것이 있을 수 있지만, 관련된 증거는 없다.

설사 그게 인정된다고 하더라도 공소시효가 이미 지났다.

"그러면 어떻게 해?"

"주득칠이 제법 능력이 있더라."

"응? 그거랑 이번 사건이랑 무슨 관계야?"

"그런 생각이 들었어. 주득칠은 왜 그렇게 회사의 고문 변호사 자리를 탐냈을까?"

"고문 변호사 자리?"

"그래. 주득칠은 호종통상 고문 변호사잖아."

물론 고문 변호사를 하면 적지 않은 수익을 낼 수 있다.

하지만 이런 식으로 배신하면서까지 자리를 지킬 만큼 가치가 있는 것은 아니다.

일반적으로는 말이다.

"그래서 그동안 주득칠 변호사의 사건 기록을 좀 살펴봤어. 생각보다 승률이 높더라고."

"그래? 그렇게 안 보였는데 유능한 사람인가 보네."

노형진은 씩 웃었다.

"유능이라……. 어떤 면에서는 말이지."

"응?"

"사건 기록을 보다 보니 신기하더라. 기록만 보고 다 알 수는 없지만, 나라고 해도 못 이길 사건을 이기기도 하고."

"그게 가능하다고?"

손채림은 자신도 모르게 눈을 찌푸렸다.

노형진은 변호사로서의 능력도 뛰어나지만 그 뒤에 숨긴

힘도 대단하다.

거기에다 새론이라는 조직이 그를 밀어준다.

그런데 그런 그도 못 이길 사건을 이겼다고?

"이상하지 않아? 호종통상은 절대 작은 회사가 아니야. 그 정도 되면 대형 로펌과 거래를 하지, 주득칠같이 작은 변호사와는 거래하지 않아."

그건 자연스러운 현상이다.

물론 주득칠 역시 나름 로펌을 차리고 거기에 몸담고 있는 사람이기는 하지만, 호종통상급의 규모를 감당할 정도는 아니다.

"그래서 내가 이상하게 생각한 거야. 어째서 호종통상은 그를 밀어주는 걸까?"

"강운태를 도와주는 조건 아니었을까?"

"아마도 그렇겠지."

강운태는 그 당시에 절대 대표가 될 수 없는 상황이었다.

그런데 주득칠이 중간에서 장난을 친 덕분에 근소한 차이로 대표로 취임했다.

그 조건이 바로 주득칠의 계속된 고용이었을 테고.

"그런 걸 예상하는 건 어려운 게 아니잖아요."

황효연은 이제는 비어 버린 외갓집을 바라보며 말했다.

속으로는 압류가 끝나는 대로 팔아 버려야겠다고 생각하면서 말이다.

"그래, 거기까지는 어지간한 사람이면 다 예상할 수 있어. 그럼 여기서 다시 처음으로 돌아가자. 어째서 주득칠은 그렇게 강운태를 밀어주면서까지 자기 자리를 확보하려고 했을까? 아까도 말했지만 그의 승률은 어마어마해."

"그러네……. 이상하네."

상식적으로 그 정도의 실력이 있는 변호사라면, 도리어 변호사가 회사에서 나가겠다는 걸 돈 싸 들고 다니면서 잡아야 한다.

그런데 그런 행동을 보이는 게 아니라 도리어 주득칠이 끌려다닌다.

"사실 그 정도 실력에 호종통상급의 거래처를 가진 변호사라면 초대형 로펌에서 모셔 갈 수준이야. 그런데 왜 초대형 로펌에서는 그에게 관심을 보이지 않을까?"

"으으으…… 머리 아프다. 도대체 왜?"

노형진은 전혀 감을 잡지 못하는 두 사람을 보고 미소 지었다.

"결과를 거꾸로 생각해 보자."

"결과를 어떻게 거꾸로 생각해? 뭐, 지는 걸로 생각하자는 거야?"

"그런 의미가 아니야. 주득칠이 호종통상에서 변호사 노릇을 하는 게 아니라 브로커 노릇을 하고 있다고 하면 어떨까?"

"브로커라니?"

"내 생각은 이래."

그가 실력이 있는 게 아니다.

도리어 호종통상에서 막대한 뇌물을 뿌리면서 주변을 관리하는 거다.

그리고 주득칠은 그러한 일을 하는 브로커다.

"그러면 그 압도적인 승률도 말이 되지."

그가 호종통상을 대신해서 브로커 노릇을 하면서 그 많은 사건들을 무마하고 조작하고 뒤집었다.

그 인맥은 여전히 살아 있다.

"그리고 그 인맥을 쓰면, 호종통상의 사건이 아닌 다른 사건 역시 뒤집을 수 있지."

"어…… 잠깐! 그러면 일을 잘해서 승률이 높은 게 아니라, 브로커 노릇을 잘해서 승률이 높다?"

"그래."

그리고 막대한 뇌물이 들어오는 곳이라면 판검사들도 슬쩍 넘어갈 것이다.

"거꾸로군요."

잘해서 이기는 게 아니라, 이길 수밖에 없는 구조.

그런데 여기서 문제가, 바로 호종통상이라는 존재다.

"만일 주득칠이 호종통상에서 내쳐진다면 어떤 일이 벌어질까?"

사실 규모가 커진 호종통상이라면 대형 로펌으로 갈아탈

수 있고, 사람들은 잘 모르지만 한국의 대형 로펌들은 브로커 노릇도 같이한다.

대통령도 사법 거래를 하는 판국에 기업들이 하지 않겠는가?

"망하겠네."

실력이 형편없다.

거기에다 자신의 유일한 줄은 훨훨 날아간다.

개털이 된 주득칠은, 사건이 들어온다고 해도 이길 수 있는 상황이 아닐 것이다.

"수십 년간 인맥으로 재판했지 치열한 법정 공방으로 이긴 게 아닐 테니까."

아마 변호사로서 그의 커리어는 몰락만 남을 것이다.

"브로커로서도 마찬가지지."

그가 알음알음 브로커 노릇을 하지만, 그건 어디까지나 호종통상이라는 굵직한 곳에서 막대한 돈을 주기 때문이다.

인맥이 있어서 수임하고 돈으로 무마하려는 사람이 없는 것은 아니겠지만, 과거에 호종통상에서 주던 것에 비하면 말 그대로 새 발의 피에 지나지 않을 테니 거액에 맛들린 판검사들이 그 돈을 받고 그의 편의를 봐주지는 않을 것이다.

위험하기만 하니까.

"호종통상이야 도와준 만큼 들어오지만, 기껏해야 몇백 받고 도와주려고 하겠어?"

"그런 쪽으로는 생각도 못 했어요."

황효연은 당황했다.

변호사의 승률이 높으면 무조건 실력이 좋아서인 줄 알았는데.

"세상에 이기는 방법은 많아."

그리고 그걸 잘 아는 사람 중 한 명이 노형진이고 말이다.

"결국 호종통상이라는 호랑이를 계속 등 뒤에 두기 위해 그랬다는 거네."

"맞아."

노형진은 고개를 끄덕거렸다.

"이유야 알겠는데, 그러면 그걸 깰 방법이 있어야 할 거 아냐? 네가 깰 방법도 없이 오지는 않았을 테고."

"간단해."

노형진은 씩 웃었다.

"다시 소송하면 되는 거지."

재소송.

사실 형사의 경우는 일사부재리가 적용된다.

하지만 민사는 그런 원칙이 없다.

다만 특별한 사유도 없이 같은 소송을 또 해 오면 각하시켜 버리는 것이 보통이다.

"그 특별한 사유를 만들어 내면 되는 거야."

그 특별한 사유를 찾아내면 사실 형사도 일사부재리를 떠나서 재심이 가능하다.

"하지만 그 사유를 어떻게 만들어 내?"

"이미 우리는 만들어 낼 수 있는 권한이 있어."

노형진은 황효연을 바라보았다.

"무려 30%에 달하는 주식이 있으니 말이야."

강운태는 주먹을 부들부들 떨었다.

홍여주의 대리인으로 선임된 황효연은 자신들의 주주권을 행사해서 임시 주주총회를 요구했다.

사유는 호종통상에 대한 외부감사에 관한 건.

"이 미친 자식들이 뭐 하자는 거야! 같이 죽자는 거야!"

"모르겠습니다."

"몰라? 몰라? 이 새끼야! 모른다고 해서 일이 해결이 돼! 네가 알아서 한다며! 네가 알아서 한다며!"

강운태가 길길이 날뛰자 주득칠은 진땀을 흘렸다.

'닝기미, 이럴 줄 알았다고.'

100분의 3 이상에 해당하는 주주들의 동의가 있으면 이사회에 주주총회의 개최를 요구할 수 있다.

그리고 황효연이 가진 주식은 30%니, 요구하는 데 하등 지장이 없다.

'그놈 짓이겠지, 노형진.'

지금까지 아무것도 모르고 당하던 철모르는 계집애가 갑자기 법률 천재가 될 리는 없으니, 그 뒤에서 조종하는 것은 분명 노형진이다.

"이사회에서는 뭐래?"

"외부감사에 관한 건은 절대 받아들일 수 없다고 합니다."

"당연하지! 같이 죽을 일 있어!"

감사는 내부감사가 기본이다.

특수한 경우에는 외부감사를 하기도 하지만, 대부분의 경우 서로 사바사바 해서 좋게 넘어간다.

'보통'은 말이다.

"망할 계집, 진짜 같이 죽자는 건가?"

황효연이 요구하는 것은 외부감사.

그것도 자신들과 한 번도 엮인 적이 없는 기업과의 단발성 감사다.

당연히 그 감사는 이 잡듯이 회사를 털어 낼 것이 뻔한데, 세상의 어떤 기업이 털어서 먼지 한 톨 안 나오겠는가?

"그럴지도……."

주득칠은 문득 진짜 그게 목적이 아닌가 하는 생각이 들었다.

하지만 이내 그는 고개를 흔들었다.

'아니야. 그럴 리 없어.'

30%에 달하는 주식의 가격은 절대 작은 게 아니다.

매년 거기서 나오는 배당금 역시 작지 않다.

만일 자신들을 털기 시작하면 회사에 타격이 가지 않을 수가 없고, 재수 없으면 주식도 휴지 조각이 되어 배당금은 꿈도 못 꾸게 된다.

"그런데 왜 그러느냐고! 거기에다 감사하는 놈들이 누군지 알아? 수정 회계 법인이라고! 수정 회계 법인!"

수정 회계 법인.

소위 말하는 적대적 감사의 달인들.

적대시하는 대상을 무너트리기 위한 단발성 감사를 전문적으로 하는 자들이었다.

"망할!"

사실 호종통상도 법적인 외부감사를 받아야 한다.

하지만 상당수 기업들이 그러하듯이 감사 회사들 역시 일을 받아야 운영할 수 있기 때문에, 스리슬쩍 모른 척해 주거나 덮어 주는 곳들이 많았다.

하지만 수정은 다르다.

말 그대로 상대방의 파멸을 목적으로 전문 감사만 하는 곳이다.

어찌 보면 기존 업체와 다른 방식이지만…….

"그놈들이 얼마나 독종인지 알아! 담뱃값 한 푼까지 다 털어 내는 놈들이야!"

아군이 있으면 적이 있는 법.

상대방의 꼬투리를 잡기 위해 악착같이 털어 내는 것으로 유명한 곳이다.

"이사회에 말해서 거부권을 행사하라고 해!"

"하지만 얼마나 막을 수 있을지……."

"막아! 막으라고, 이 새끼야!"

길길이 날뛰는 강운태를 보면서 주득칠은 일이 점점 꼬여 간다는 사실을 뼈저리게 느낄 수밖에 없었다.

⚖

"거절당했네."

노형진은 이사회에서 온 결정문을 보고 피식 웃었다.

"예상은 했지."

감사 청구를 하면 분명 거절할 거라 생각했다.

그걸 알기에 노형진은 모든 준비를 다 해 둔 상황.

"마지막 퍼즐이 왔으니 법원에 청구해서 감사를 시작하자고."

법원도 이사회의 부패를 예상하기에, 법원에 그들의 거절문을 포함해서 제출하면 법원의 명령으로 주주총회를 열 수 있다.

"그런데 주주총회는 열 수 있겠지만 외부감사가 가능할까?"

"좀 아슬아슬하기는 하지."

주주총회를 연다고 해도 다 오는 건 아니다.

그래서 출석한 사람들을 기준으로 판단하기 마련인데, 사장을 뽑았던 주주총회조차 출석률이 70%가 되지 않았다.

"이쪽에서 가진 게 30%니까……."

조금만 동참해 주면 외부감사를 할 수 있다.

"하지만 그 조금이 문제란 말이지."

일반적으로 외부감사를 하기 위해서는 3분의 2 이상의 동의를 얻어야 한다.

물론 회사 내부의 규칙에 따라 달라질 수 있겠지만.

"이 경우에는 70%의 3분의 2면 47% 정도의 지지를 받아야 하는데, 17%가 문제란 말이지."

"그러니까 내 말이. 주식 하는 사람들이 바보도 아니고, 외부감사하면 먼지 나올 거 뻔하게 아는데 동의해 줄까?"

먼지가 나온다는 것은, 다시 말해서 주주가 가진 주식의 가치가 떨어진다는 뜻이다.

물론 궁극적으로 회사가 깨끗해져서 다시 주식의 가치가 오를 수도 있지만, 상상 이상으로 큰 건이 발견되는 경우 회사 자체가 쓰러질 가능성도 존재하기 때문에 동의해 줄지 알 수가 없다.

"거기에다 우리가 주식을 사서 지원해 줄 수는 없잖아."

호종통상의 주식은 주식시장에서 유통되는 주식이 아니다.

즉, 소액주주라는 것도 존재하지 않는다.

"나도 알아. 내가 왜 효연이에게 부담스러운 행동을 하겠어? 사실 외부감사 자체가 일종의 페이크야."

"페이크?"

"그래. 외부감사의 목적이 뭐겠어? 기본적으로 자금의 흐름 아니야?"

"그렇지."

"그러면 당연히 뇌물로 나간 돈도 추적이 가능하지. 난 그걸 노리는 거야."

"뇌물로 간 돈을 추적한다고?"

"주득칠이 브로커 노릇을 하면서 장난칠 정도면, 뇌물로 준 돈이 몇백 단위일 리가 없잖아."

당연히 억 단위는 넘을 것이다.

시간이 오래 지났으니 직급이 높은 사람은 몇십억 단위를 넘겼을 수도 있고.

아무런 관련도 없는 곳에서 외부감사를 하면 당연히 그 사실이 드러날 수밖에 없다.

"그게 위협이 되는 게 과연 강운태와 주득칠뿐일까?"

그들에게도 위협이 되겠지만, 더 큰 위협이 되는 것은 다름 아닌 판검사들이다.

"그들은 그동안 뇌물을 받고 관련 사건들을 무마해 줬을 거야. 하지만 감사가 들어가면 당연히 그 기록이 나올 테고, 그때는 호종통상이라는 존재가 아군이 아니라 적이 되는 거지."

"아! 그렇겠네. 주주들이 그걸 다시 받아 내고 싶어 할 테니까."

즉, 감사가 시작되면 관련 판검사들의 커리어 역시 끝장난 다는 뜻이다.

"수정 회계 법인을 내가 왜 골랐는데? 사실 새론도 회계를 할 수 있잖아."

하지만 수정 회계 법인을 골랐다.

새론이 회계를 못해서?

아니다.

법률계에 있는 사람들은 수정 회계 법인이 좋게 말하면 공격적 감사, 나쁘게 말하면 보복성 감사에 능하다는 걸 안다.

담배값 하나 자장면값 하나 안 넘어가고 모조리 털어 낸다.

그들의 목적은 상대방의 축출이나 보복.

"판검사들 입장에서는 이게 무슨 뜻인지 알 거야."

노형진은 그렇게 말하면서 옆에서 제법 커다란 상자를 꺼내 들었다.

"그게 뭐야? 어? 이거 지난번에 내가 조사해 준 거 아니야?"

지난 몇 년간의 호종통상 소송 기록이었다.

노형진이 이상하다고 생각한 기록들.

"그래. 지금부터 할 일은, 이들을 찾아가서 소송을 다시 하도록 설득하는 거야."

"어째서?"

"판검사들은 알 거야, 지금 이 상황에서 진짜로 노리는 게 누군지."

이것이 법이다

이미 관련 사건에서 소송으로 외가 쪽 사람들을 감옥에 넣어 버렸다.

설사 모른다고 해도, 노형진이 찾아가서 설득할 것이다.

"간단한 거지. 외부감사까지 갈 필요는 없다, '다만 그 두 놈만 축출해 내면'이라는 조건이 붙겠지만."

"어? 어? 잠깐, 그러면……."

검사들과 판사들은 외부감사로 자신의 치부가 드러나는 것을 택하느니 그들의 축출을 도와줄 것이다.

그리고 그 방법은…….

"소송 결과를 뒤집겠구나."

"그래."

전이라면 각하했을 테지만, 결과를 뒤집기 위해서는 다시 고소한다고 해도 받아 줘야 한다.

"물론 진짜 제대로 재판한 거라면 문제가 될 것이 없지."

하지만 노형진은 기록을 보면서 3분의 2 이상의 사건들에 부정이 끼어 있다는 것을 이미 알아낸 후였다.

"거기에다 실형이 나올 만한 형사사건이 무려 네 개나 같이 들어가 있지."

"하지만 그건 일사부재리가……."

"일사부재리는 과거의 형사 범죄로 다시 처벌받는 것을 막기 위해 만들어진 규칙이야. 전에도 말했지만 그 결정을 뒤집을 정도의 정보나 증인이 있다면 거기에는 해당되지 않아."

"그런 게 어디에 있어?"

"검찰에 있겠지."

사건을 은폐하기로 약속한 입장에서 검찰이 과연 수사한 자료 전부를 공개했을까?

절대 그랬을 리 없다.

누군가 가져다준 증거는 어쩔 수 없이 공개했겠지만, 결국 신고자가 가지고 온 증거보다 경찰이 수사하여 찾아내는 증거가 더 많은 법.

그걸 공개하는 것은 검찰의 권한이다.

실제로도 많은 검사들이 상황에 따라 증거를 감춘다.

처벌하고자 한다면 상대방이 무죄라는 증거를 감추고, 풀어 주려고 한다면 상대방이 유죄라는 것을 감춘다.

"과연 그들이 무슨 선택을 할지 두고 보자고."

⚖️

"이거 어떻게 해야 합니까?"

업무 시간이 끝난 상황.

몇몇 판검사들이 모여서 심각한 표정으로 이야기하고 있었다. 다른 사람들이 이야기를 듣지 못하게 하기 위해 한 검사의 집에 모인 그들의 얼굴에는 수심이 가득했다.

"지금 청구한 쪽이 가진 지분이 30%라고 했지요?"

"네, 상당히 위협적인 숫자입니다. 그리고 소문에 따르면 노 변호사가 주주들을 찾아다니면서 설득하고 있다고 하더 군요."

"노 변호사가요?"

"네, 자기편을 들어 달라고."

"들어 주지 않을 것 같은데요? 자기 기업에 타격이 갈 텐데."

"그게 문제입니다. 주식을 팔라고 이야기하는 모양입니다."

"주식을 팔라고요? 아니, 왜요?"

"아무래도 미다스 쪽 라인이 신경에 거슬립니다."

"큭."

모두 얼굴이 창백하게 굳었다.

미다스.

유명한 투자자이기도 하지만, 한편으로는 반사회적 기업을 무척이나 혐오한다고 알려진 사람이다.

"미다스 쪽에서 해당 기업의 주식을 긁어모아서 부족분을 채울 생각인가 봅니다."

"그게 한두 푼이 아닐 텐데."

"우리한테는 그렇겠지요. 하지만 미다스 쪽은 아닙니다. 그리고 애초에 미다스가 적대한다는 것 자체가, 회사로서는 끝장난 거 아닙니까?"

"……."

다른 사람도 아닌 미다스의 적대.

거기에다 하필이면 호종통상은 수입 전문 업체다.

만일 그쪽에서 죽이려고 한다면?

"망할 겁니다. 그래서 몇몇 사람들은 이미 동의서를 써 줬다고 합니다."

"어째서요?"

"망해서 주식이 휴지 조각이 되어 버리는 것보다는, 당분간 주가가 좀 떨어지는 게 훨씬 나은 선택이니까요. 국회의원 하나가 자기한테 밉보였다고 그 사람이 속한 지역구의 상권을 박살 낸 게 미다스입니다."

"……."

사정을 좀 아는 사람들의 말이 나올수록 상황은 점점 더 안 좋게 돌아가고 있었다.

"그쪽에서는 뭐라고 하던가요?"

"절대 허가 내주지 말라고……."

주주총회를 열기 위해서는 이사회의 동의가 필요하다.

만일 감사에 들어가면 이사들 역시 털려 나갈 테니 그들은 결사적으로 막고 있을 것이다.

"법원에 주주총회를 요구하는 재판을 걸었으니 판결해 줘야 합니다만……."

"허락을 안 할 수는 없나요?"

"일단 서류상으로는 아무런 문제가 없습니다. 사유도 합당하고요. 물론 무리해서라면 불허할 수도 있지만……."

담당 판사는 신음을 냈다.

물론 허락을 해 주지 않을 수도 있다.

"또 신청할 겁니다. 설사 임시 주주총회를 막는다고 해도, 두 달 후면 정기 주주총회입니다. 그때 다시 안건을 올릴 수도 있겠지요."

"하지만 거기서 안 받아 줄 수도 있지 않습니까?"

"그건 그렇지만, 노형진이 문제입니다. 도장을 찍어 줬다는 소문도 걸리고……."

아무리 이사회라고 해도 모든 걸 다 막을 수는 없다.

도리어 그들이 결사적으로 뭔가를 막을수록 사람들은 의심할 수밖에 없다.

"거기에다가 그들이 가진 주식이면 이사의 해임을 요구할 수도 있습니다."

법적으로 3%의 주식을 가진 사람은 이사회 해임안이 부결되는 경우 법원을 통해 해임 소송을 걸 수 있다.

이사회의 횡포를 막기 위해 만들어진 규정이다.

"그리고 그 과정에는 이사에 대한 조사도 포함될 테고."

물론 시간은 끌 수 있다.

하지만 시간을 끌수록 저쪽은 점점 더 가열차게 공격해 들어올 게 뻔하다.

"더군다나 그 뒤에는 미다스가 있습니다. 미다스를 이기실 수 있겠습니까?"

"……."

누구도 그럴 수는 없다.

만일 미다스가 날려 버리겠다고 덤벼들면…….

"이사회…… 통과시킵시다."

가장 나이 많은 판사 한 명이 조용히 말했다.

"하지만…… 부장판사님, 그러면 주득칠 변호사가…….”

"그놈이 뭐라고 할 것 같은데요? 감옥에 가는 건 그가 아닙니다. 강운태지."

"……!"

"주득칠은 아무런 말도 못 할 겁니다."

할 수가 없다.

설사 그가 자신들을 협박한다 해도, 그의 커리어를 끝장내는 것은 일도 아니다.

강운태의 경우야 뭐라고 지껄이든 이미 끝장났으니 아무런 효과도 없다.

"통과시키세요. 다른 사건들도 정식으로 재심합니다. 아주 철저하게 말입니다."

부장판사는 마음을 굳혔다.

⚖️

"자, 잠깐……! 이건……! 아니, 잠깐만!"

이것이법이다

강운태는 질질 끌려가고 있었다.

"당신을 횡령 및 배임 그리고 폭행 혐의로 체포합니다."

판검사들은 빠르게 움직였다.

강운태가 입을 여는 것을 막기 위해 검사들은 번개같이 그에게 구속영장을 청구했고, 판사들은 당연한 듯 받아들였다.

"주 변호사! 주 변호사! 이거 어떻게 된 거야! 야! 야, 이 새끼야!"

그는 다급하게 돌아봤지만 주득칠은 고개를 푹 숙인 채 부들부들 떨 뿐이었다.

어젯밤 걸려온 한 통의 전화, 수화기 너머에서 흘러나오던 부장판사의 말 한마디가 그의 귓가에서 계속 울린 탓이다.

─이제 조용히 지냈으면 합니다.

그가 실력이 없는 것은 사실이지만 눈치까지 없는 것은 아니었다.

도리어 브로커 노릇을 해 왔기 때문에 눈치는 어느 누구보다 빨랐다.

"야! 이 새끼야! 기자 불러! 기자! 이거 신고할 거야! 야, 이거……!"

"아, 존나 말 많네. 좀 타라!"

강운태는 마지막 순간까지 고래고래 소리를 지르다가 경

찰에게 강제로 제압당해서 차 안으로 끌려 들어갔다.

그리고 뒤에 홀로 남은 주득칠은 두려운 시선으로 노형진을 바라보았다.

"이런, 이런. 사장님이 잡혀가셨으니 이거 대표를 다시 뽑아야겠네요?"

노형진의 손에 들려 있는 서류.

똑같이 임시 주주총회를 요구하는 서류였다.

달라진 것은 개최 목적으로, 바로 신임 사장의 선임 건이었다.

"과연 사람들이 이 건을 뭐라고 할까요?"

"……."

안 봐도 뻔하다.

감춰진 사실이 드러난 이상, 주주들이 기존 사장을 놔둘리 없다.

설사 놔두고 싶다고 해도, 주득칠이 아는 강운태가 저지른 범죄만 해도 최소 3년 형은 나올 수밖에 없는 상황이다.

'이 상황이면 집행유예는 불가능하겠지.'

재판부는 그의 아가리를 틀어막을 생각이니까.

'대표가 바뀌고…….'

그 후에는 이사회가 바뀌고, 조용히 내부감사가 이루어질 것이다.

외부감사는 드러나는 결과 때문에 부담스럽지만, 내부감

사는 그 정보를 내부에서 감추고 조용히 처리할 수 있으니 다른 주주들 역시 그냥 놔두지는 않을 테고.

"얼마나 토해 내셔야 할까나?"

노형진은 싱글거리면서 주득칠을 바라보았다.

"너…… 너……."

"남의 집안을 박살 내면서 얻은 자리가 그렇게 오래갈 거라 생각했습니까? 뭐, 오래가기는 했네요. 그러니 그만큼 더토해 내셔야지요."

주득칠은 당장이라도 후려칠 것처럼 노형진을 노려보다가 결국 고개를 숙였다.

"준비하셔야 할 겁니다."

노형진은 주득칠을 바라보면서 차갑게 말했다.

그는 그저 구속을 면했을 뿐, 회사에 준 피해는 그대로 남아 있다.

노형진은 그걸 이용해 동전 한 푼까지 모조리 토해 내게할 생각이었다.

결국 힘없이 멀어지는 주득칠.

손채림은 멀어지는 그를 보면서 안타깝게 말했다.

"결국 엉뚱한 욕심 때문에 한 가정이 망가진 거네."

"그래, 법의 잘못이 크지."

부모라고 해서 무조건 모든 권한을 줘서는 안 된다.

그가 그만한 업무를 진행할 수 있는지 확인하든가, 아니면

하다못해 브레이크라도 걸 수 있는 뭔가가 있었다면 이런 일은 벌어지지 않았을 것이다.

"아니다. 의미가 없으려나?"

만일 브레이크를 걸기 위해 친인척을 선임하게끔 했다 해도, 결국 외가 쪽 사람이 선임되었을 가능성이 높다.

"몇몇의 경우, 돈은 피보다 진하지."

그게 부정할 수 없는 현실이다.

"하지만 법은 이상만을 바라고 있고."

노형진은 깊은 한숨을 쉬면서 손채림을 바라보았다.

"고아원 쪽 알아보는 건 어때?"

"그게…… 벌써 다섯 명이나 나왔어."

노형진은 이번 사건을 하면서 깨달은 바가 있었다.

법에서 보호하라고 했지만 정작 보호받지 못한 아이들이 있지 않을까 하는 그런 생각.

그렇게 재산을 빼돌린 부모들에게, 과연 아이란 어떤 존재일까?

말 그대로 짐 그 자체일 것이다.

그렇다면 그 아이들을 어떻게 할까?

진심으로 안타깝게 생각하는 친척들이나 고아원에 떠넘길 것이다.

"그런 사건은 넘쳐 날 테고."

"우리는 더 바빠지겠지. 아…… 놀고 싶다…… 진심으로……."

손채림의 그 말이 무슨 의미인지 알기에, 노형진은 그저 씁쓸하게 웃을 수밖에 없었다.

다음 권으로 이어집니다

꿈의 도약, 로크에서 하십시오
(주)로크미디어에서 신인 작가를 모십니다

즐거운 세상, 로크미디어는 꿈을 사랑하고 도전을 두려워하지 않는 작가 분들의 참신한 작품을 기다리고 있습니다. 21세기 장르 문학계를 이끌어 갈 차세대 선두 주자 (주)로크미디어에서 여러분의 나래를 활짝 펴 보시길 바랍니다.

모집 분야 판타지와 무협을 포함한 장르 문학
모집 대상 아마추어 작가, 인터넷 작가
모집 기한 수시 모집

작품 접수 시 유의 사항

1. 파일명은 작가명_작품명.hwp형식을 갖춰 주십시오.
1. 파일에 들어갈 내용은 다음과 같습니다.
   — 성명(필명인 경우 실명을 밝혀 주세요), 연락처, 이메일 주소
   — 제목, 기획 의도
   — A4용지 1장 분량의 등장인물 소개
   — A4용지 2장 분량의 전체 줄거리
   — 본문
1. 작품이 인터넷에 연재되고 있다면, 게시판명과 사이트의 구체적이고 정확한 주소를 기재해 주십시오.

선택된 작품은 정식 계약 후 출판물로 간행되어 전국 서점에 유통됩니다.
작가 분은 (주)로크미디어의 전폭적인 지원하에 전속 작가로 활동하시게 됩니다.
※ 자세한 내용은 로크미디어 홈페이지(rokmedia.com)를 참조하세요.

(03920)서울시 마포구 성암로 330 DMC첨단산업센터 3층 318호
(주)로크미디어 편집부 신간 기획 담당자 앞
전화 : 02 – 3273 – 5135
www.rokmedia.com   이메일 : rokmedia@empas.com

ON AIR

신이
축복한
남자

정한담 현대 판타지 장편소설

대사 하나 없는 엑스트라
천재들의 재능을 복사하다!

고된 단역배우 생활을 이어 가던 중
톱 여배우 이지수를 구하고 목숨을 잃은 연정우
그의 성품에 감복한 신의 축복을 받다!
연기, 노래, 액션 심지어 작가의 재능까지?

"너 지난주에는 이렇게 못 하지 않았나……?"

재능 복사로 폭발적인 성장!
국내, 아니 전 세계 연예계를 접수한다!

철종 哲宗

강동호 대체역사 소설

『효종』『대망』의 작가, 강동호!
미래의 지식으로 군림할 **철종**과 돌아오다!

4년 차 역사학 시간강사 태수
전임 교수 임명에 제외된 날 트럭에 치였는데
정신을 차리니 철종이 되었다?

세계열강이 아시아를 욕심내는 1850년대
조선을 지키기도 벅찬 마당에
국정 농단으로 나라를 좀먹는 세도정치와
온갖 패악을 부리는 서원까지……

내탕금을 털어 키운 정보 조직을 이용해
내부의 적은 때려잡고
화폐개혁과 군사제도 역시 개편해
전쟁의 역사에 맞서 조선의 운명을 뒤바꾼다!

예정된 혼돈의 시대
시간을 거스른 철종, 진정한 군주가 되어
조선을 지키고 세상을 가질 것이다!